Miss Malaise

Marni Bates

Miss Malaise

Traduit de l'anglais (américain) par
Isabelle Allard

Guy Saint-Jean
ÉDITEUR

Guy Saint-Jean Éditeur
3440, boul. Industriel
Laval (Québec) Canada H7L 4R9
450 663-1777
info@saint-jeanediteur.com
www.saint-jeanediteur.com

· · · · · · · · · · · · · · · ·

Catalogage avant publication de Bibliothèque et Archives nationales du Québec et Bibliothèque et Archives Canada

Bates, Marni
[Awkward. Français]
Miss Malaise
Traduction de : Awkward.
Pour les jeunes.
ISBN 978-2-89455-867-6
I. Allard, Isabelle. II. Titre. III. Titre : Awkward. Français.
PZ23.B37Mi 2015   j813'.6   C2014-942505-8

· · · · · · · · · · · · · · · ·

Nous reconnaissons l'aide financière du gouvernement du Canada par l'entremise du Fonds du livre du Canada (FLC) ainsi que celle de la SODEC pour nos activités d'édition.

Canada   ▮✦▮ Patrimoine Canadian   SODEC
                   canadien   Heritage   Québec ▮▮

Gouvernement du Québec — Programme de crédit d'impôt pour l'édition de livres — Gestion SODEC

Publié originalement en 2012 sous le titre *Awkward* (K Teen Books) par Kensington Publishing Corp., New York (NY), États-Unis.
Copyright © Marni Bates, 2012

© Guy Saint-Jean Éditeur, 2015, pour l'édition en langue française publiée en Amérique du Nord.
Traduction : Isabelle Allard
Révision : Fanny Fennec
Correction d'épreuves : Corinne De Vailly
Conception graphique et mise en pages : Christiane Séguin

Dépôt légal — Bibliothèque et Archives nationales du Québec, Bibliothèque et Archives Canada, 2015

ISBN : 978-2-89455-867-6
ISBN ePub : 978-2-89455-868-3
ISBN PDF : 978-2-89455-869-0

relié au Canada
, janvier 2015

Jean Éditeur est membre de
n nationale des éditeurs de livres (ANEL).

Je dédie ce livre à tous ceux qui se sont déjà sentis mal à l'aise ou invisibles. Donc... pas mal tout le monde. Mais ça s'améliore.

Remerciements

Ma mère, Karen Bates, m'a encouragée, inspirée et soutenue, et a passé d'innombrables heures à tout relire avec moi en mangeant du yogourt glacé. Elle a ri avec moi de tous mes moments embarrassants, et a suggéré que j'en fasse un roman, ce qui a donné lieu à mon mode de vie actuel. Mieux encore, elle m'aime, avec toutes mes inaptitudes sociales. Merci, maman! Et au reste de ma famille : je ne paie toujours pas la note. Tant pis.

J'aimerais aussi remercier ma super agente, Laurie McLean, ma formidable réviseure, Megan Records, et toute l'équipe fantastique de Kensington Teen. Merci de votre soutien!

Chapitre 1

Tu penses probablement me connaître... et je comprends pourquoi. Tu as sûrement lu des choses sur moi sur Internet ou entendu une blague à mon sujet dans une émission télévisée de variétés. Ce n'est pas grave si ce n'est pas le cas. En fait, je préférerais ça. Mais soyons honnête : le monde entier connaît Mackenzie Wellesley et sa maladresse sociale. À part peut-être certains habitants du Myanmar et du Soudan..., mais tu sais ce que je veux dire.

En fait, malgré tout ce qui a été dit à mon propos (et il y en a eu beaucoup), seules quelques personnes comprennent comment j'ai pu passer d'élève du secondaire très ordinaire à une référence de la culture pop en l'espace d'une semaine. Voilà pourquoi je prends la peine de l'expliquer. Ne t'en fais pas : il ne s'agira pas d'une de ces stupides autobiographies de vedette où je décris mon passé sordide en me plaignant — mon passé n'est pas si sordide, et ce serait juste idiot.

Laisse-moi commencer en disant que je n'ai jamais été affamée de célébrité. Mon petit frère Dylan a toujours été celui qui rêvait de son « moment de gloire ». Tu sais : attraper le ballon en prolongation dans les dernières secondes pour inscrire le touché gagnant. La seule idée d'un stade plein de spectateurs qui me regardent me donne envie de vomir. C'est probablement à cause de mon spectacle de ballet du primaire. Je me souviens parfaitement de chaque détail. Ma mère était dans la salle, bébé Dylan sur ses genoux, pendant que je bondissais sur la scène. Je tendais le cou pour repérer mon père dans la foule, inquiète à l'idée qu'il ne vienne pas. C'est alors que j'ai regardé en coulisse et que je l'ai aperçu derrière le rideau... en train d'embrasser ma prof de danse.

On a l'enregistrement du spectacle. On peut voir le moment où mon univers bascule à la façon dont mes yeux bruns s'écarquillent et dont mes cheveux bruns mi-longs fouettent mon visage quand mon regard passe de mon père à ma mère qui agite joyeusement la main. Mais ce n'est pas le pire... Je reste figée sur place pendant que les autres filles virevoltent autour de moi. Je quitte le groupe, aveuglée par les projecteurs, trébuche sur le fil du système de sonorisation et m'écroule sur le rideau, qui tombe aussitôt et révèle le visage de mon père et sa bouche bécoteuse. C'est là que j'ai décidé qu'il valait mieux être invisible que de se casser la figure vêtue d'un tutu rose ridicule.

Freud dirait probablement que je souffre d'une phobie des foules et d'anxiété sociale. Dans mon cas, Freud aurait peut-être raison. Je suis paranoïaque depuis ce satané spectacle — et le divorce. J'évite d'être mise en vedette. On pourrait même dire que je recherche l'anonymat. Mais je suis à l'aise avec mon malaise social. Très à l'aise avec le fait que je ne suis jamais invitée aux fêtes. J'occupe un certain créneau dans mon école : celui de la bollée solitaire. C'est un rôle que j'ai créé au prix de multiples efforts. Et même si une journée normale signifie suivre trois cours enrichis, ce n'est pas si mal. Stressant, oui, mais ça me plaît. Surtout parce que ça fera bonne impression sur les comités d'aide financière qui octroient les bourses universitaires.

Alors, oui, je suis satisfaite de ma vie. J'ai des amis, un emploi et une excellente moyenne cumulative pour me propulser vers une bonne institution… ou, du moins, c'était le cas avant que je ne devienne célèbre.

Chapitre 2

— Hé, Kenzie! Tu ne devineras jamais ce qui est arrivé!

Ma meilleure amie, Jane Smith, me dit ça presque chaque matin, dans l'autobus et ce depuis onze ans. Oui, elle a la malheureuse particularité de porter le nom le plus ordinaire de tous les temps. C'est aussi la seule personne qui a le droit de m'appeler autrement que Mackenzie. Il faut faire des concessions pour les amis qui te sont fidèles depuis l'école primaire. Toutefois, même Jane n'a pas le droit de m'appeler Mack. C'est un surnom strictement interdit.

— Bon, qu'est-il arrivé, Jane? dis-je en levant les yeux au ciel.

Jane sourit et ramène une mèche de cheveux roux foncé derrière son oreille.

— J'étais à la bibliothèque…

— Quelle surprise.

À côté d'elle, Hermione Granger est une fainéante en matière d'études. Si Jane n'est pas plongée dans des livres à la bibliothèque de l'école, elle est en train d'en classer à la librairie d'occasion Passion Fiction.

— Très drôle. Donc, j'étais à la bibliothèque pour finir mon devoir de calcul différentiel, quand Josh m'a demandé si j'avais vu *Galactica: La bataille de l'espace*.

Elle soupire. Je ne blague pas. Elle *soupire*.

— Ça veut dire qu'il est intéressé, non ?

Je réprime mon agacement et tente d'ignorer le fait que ma meilleure amie se pâme pour un gars qui veut vivre dans l'univers de *World of Warcraft**. Après tout, elle ne peut s'empêcher d'être une incorrigible romantique…, tout comme je ne peux m'empêcher d'être cynique.

— Hum, hum.

— Et nous avons eu une longue conversation au sujet des meilleures émissions de science-fiction de tous les temps.

— Vraiment.

— Et ça veut dire…

— Qu'il s'intéresse sûrement à toi.

Je connais bien mes répliques de meilleure amie. Même si je ne les prononce pas avec l'enthousiasme voulu, puisque Jane lève les yeux au ciel.

— J'ai hâte que Corey revienne de son tournoi de débats.

Corey est notre ami depuis la sixième année. Depuis qu'il nous a appris qu'il est gai, nous allons simplement à plus d'événements sportifs afin d'y repérer des gars. Et comme Jane et moi avons des horaires d'étude en guise de vie sociale, il est logique qu'elle souhaite avoir l'opinion de Corey.

Je me contente de rire en arrivant à l'école secondaire Smith. Non, elle n'est pas nommée en l'honneur de Jane — c'est juste une malheureuse

---

* Jeu vidéo.

coïncidence et un nom incroyablement plate. Mais bien sûr, «plate» est l'adjectif idéal pour décrire Forest Grove, en Oregon, la banlieue de Portland où je vis. Notre école porte le nom d'Alvin et Abigail Smith, qui voulaient être missionnaires avant de découvrir que les maladies européennes avaient anéanti la population autochtone. Rien de mieux que d'avoir des «missionnaires» comme mascottes d'école, surtout s'ils représentent la destruction de toute une culture. Mais je garde cette opinion pour moi. J'ai remarqué que le fait de dire ce genre de choses à voix haute provoque une réaction plutôt négative à Forest Grove.

Jane et moi allons à nos casiers, en prenant soin d'éviter la cour entre les bâtiments, où règnent les Notables. Tu vois, mon école est divisée en deux principales classes sociales : les Notables (qui évoluent dans une sphère branchée) et les Invisibles (inutile d'en dire plus). Jane et moi ne sommes pas assez stupides pour nous attarder sur le territoire des Notables. Quand tu es un membre de l'escouade bollée, tu apprends à passer inaperçu et à te déplacer en troupeau. Je fais donc mine de ne pas entendre Jane déplorer pour la cinq centième fois l'annulation de la série *Firefly* de Joss Whedon, quand la plus notable des filles Notables, Chelsea Halloway, rejette ses longs cheveux blond cendré en arrière d'un air négligent et croise mon regard.

À l'école secondaire Smith, un seul regard de Chelsea est l'avertissement d'un désastre imminent. Elle a le don de transformer subtilement et habilement des filles en lépreuses sociales. Mais si tu as un lien avec quelqu'un comme Logan Beckett (le plus notable des gars Notables de l'école), tu es d'ordinaire à l'abri des pires brimades. Donc, comme je suis sa tutrice en histoire, je suis en sécurité. Chelsea m'ignore généralement. Ce contact visuel subit est donc une première.

— Euh, dit Jane, mal à l'aise. Je pense que Chelsea te regarde.

Je ne me trompais donc pas.

— Que devrais-je faire ? dis-je tout bas.

— Je ne sais pas… lui parler, je suppose.

Nous échangeons un regard nerveux.

— Tu viens avec moi, hein ? lui chuchoté-je.

Puis je ris désespérément comme si elle venait de dire quelque chose d'hilarant.

— Hum… tout va bien aller, Kenzie. Je vais t'attendre là-bas, près des casiers. Respire à fond… Fais appel à ta tueuse de vampires intérieure !

— Merci, c'est très utile, dis-je d'un ton sarcastique.

Nous approchons de plus en plus près de Chelsea. Il est temps d'aller de l'avant et de lui parler… ou de m'enfuir. Sans que je sache pourquoi, l'expression « innocent jusqu'à être reconnu coupable » m'apparaît à l'esprit, et je me dis *Ce serait super si je pouvais être* cool *jusqu'à être reconnue bollée*. Puis je me souviens que :

1. L'école secondaire ne fonctionne pas comme ça.

2. J'ai déjà été reconnue bollée des milliards de fois.

3. Même avec le tutorat, mon statut social ne pourrait être pire.

Tout ce que je peux penser, c'est «Oh, merde» quand Jane m'abandonne à quelques pas de Chelsea. Je ne peux pas la blâmer de ne pas vouloir s'en mêler. Il y a des limites à ce qu'on peut demander à une amie, même à sa meilleure amie.

Je hoche la tête d'un mouvement saccadé et névrosé en direction de Chelsea et m'apprête à dire quelque chose d'intelligent (comme «salut»), quand ma bouche se met inexplicablement en mode volubile.

— Alors, comment ça va? dis-je, une octave plus haut que la normale. Quoi de neuf, les filles? Des plans excitants pour la fin de semaine?

Les Notables me dévisagent d'un air dégoûté.

— Oui, réplique Chelsea, suave. On a très hâte à la fin de semaine. Écoute, j'ai besoin d'aide pour un devoir. Je pourrais passer chez Logan samedi... *si* tu n'as rien d'autre de prévu, bien sûr.

Je déteste quand ces filles gardent un ton extrêmement poli pour démolir l'estime de soi des autres. En fait, ce qu'elle dit *vraiment*, c'est: «Tu es tellement pathétique que tu n'as sûrement rien de planifié. Donc, je t'ordonne d'être à ma disposition. Sa-lut!»

Elle a raison. Je n'ai pas de vie sociale — juste des devoirs.

— Ce serait parfait! dis-je sur un ton enthousiaste.

Puis je me souviens que seuls les ratés sont excités

à la perspective de faire les devoirs de quelqu'un d'autre.

— Je veux dire... ce sera parfait à la maison de Logan... s'il est d'accord. Je ferai d'une pierre deux coups.

Je grimace. Quel cliché!

En plus, je mens. Ce serait loin d'être parfait de l'avoir dans les jambes alors que Logan a besoin de se concentrer sur la révolution américaine. Elle le distrairait sans doute avec ses mouvements de cheveux et son décolleté... et je ne dis pas ça juste parce que j'envie ses seins et que je suis totalement dénuée de courbes.

Chelsea se tourne vers quelqu'un en faisant la moue. Je suis son regard et sens mon ventre se serrer. *Évidemment* que Logan Beckett est là à observer sa tutrice d'histoire perdre tous ses moyens à cause d'une simple demande. C'est l'histoire de ma vie.

— Chez toi à 2 h? lui demande Chelsea, presque en ronronnant. Ça marche pour toi?

Logan la dévisage comme s'il voyait clair dans son petit jeu de séduction. C'est bizarre, car je sais qu'ils sortaient ensemble à la fin du primaire. Tout le monde a été étonné quand le couple de Notables royal a rompu en 1re secondaire. Bien sûr, tout s'est éclairci lorsque le nouveau copain de Chelsea — un élève de 3e secondaire — l'a invitée à la fête de l'équipe de football.

Selon les rumeurs, depuis le départ de son petit ami pour l'université, Chelsea va peut-être recommencer à sortir avec Logan. Corey et Jane ont même parié là-dessus.

Je reste plantée là comme une idiote pendant que Logan la regarde avec un petit sourire en coin. Je devrais être soulagée qu'il soit trop préoccupé par les avances de Chelsea pour reporter son attention sur moi, mais c'est plutôt insultant. J'ai été séparée de mon amie, arrachée à ma zone de confort et forcée à donner une séance de tutorat gratuite (oui, forcée ; Chelsea et moi savons toutes deux les rumeurs qu'elle pourrait propager si je refusais), et tout ça pour être complètement ignorée.

Ce manque d'égards est la raison pour laquelle je considère uniquement Logan Beckett comme un instrument de sécurité sociale et un chèque de paie. Pas que ça change quoi que ce soit. Les gars comme Logan ne remarquent pas les filles comme moi — et s'ils le font, c'est un intérêt passager qui s'évanouit dès qu'ils aperçoivent quelqu'un avec de plus longues jambes et un décolleté plus profond. Déprimant, mais vrai. D'un autre côté, je n'ai pas besoin de déchiffrer ses sourires en coin. Je plaindrais Chelsea si elle n'avait pas la personnalité d'un barracuda — sans aucune de ses qualités.

Logan Beckett, par contre, a tout pour lui : une belle gueule, de l'argent et un statut social, en plus d'être capitaine de l'équipe de hockey. Mais pardonne-moi si je ne suis pas impressionnée. Naître riche avec des gènes d'enfer n'est pas exactement un exploit personnel. Et la seule chose que démontre son succès au hockey est qu'il peut frapper une rondelle (je lève les yeux au ciel, ici). Pas que j'aie mentionné rien de tout ça à Logan. Freud dirait que je suis refoulée.

Mais dans ce cas précis, c'est payant, littéralement, d'être refoulée. J'ai besoin de cet emploi de tutorat. Au rythme où vont les choses, ses parents médecins vont financer mon ordinateur portable et mes livres d'université. Je suis donc déterminée à ne rien gâcher.

— Ça marche pour moi, dit Logan avec le même sourire en coin.

Chelsea lève les yeux vers lui d'un air séducteur. Ce geste fait paraître ses cils encore plus longs, un truc que je n'ai jamais pu maîtriser.

— Ça ne te dérange pas que je vous interrompe ? demande-t-elle.

Je crois voir un petit sourire ironique sur le visage de Logan, comme si Chelsea venait de dire involontairement un truc amusant.

— Ne t'en fais pas pour ça.

— Très bien, alors, dis-je avec l'impression de m'enfoncer un peu plus à chaque seconde. Je serai chez Logan samedi, de midi à… trois heures ?

Chelsea hoche la tête d'un air hautain, et je m'éloigne à reculons, manquant de trébucher à cause de ma sortie précipitée.

— Super ! Je vais le noter dans mon agenda. À samedi !

C'est alors que je vois Patrick qui nous écoute. Je peux pratiquement entendre mon système nerveux passer en quatrième vitesse. Logan ne

m'impressionne peut-être pas, mais je s\
ment amoureuse de Patrick Bradford \
années — depuis le jour où, au début du s\ ...aire,
il m'a timidement demandé de lui prêter douze dollars pour payer une amende à la bibliothèque. Je me
fiche du fait qu'il ne m'ait jamais remboursée — pas
quand il me regarde avec ces yeux couleur de chocolat fondu.

En voyant Patrick si près, je panique. Je me
retourne brusquement et mon sac à dos heurte *violemment* un gars baraqué de l'équipe de football.
Alex Thompson soigne son image d'homme viril —
une image grandement diminuée quand il est ren-
versé par une fille maladroite d'un mètre soixante et
onze. En passant, c'est le poids de tous mes livres de
cours enrichis qui le fait tomber dans les marches de
ciment séparant les Notables des Invisibles. Mais je
doute sincèrement qu'il pense à sa réputation de dur
quand je l'envoie bouler et qu'il atterrit avec un cra-
quement inquiétant.

Je perds complètement les pédales.

Je me précipite, trébuche et m'affale pratiquement
sur lui. Je ne vois pas de sang, mais il est pâle et
immobile. Tout ce que je peux penser, c'est: *Oh, mon
Dieu! Je dois FAIRE quelque chose!* Je ne m'aperçois
pas que je prononce ces mots à voix haute.

Je l'enjambe et m'assois sur lui, puis me mets à
effectuer des compressions thoraciques rythmées. Je
ne me souviens plus si ça s'applique uniquement aux
crises cardiaques, mais je continue mes pressions
avec acharnement. Je pousse tour à tour des cris pour

réclamer l'infirmière et demander l'aide de la foule : « Quelqu'un peut me dire si je m'y prends comme il faut ? SUIS-JE EN TRAIN DE LE TUER ? Est-ce que QUELQU'UN peut vérifier si je suis en train de le TUER ?

Je suis complètement hystérique. Soudain, deux mains fermes m'attrapent par les épaules et m'arrachent à Alex. Ma vision est trouble en périphérie, comme l'image floue d'un appareil photo, et j'ai du mal à respirer. Je sens à peine qu'on me force à mettre la tête entre mes genoux, comme une faible héroïne frémissante de roman à l'eau de rose quétaine qui risque de s'évanouir à tout moment. En temps normal, ce genre d'aide m'irriterait au plus haut point. Je suis tout à fait autonome, merci beaucoup. Mais ce n'est pas une situation normale.

Alex Thompson ne bouge pas. Il ne semble pas respirer. *Je l'ai tué,* me dis-je, tout engourdie. *Je l'ai tué à cause de ma maladresse !* J'ai l'impression que mes organes ont été pulvérisés dans un broyeur, pendant que j'attends qu'il donne un quelconque signe de vie.

Je suis donc abasourdie quand il s'assoit. Je suppose qu'il est difficile de bouger quand une fille de soixante-trois kilos se jette sur toi et commence à te marteler la poitrine. Je n'ai peut-être l'air de rien, mais je suis étonnamment forte. Une chose qu'Alex Thompson vient de découvrir à ses dépens… et qu'il n'a pas appréciée.

— Dis donc, quel est ton problème ? explose-t-il quand il parvient à reprendre son souffle. Ça alors, tu es folle !

Je suis si soulagée de l'entendre que ses mots me passent par-dessus la tête.

— Je suis désolée. Je suis tellement désolée! Vraiment. Ça va? Excuse-moi. C'était un accident. Je ne t'avais pas vu quand je t'ai bousculé... devant tout le monde. C'était un endroit très mal choisi. Pas qu'il y ait un *bon* endroit pour faire tomber quelqu'un...

Je m'interromps quand il devient évident que je ne dirai rien d'intelligent.

— As-tu besoin d'aide? Veux-tu que je parte? Je devrais m'en aller, hein?

Alex m'ignore totalement, se lève et se tourne vers Logan, à qui devaient appartenir les mains mystérieuses qui ont mis un terme à ma première tentative de RCR*.

— Comment as-tu pu te retrouver avec une pareille empotée comme tutrice, Logan?

Ses paroles me font regretter qu'il ait repris connaissance, mais avant que je puisse ajouter quoi que ce soit, mon regard croise celui de Jane. Elle est debout près des casiers, une main plaquée sur la bouche, et je sais exactement ce qu'elle marmonne, car c'est ce qu'elle répète chaque fois que je me couvre de ridicule:

— Oh, Kenzie.

Jane réussit toujours à insuffler dans ces deux simples mots un mélange de pitié, d'incrédulité, de sympathie et d'indulgence, comme si elle ne pouvait

---

* Réanimation cardiorespiratoire.

croire ce que j'ai fait, tout en ayant prévu que ça arriverait.

Aïe.

Chapitre 3

Je ne reste pas là. Écouter Logan et Alex m'insulter n'est pas ce que je trouve de plus agréable… Je m'enfuis donc. La première sonnerie retentit pendant que je repasse les cinq dernières minutes dans ma tête. J'ai réussi à bafouiller, renverser (puis chevaucher) un joueur de football, effectuer une piètre tentative de RCR et bafouiller de nouveau — de sérieux dommages sur le plan social, même pour moi. Le premier cours est une distraction bienvenue qui m'empêche de revoir l'expression hébétée et affligée d'Alex juste avant de percuter le sol. Bien que je me sente moins coupable depuis qu'il m'a qualifiée d'empotée. Je me demande ce qu'a répliqué Logan. Il a peut-être dit: «Elle me rend service.» Ou bien il a blâmé ses parents, en disant qu'il a accepté pour qu'ils lui fichent la paix. Ou il a juste haussé les épaules, me dis-je amèrement.

C'est Logan qui m'a demandé d'être sa tutrice, la première semaine de l'année scolaire, car il avait déjà du retard dans ses lectures. Il était planté là, ses cheveux bruns ébouriffés retombant sur ses yeux gris-bleu, attendant patiemment que je finisse de remplir mon sac à dos. Ce qui m'a vraiment désarçonnée, car ce n'est pas courant que le plus beau gars de l'école *m'attende*.

— Euh… je peux t'aider ?

J'avais l'air d'une bibliothécaire, sur le point de lui demander s'il avait des livres en retard.

— Peut-être, a-t-il répondu.

J'ai scruté les alentours avec méfiance, me demandant si d'autres Notables nous observaient. Ils ont tendance à se déplacer en groupe.

— D'accord. Tout de suite ? Parce que j'ai un autre cours après… et toi aussi, je suppose. Donc… est-ce que ça va prendre du temps ? Parce que, dans ce cas, ce n'est pas vraiment le meilleur moment…

— Peux-tu être ma tutrice ? m'a-t-il interrompue, à mon grand soulagement.

— Tout de suite ? L'histoire américaine ne peut pas être résumée à ce point-là ! Enfin, ce n'est peut-être pas aussi vaste que, disons, l'histoire européenne, mais…

Il m'a regardée comme si j'étais une parfaite idiote, ce qui était justifié dans les circonstances.

— Mes parents sont prêts à payer pour ton tutorat… si tu es intéressée.

Je suis restée bouche bée, ce qui n'est pas une expression très seyante.

— Tes parents vont *me* payer pour que je *t'*enseigne la matière *même* que je suis en train d'apprendre ? ai-je dit d'un ton incrédule.

— C'est ça, a-t-il répondu avec l'un de ses regards dédaigneux. Peux-tu marcher et me fixer en même temps ?

Je me suis levée sans un mot et j'ai pris mon sac à dos. J'avais la désagréable impression de n'avoir pas tout saisi. Je soupçonnais un traquenard. Sérieusement, qu'est-ce que ça cachait? Les filles d'allure ordinaire comme moi (cheveux bruns lisses, yeux bruns, taches brunes sur des t-shirts d'occasion) ne sont pas invitées à fréquenter des Notables. Utilisées et rejetées, oui, mais pas embauchées pour un emploi à temps partiel.

— Donc, je t'enseigne seulement l'histoire, ai-je dit pour clarifier. Et tu me donnes de l'argent en échange?

— Espérais-tu une autre forme de paiement? a-t-il répliqué d'un ton désinvolte, sans cacher son amusement. Parce que si c'est le cas…

— L'argent est parfait, l'ai-je interrompu, irritée que mes gènes irlandais-italiens fassent ressortir mon rougissement. Mais pourquoi as-tu besoin de tutorat? Tu me sembles plutôt intelligent.

— Et seuls les sportifs idiots ont besoin de tuteurs, c'est ça?

Son regard amusé a cédé la place à une expression dégoûtée. J'ai eu l'impression d'être une moins que rien.

— Ce n'est pas ce que j'ai dit, ai-je marmonné, bien que cette pensée m'ait traversé l'esprit. Pourquoi veux-tu un tuteur?

Logan a répondu, avec une expression soudain indifférente:

— Je n'en veux pas. Mais ce serait une bonne idée d'accepter mon offre. Alors, qu'en dis-tu?

Bon, tu te demandes peut-être pourquoi j'ai accepté. Mais un emploi de tutorat signifiait que je pouvais arrêter le gardiennage. Et, malgré tous ses défauts, Logan Beckett ne portait pas de couches.

— Au-dessus du salaire minimum ?

— Oui.

— À quelle fréquence ?

— En fonction de mon horaire de hockey. Tous les deux jours et le samedi.

— Sérieusement ? ai-je répliqué, étonnée.

Il a soupiré en plissant les lèvres.

— Ai-je l'air de blaguer ?

J'ai secoué la tête et me suis sentie encore plus mal à l'aise. Enfin, Logan Beckett est un Notable. Et un gars. Je ne fréquente pas beaucoup de gens qui entrent dans l'une de ces deux catégories.

— Marché conclu.

Je n'aurais peut-être pas dû accepter si rapidement, mais je savais que Corey et Jane pousseraient les hauts cris si je refusais l'offre de Son Altesse Logan Beckett. Ce genre de chose peut rescaper une vie sociale à l'école secondaire Smith.

Voilà, ça dure depuis deux mois. Pas mal pour une bollée comme moi, quand on y pense. Mais j'espérais que ça se prolongerait un peu plus avant que les Notables ne me remarquent. Les choses sont sur le point de déraper sérieusement...

Chapitre 4

J'essaie de rattraper Logan après le retentisse-
ment de la cloche qui met un terme au cours
d'histoire. Pas pour discuter de ce qui s'est passé avec
Alex, ni pour l'escorter dans le couloir, mais à cause
du stupide test d'évaluation de monsieur Helm —
celui qui est censé évaluer notre degré de préparation
à l'examen du ministère. Si Logan l'a bien réussi, je
n'aurai pas à m'inquiéter de la présence de Chelsea
durant notre prochaine séance d'étude. Par contre,
s'il l'a raté, je devrai trouver une solution — et vite.

Logan marche bien plus vite que moi, peut-être
parce qu'il n'est ni empoté ni maladroit, et ne transporte pas une pile de livres. En fait, il se présente
rarement en classe avec un sac à dos, apportant seulement un cahier à spirale où est inséré un crayon.
Parfois, il perd son crayon et doit en emprunter un à
quelqu'un — ce qui est probablement le sujet du jour
à l'agenda de plusieurs filles en manque de popularité. Il y a sans doute plusieurs pages remplies de :
OMG! Ma main a touché la sienne! Il m'a touchée!

Pathétique.

Donc, il est déjà en train de marcher dans le couloir bondé quand je sors de la classe, ce qui m'oblige
à crier «Hé!» pour attirer son attention. J'aurais
peut-être dû être un peu plus précise, car une

douzaine de personnes se retournent et aucune n'est Logan. Je fais une nouvelle tentative :

— Hé… Logan !

Il se raidit au son de ma voix, comme s'il se hâtait de s'éloigner pour m'éviter. Ce qui a pour effet de me faire sentir super… mal à l'aise.

— Salut, dis-je d'un ton embarrassé en le rejoignant. Et puis, euh, comment était ton test ?

Le regard des autres élèves qui pèse sur moi fait monter ma tension artérielle, mais je poursuis :

— Moi-même, je l'ai trouvé pas mal difficile. Surtout la section à choix multiples. Je suppose que c'est une bonne chose que le vrai examen ait lieu plus tard et…

Je sais. Je parle pour ne rien dire. Mais j'essaie de m'améliorer.

Logan ne m'interrompt pas. Il semble trouver cela vaguement divertissant, comme si j'étais une expérience scientifique sur pattes qui peine à contrôler ses fonctions motrices. Je m'interromps donc moi-même.

— Donc, euh, comment as-tu trouvé le test ? dis-je de nouveau d'un ton hésitant.

Il hausse les épaules et se remet à marcher.

Son haussement d'épaules était-il positif ? Je ne le crois pas, mais ça ne coûte rien de demander.

— Attends ! Est-ce que ça veut dire que tout s'est bien passé ?

— C'était un test d'évaluation. J'ai eu mon évaluation.

— D'accord, mais je veux voir l'évaluation.

Logan hoche la tête en direction de la classe vide.

— Monsieur Helm dit qu'on n'est pas obligés de révéler nos résultats aux autres, riposte-t-il sur un ton faussement solennel.

— C'est ça. On n'est pas obligés de le dire à nos camarades. Sauf que je suis ta tutrice. C'est mon travail de savoir comment tu t'en sors. Alors, si tu veux bien me montrer ton test ?

Je n'avais pas l'intention de lui laisser le choix, mais dire quoi faire à Logan Beckett ne me vient pas naturellement. C'est un autre aspect que je dois travailler.

Logan lève son test à bout de bras, hors d'atteinte. Je suis grande pour une fille, mais il me dépasse tout de même de quelques bons centimètres et est beaucoup plus musclé. Il est impossible que je voie ce test à moins qu'il ne me le donne ou que je lui flanque un coup de pied dans le tibia. Mais je préfère garder cette tactique pour quelque chose de plus important qu'un test d'évaluation.

— Ou sinon ? demande-t-il comme un gamin.

Super, on est revenus à la maternelle.

— Sinon, je le dis à tes parents ?

Zut.

Logan sourit devant mon ton hésitant.

— C'est ça. Tu peux à peine parler à l'école, mais tu vas tout raconter à mes parents.

— Bon, je ne le ferai probablement pas, dis-je, en décidant d'essayer de lui faire avaler un argument fallacieux. Mais si tu ne me le montres pas, je ne saurai pas où tu as besoin d'aide, ce qui veut dire que je ne serai pas une bonne tutrice. Et alors, l'examen sera plus difficile pour toi. Et par conséquent…

— Bon, d'accord, dit Logan, probablement juste pour me faire taire. Je te montre le mien si tu me montres le tien.

Super, maintenant, on est à l'école primaire.

— Pourquoi ne me donnes-tu pas simplement ton test ?

Il secoue la tête, faisant retomber sa frange de manière séduisante sur ses yeux.

— Non. Pourquoi ne veux-tu pas me montrer le tien ? Tu n'as pas eu une note parfaite ?

Ses yeux pétillent à cette idée.

Ça ne sert à rien de résister. J'ouvre mon sac, sors mon test et le tiens fermement devant moi.

— Je vais compter jusqu'à trois…

Logan m'ignore et échange nos feuilles d'un geste désinvolte. Il a obtenu 29 pour cent, et j'ai eu 98 pour cent. Je ne sais pas lequel de nous deux est le plus embarrassé par ces résultats.

— Quatre-vingt-dix-huit pour cent, dit Logan, qui ne semble pas surpris, juste impressionné et vaguement amusé. Comment diable as-tu réussi ça ?

J'examine le dessus de mes chaussures Converse noires.

— Euh… j'ai étudié ?

Ma parole, pourrais-je être plus pathétique ?

— … beaucoup. J'ai beaucoup étudié. L'histoire a toujours été ma meilleure matière, alors… Je crois qu'on devrait prévoir une séance de tutorat supplémentaire ou essayer une nouvelle technique d'étude, dis-je en reportant mon attention sur son test.

Il me rend ma feuille en hochant la tête.

— D'accord. Peux-tu dimanche ?

Il n'y a aucune trace de sourire sur son visage, à présent.

J'essaie généralement de garder mes dimanches libres, alors je ne suis pas très enthousiaste à l'idée de le passer à parler de colons... une fois de plus.

— Super ! lui dis-je (stupide, stupide Mackenzie). C'est vraiment... parfait. Donc, on va étudier samedi et dimanche. Une fin de semaine consacrée à l'histoire !

Tout en discutant, nous nous dirigeons vers les casiers. Plus j'approche de la scène de ma plus récente humiliation, plus je me sens gauche et dégingandée — comme si une minipoussée de croissance m'avait fait soudain gagner quelques centimètres. Et crois-moi, je suis déjà bien assez grande.

Les gens commencent à nous remarquer. Pas tellement moi, mais Logan. Des Notables le saluent au passage, et il hoche la tête d'un air nonchalant pendant que je m'efforce de ne pas figer ou trébucher.

Mon enthousiasme apparent pour la fin de semaine d'étude me vaut un autre de ses regards « Tu es vraiment un phénomène ». Je sens que je rougis. Pas une rougeur séduisante. Mon visage prend une teinte rubiconde, ce qui rend mes taches de rousseur moins apparentes, mais n'apporte pas d'autres améliorations.

— Enfin, dis-je pour tenter d'atténuer les dommages, personne n'a envie d'étudier la fin de semaine ! Mais je devrais être capable de faire entrer ça dans…

Pourquoi les élèves populaires arrivent-ils toujours au bon moment pour prêter une connotation sexuelle à des paroles hors contexte ?

Spencer, un autre Notable joueur de hockey, s'approche juste à temps pour me couper en lançant : « C'est elle qui le dit ! »

Je dois admettre que c'est plutôt drôle — enfantin et cliché, mais quand même drôle. Mon visage vire au rouge tomate pendant que Logan sourit et se met en mode « gars » :

— Hé, Spence, ça va ?

Je me sens aussitôt comme la cinquième roue du carrosse. Je ne peux pas parler de hockey, ni de fêtes, ni de tout autre sujet Notable. Le mieux est donc de garder le silence.

— Je viens de couler un examen de géométrie, dit Spencer d'un air impassible. Peut-être que je te l'emprunterai, la prochaine fois.

Il sourit en me scrutant des pieds à la tête.

— Elle n'est pas ton genre, réplique Logan comme si je n'étais pas là. Tu ne veux surtout pas que Mack te harcèle à cause de tes notes. C'est le rôle des parents ! En plus, je doute que tu puisses supporter la pression. On vient juste de faire remonter ta note de menuiserie à B pour que tu puisses rester dans l'équipe.

Je pourrais vraiment finir par haïr Logan Beckett.

En passant, ce serait plutôt « *il* n'est pas *mon* genre ». Spencer a toujours des C, et il aurait été mis à la porte s'il n'était pas un aussi bon athlète. Et si ses parents n'avaient pas fait don d'un bâtiment à l'école. Les écoles privées ne sont pas les seules qui sont sensibles aux dons financiers. Même en Oregon, la corruption peut donner accès à tout, d'une discrète rhinoplastie à des notes d'examen plus élevées. Pas que je m'y connaisse dans les deux cas, mais j'ai entendu des rumeurs… et je regarde la télé.

La posture de Spencer devient nettement plus avachie.

— Tu sais que je déteste me lever tôt pour l'école. Huit heures du matin…, ce n'est pas humain.

— Surtout si on a la gueule de bois à cause de la veille !

— En plein ça ! Au fait, vas-tu à la fête de Kyle, demain ? La fin de semaine commence jeudi, mon gars !

— Jeudi, c'est aujourd'hui, dis-je pour me rendre utile. *Et non, ce n'est pas la fin de semaine.*

— Justement ! Raison de plus pour y aller, Logan !

J'attends, espérant qu'il va répondre : « Désolé, j'ai trop de devoirs. »

Ç'aurait été trop beau.

— Oui, je vais y aller.

En arrivant au local de mon prochain cours (Gouvernement et politique), je m'apprête à les saluer poliment, ce qui n'est pas évident quand les Notables admettent à peine ta présence.

— À samedi, donc ! dis-je à Logan.

— C'est ça, Mack, répond-il sans même me regarder.

Il disparaît au bout du couloir avec Spencer avant que je puisse protester. Je déteste quand on m'appelle Mack. Je déteste ça au plus haut point. Je reste là, sans Notables, avec tous les autres bollés des cours avancés, à marmonner toute seule :

— Mackenzie, pas Mack.

Pathétique.

Chapitre 5

Ce soir-là, le souper chez les Wellesley n'est pas agréable. Peu importe si j'ai survécu au reste de la journée sans autre rencontre embarrassante avec les Notables — le mal est fait. Quand j'arrive à la maison, fatiguée d'une journée remplie d'activités scolaires et d'humiliations sociales, je suis accueillie par mon frère en furie.

— Mais à quoi as-tu pensé? tonne-t-il.

— Bonjour à toi aussi, *frérot*, dis-je en insistant sur le mot pour l'agacer.

C'est mon rôle de grande sœur. Il est déjà si fâché que cette pique ne l'atteint même pas.

— Pourquoi parlais-tu à Chelsea Halloway? Tu ne sais pas qu'elle est inaccessible?

— Tu veux dire inaccessible pour *toi*, Dylan? Je n'ai aucun intérêt à la fréquenter. Par contre, toi, il faudrait que tu ailles au gym et que tu perdes quelques points de Q.I. pour t'intégrer à son groupe. Je te conseille aussi de prendre des stéroïdes. Je suis certain que ton futur copain Alex Thompson peut t'avoir une ordonnance.

— Alex Thompson ne prend PAS de stéroïdes! proteste-t-il. Je te demande juste… de ne pas tout gâcher. Tes actions se répercutent sur moi. Contente-toi donc de passer ton temps avec Jane et Corey, et laisse la popularité aux gens qui peuvent prononcer des phrases complètes en public, d'accord? Et surtout, ne saute pas sur les joueurs de football!

Bon, j'admets que ça fait mal. Me faire reprocher mon manque d'aptitudes sociales par mon petit frère est totalement embarrassant.

— Comment le sais-tu, de toute façon? dis-je d'un ton faussement détaché.

Il a l'air complètement dégoûté.

— Tu blagues? Chaque fois que tu t'humilies, je reçois un texto qui m'en informe. As-tu une idée de ce que tu me coûtes? Je dois quinze dollars par mois à maman pour avoir des textos illimités, rien qu'à cause de toi!

— Tu t'en sers juste pour parler des jupes courtes de Chelsea Halloway avec tes petits copains! Tu n'as aucune chance avec elle, tu sais!

Je lui ébouriffe les cheveux et j'ajoute:

— Je ne crois pas qu'elle veuille un gars plus jeune en ce moment. Le premier cycle du secondaire n'est pas le critère qu'elle recherche chez ses copains.

Il repousse ma main et riposte, furieux:

— J'ai plus de chances avec elle que toi avec Logan Beckett!

Je hoche la tête.

— Tu as raison. Mais il y a une différence: je ne suis pas intéressée par Logan Beckett. Ni par aucun des Notables. (Sauf Patrick, mais mon petit frère n'a *vraiment* pas besoin de savoir ça.) Ce qui veut dire que je peux m'humilier — ou t'humilier — devant eux quand ça me plaît.

Dylan me contemple, horrifié.

— Ne parle jamais de moi, compris ? Pas un mot !

Ma mère choisit ce moment-là pour entrer dans la pièce. Nos cris (ou plutôt ceux de Dylan) ont attiré son attention.

— Qu'est-ce qui se passe ? demande-t-elle d'un ton hésitant, comme si elle n'avait pas vraiment envie de le savoir.

Honnêtement, c'est probablement le cas.

— Rien de nouveau ! Mackenzie s'est encore couverte de ridicule en public. Peux-tu la faire arrêter ou l'envoyer quelque part ? Fais *quelque chose !*

— Il n'y a aucun problème avec ta sœur, Dylan, dit maman avec fermeté. Elle est spéciale, c'est tout.

Ce n'est pas ce que je voulais entendre.

— Éducation spécialisée, ouais, marmonne-t-il méchamment.

Nous le fixons avec sévérité.

— Quoi, c'est vrai ! riposte-t-il, sur la défensive. C'est pour ça qu'elle suit autant de cours enrichis. Dommage que sur le plan social, elle ait le Q.I. d'un…

Ma mère ne le laisse pas terminer.

— Bon, on se calme avant le souper. Dylan, ta sœur ne partira pas d'ici, fais-toi une raison. Et toi, Mackenzie…

Elle hésite, puis poursuit :

— Pourquoi ne fais-tu pas plus d'efforts pour… euh… te mêler au groupe, être plus discrète ?

Tu sais que tu es asociale quand ta propre mère souligne ton inaptitude.

— Wow, merci, maman, dis-je d'un ton

sarcastique. Tu veux que je sois plus discrète ? Je vais m'exercer tout de suite et disparaître de ta vue.

Je monte l'escalier en jetant par-dessus mon épaule :

— Abracadabra…

Et je claque la porte de ma chambre pour signifier « j'ai disparu ! »

Mais je ne peux pas en vouloir longtemps à ma mère. Je boude pendant une heure en faisant mes devoirs, puis je descends pour mettre la table, vider le bac de recyclage, balayer la cuisine et nettoyer les comptoirs. Voilà comment fonctionne une maison de parent célibataire — tout le monde participe aux tâches. Ma mère ne veut pas avoir à régler de stupides chamailleries quand elle rentre du travail.

Et elle n'a pas tort. Je fais des efforts pour me faire plus discrète le jour suivant. Je m'enfuis à la bibliothèque chaque fois que quelqu'un me questionne sur l'incident Alex Thompson — RCR. La bibliothécaire me laisse m'installer au fond avec les nouveautés. Je me dis que toute cette histoire va finir par se calmer. Si rien d'important ne se produit vendredi, je pourrai cesser d'être invisible dès lundi. Les gens vont simplement recommencer à m'ignorer.

Le samedi matin, tout semble parfait. Je me réveille tôt, enfile mes patins à roues alignées et vais me balader pour me vider l'esprit. Le seul moment où mon cerveau se met au ralenti est quand je dors ou que je chausse mes patins. Voilà pourquoi je vais patiner sur le terrain goudronné de l'école primaire au moins une fois par semaine. Si je ne le faisais pas, je ne réussirais jamais à maintenir mon mode de vie ordonné et super organisé.

Puis je me prépare en vue d'une rencontre du type Notable. Je me fais un discours d'automotivation en enfilant mon jean le plus confortable. Je me dis que ce n'est pas grave si Logan Beckett est un sportif prétentieux, arrogant et énervant, parce que je suis une fille forte, sûre d'elle et compétente qui peut lui enseigner l'histoire, qu'il le veuille ou non. Parce que je ne serai jamais une serveuse dans une minable banlieue de l'Oregon, qui essaie d'élever deux enfants seule…, comme ma mère. Tout va s'arranger à l'université, et un jour, je vais repenser à l'école secondaire en me disant : *Oh, que je détestais être la tutrice de Logan Beckett ! Mais c'était payant.*

Voilà ce que je me dis en attendant devant la maison des Hamilton que Logan passe me chercher. *Pas parce que j'ai honte de ma maison,* me dis-je en faisant les cent pas en bordure du trottoir comme si je marchais sur une poutre. Mais si Logan Beckett pense que la maison victorienne des Hamilton est la mienne…, il n'y a pas de mal à ça. Je ne veux pas de sa pitié devant ma maison peu attrayante à la peinture qui pèle et à la pelouse envahie par les mauvaises herbes. S'il y a une chose que je ne peux supporter, c'est la compassion mielleuse que tout le monde nous manifestait après le divorce. « Oh, quelle tragédie ! Il est parti avec la prof de ballet ? Qu'allez-vous faire ? Pauvres, pauvres enfants ! » Je me retenais pour ne pas crier chaque fois qu'une vieille dame me pinçait la joue en disant : « Ton papa va revenir, ma chérie.» Il n'est pas revenu, et j'ai autant besoin de lui que d'un œil au beurre noir.

J'aurais bien besoin d'une voiture, par contre. Comme ça, je ne serais pas obligée d'attendre que Logan arrive — en retard —, avec l'air de sortir d'une soirée bien arrosée. Même épuisé, il est beau — ébouriffé et sexy. À sa place, j'aurais sûrement une mine de déterrée. Les quelques nuits blanches que j'ai passées à étudier pour des examens l'an dernier m'ont appris que si je ne veux pas me faire conseiller d'aller voir l'infirmière, j'ai besoin d'un minimum de six heures de sommeil par nuit. Moins que ça et les gens me demandent si je suis malade.

— Veux-tu quelque chose? me demande Logan en se garant devant le Starbucks.

Je suis étonnée qu'il ait la politesse de le proposer.

Je fouille dans mon sac pour trouver mon portefeuille.

— Un café frappé Frappuccino moka, s'il te plaît.

— Quelle grandeur?

— Euh… petit?

Je ne comprends pas comment fonctionnent les tailles de gobelet au Starbucks. Ce n'est pas ma faute si elles semblent toutes énormes.

Je viens de sortir mon portefeuille quand Logan ouvre la portière.

— Attends! dis-je en cherchant l'argent pour mon café.

Il a une expression mi-amusée, mi-agacée pendant que je compte les pièces de monnaie.

— Oublie ça, dit-il.

Ce qui montre à quel point il me connaît mal. Je paie toujours ma part.

Mais il s'éloigne avant que je puisse protester. Je pense à le suivre pour plaquer mon argent sur le comptoir au moment voulu, mais ce sera moins embarrassant de le rembourser plus tard. Puis je vois Patrick Bradford qui marche dans ma direction et mon cerveau cesse aussitôt de fonctionner.

Patrick. Il se dirige vers moi et j'espère, de toutes les fibres pathétiques de mon être, qu'il va me parler et s'apercevra enfin que nous sommes faits l'un pour l'autre. C'est une occasion que je ne peux pas rater. Rassemblant tout mon courage, j'ouvre la portière et sors de la voiture.

— Hé, Patrick!

Non, ce n'est pas moi qui l'appelle. Je me retourne et j'aperçois Chelsea Halloway, assise avec ses deux meilleures amies à la terrasse du café. Jane et moi avons surnommé ce duo Barbie & BBQ.

Steffani Larson doit son apparence au blond de Clairol, au maquillage MAC et (selon les rumeurs) à un chirurgien esthétique discret. Quant à Ashley McGrady, elle fréquente les salons de bronzage depuis la 1re secondaire. Je me demande si aller au Starbucks est une tradition Notable de lendemain de veille pour éliminer l'alcool.

Je ne sais pas quoi dire. Aucun gars ne préférerait passer du temps avec moi plutôt que de profiter de l'attention de ces filles — pas même Patrick. Non pas que Chelsea et Steffani l'accueilleraient avec effusion comme elles le font avec d'autres gars Notables (genre

Logan), mais on pourrait s'y attendre. Après tout, Patrick est encore sur la frontière entre les Notables et les «Potables». Ce qui explique pourquoi il se contente de me saluer d'un signe de tête et continue de marcher sans m'adresser la parole. Ou bien il pense qu'il ferait mieux de ne pas attirer l'attention des Notables sur moi.

Les filles gloussent à un des commentaires de Patrick, et je ne peux m'empêcher de souhaiter qu'elles s'étouffent avec leur café glacé ou aient un gel de cerveau monumental. Je me sens comme une idiote, appuyée contre la voiture noire luisante de Logan, la bouche entrouverte et les yeux fixés sur les Notables. Impossible que le Trio Maléfique ne m'ait pas vue. Et pourtant, aucune d'elles ne me fait signe. Je suis toujours plantée là quand Logan sort avec nos cafés.

— Logan!

Encore une fois, ce n'est pas moi. Ce cri perçant provient de Chelsea, et comme elle doit nous rejoindre avec son devoir dans quelques heures, je trouve qu'elle y va un peu fort. Ça ne semble pas déranger Logan, qui lève un sourcil devant cet accueil ravi. C'est peut-être ainsi que les filles comme Chelsea se trouvent des petits amis : en montrant beaucoup d'enthousiasme et de décolleté.

— Hé, man.

C'est Patrick. Je réprime un petit rire. Ça semble tellement… forcé, comme s'il avait voulu dire «Yo, dude», mais avait peur d'avoir l'air débile, alors il a opté pour débile léger. Ce qui, à mes yeux, est totalement adorable.

Je prends une grande inspiration. *Bon*, me dis-je

sévèrement, *ce n'est pas le moment de te dégonfler.*
D'une seconde à l'autre, Logan va me tendre mon
café et les autres Notables ne pourront pas faire semblant qu'ils ne m'ont pas vue.

Je fais donc les premiers pas. Je me dirige vers
eux, en gardant les yeux sur mon Frappuccino pour
me donner l'air désinvolte. Ça ne marche pas aussi
bien une fois qu'il est dans mes mains.

— Euh, merci, dis-je en marmonnant. Je le
paierai plus tard.

— Oublie ça, dit Logan.

Évidemment, quand le financement de ton université est réglé, tu peux te permettre d'être géné-
reux avec ton argent. Je suis un peu envieuse. Ce doit
être agréable de dépenser sans se demander si ça
repousse le moment de l'achat d'un ordinateur pour
l'université. J'insiste tout de même :

— Je vais te rembourser plus tard.

— Dites donc, sortez-vous ensemble tous les
deux ou quoi ? demande Patrick d'un ton hésitant.

Je m'étouffe avec ma gorgée, mais pas parce que
je pouffe de rire.

— Elle est bonne ! ricane Chelsea. Comme si
c'était possible qu'ils sortent ensemble !

Elle est vraiment charmante.

— Euh, non. Non, non, non ! dis-je.

J'aurais peut-être dû arrêter après le premier non.

Patrick sourit et je sens mes genoux faiblir. Il est
si mignon avec ses yeux de chocolat fondu — comme
le Frappuccino moka que je tiens dans mes mains. Je
me rapproche légèrement de lui. Je ne peux pas

résister — son sourire est comme un aimant.

— On est juste venus chercher un café, explique Logan.

— Oui, dis-je à mon tour. Ça augmente la vigilance et c'est un excellent outil pour l'étude. Saviez-vous que le café a déjà servi de monnaie d'échange ?

Patrick secoue lentement la tête pour me faire comprendre silencieusement que je viens de commettre un immense faux pas. Les filles me dévisagent, incrédules, pendant que Logan prend une gorgée d'un air amusé.

— Pourquoi nous dis-tu ça ? demande Chelsea d'un ton hargneux.

— Euh… parce que c'est un fait intéressant ?

Je garde les yeux fixés sur Patrick pour continuer de me sentir molle et fondante à l'intérieur. Je paralyserais automatiquement si je croisais le regard froid d'une des filles du Trio Maléfique. Logan pose la main sur mon épaule (me faisant taire instantanément) et lance :

— À plus tard !

Puis il m'entraîne vers la voiture. J'attends qu'on ait tous les deux attaché notre ceinture pour me tourner vers lui.

— C'est *cool*, non ?

— Oui, c'est *cool*.

Je ne m'attendais pas à ce qu'il soit d'accord avec moi. Il me fixe avec un regard intense, m'évaluant de ses yeux gris méfiants. J'essaie de ne pas me tortiller sur mon siège. Parfois, j'ai l'impression que c'est lui le tuteur et moi qui échoue aux tests.

Chapitre 6

— Je ne savais pas que tu trouvais Patrick de ton goût, dit Logan d'un ton neutre, avec une pointe d'ironie.

— Qu-qu... Qu'est-ce qui te fait croire *ça*? finis-je par bafouiller.

— Ta façon de baver d'admiration devant lui.

Je scrute son visage mais ne peux déchiffrer son expression. Il exagère démesurément un petit moment d'embarras, et pourtant, il semble étrangement satisfait. Une tentative de séduction? *Moi*? De quoi parle-t-il?

Je n'hésite pas à rétablir les faits.

Au feu rouge, je regarde Logan dans les yeux.

— Je ne draguais pas. J'ai mieux à faire avec mon temps, dis-je, d'un ton que j'espère suffisamment vif et mordant. À présent, veux-tu utiliser ton cerveau ou vas-tu le laisser s'atrophier?

Le silence règne dans la voiture. Je dois l'admettre: je me suis sentie visée... et j'ai vu rouge. Il ne s'agit pas de petites taquineries entre amis, car nous ne sommes PAS AMIS. Il est un Notable et moi une Invisible, et si je l'ai momentanément oublié, son analyse post-Starbucks vient de me le rappeler.

Je n'en peux plus de ce silence.

— Bon, qu'est-ce qui se passe ?

Il hausse les épaules. Est-il possible d'être moins communicatif ?

— Qu'est-ce que tu as ?

— Rien, répond-il d'un ton maussade.

— Écoute, je ne sais pas quel est ton problème, mais je ne peux pas t'enseigner si tu ne me parles pas. Et j'ai besoin de cet emploi pour m'acheter un MacBook.

— C'est pour ça que tu le fais ? demande-t-il avec incrédulité. Un ordinateur ?

— Euh, oui. Pourquoi pensais-tu que j'étais ta tutrice, pour avoir un prix Nobel ?

Il ignore ma question et dit, d'un ton pensif :

— C'est logique. C'est un nom prédestiné.

Il sourit devant ma perplexité.

— Mac-kenzie qui économise pour un MacBook !

Je sens mes poings se serrer et je m'oblige à me détendre.

— Très drôle. Je ne l'avais jamais entendue avant… Oh, attends, ce n'est pas vrai. Et je ne m'appelle pas Mack !

Il ne semble pas m'écouter en se garant dans l'allée de sa maison. Quelques minutes plus tard, nous sommes dans sa cuisine devant nos livres ouverts.

— Alors, la guerre franco-indienne opposait…

Logan passe une main dans ses cheveux d'un air frustré et baisse les yeux sur le gribouillage qu'il a tracé dans son cahier.

— Les Français et les Indiens ?

— Pas vraiment.

L'exaspération se lit sur son visage.

— Alors, pourquoi ça s'appelle la guerre franco-indienne ?

— C'est le camp victorieux qui a choisi le nom.

— Qui a gagné, les Français ou les Indiens ?

— Ni l'un ni l'autre.

Devant son regard excédé, je m'empresse d'ajouter :

— Les Britanniques et les Colons ont remporté la victoire. Ce serait plutôt long comme nom si c'était la Guerre des Britanniques et des Colons contre les Français et les Indiens.

Cela me vaut presque un sourire. Je poursuis :

— Les Britanniques et les Colons ont gagné. Ils l'ont appelée la guerre franco-indienne parce que c'étaient ces peuples qu'ils combattaient.

Logan s'apprête à dire quelque chose quand ses parents entrent dans la pièce.

— Bonjour, Mackenzie, dit chaleureusement sa mère. Comment avance le tutorat ?

Je me demande toujours si je dois les appeler tous les deux docteur Beckett ou si ça ne ferait que compliquer les choses.

— Bonjour, monsieur et madame Beckett, finis-je par dire. Ça va plutôt bien. On couvre les faits saillants, en ce moment.

J'essaie de donner l'impression que tout est sous contrôle, même si ce n'est manifestement pas le cas. Logan a obtenu 29 pour cent à son test d'évaluation, et c'est loin d'être « bien ». Il semble ne rien retenir de ses cours. Tout ce qu'il a fait, c'est créer un classeur rempli de dessins. Dans les marges, je vois des camarades de classe, des navires en péril et des girafes au long cou. Super.

— Et comment allez-vous? dis-je dans un effort pour détourner leur attention.

— Oh, très bien, répond sa mère en sortant de la dinde tranchée du frigo pour faire un sandwich.

La maison des Beckett est immaculée, élégante et luxueuse. Ce n'est pas étonnant, je suppose, quand les parents sont médecins et ont un fils unique, comparativement à une serveuse avec deux enfants qui dépend de la pension alimentaire de son ex infidèle.

— Quoi de neuf à l'hôpital?

— Rien de très intéressant. Quelques jeunes avec une intoxication alcoolique qui ont dû subir un lavage gastrique. Apparemment, il y a eu toute une fête la nuit dernière.

Même les adultes sont plus au courant des soirées que moi.

— Je n'en sais rien, dis-je honnêtement, en bonne fille studieuse que je suis. Je ne bois pas. Ce n'est pas mon genre.

Logan me regarde droit dans les yeux.

— Sans blague. Je ne l'aurais jamais deviné.

Salaud.

— C'est agréable d'entendre ça, dit sa mère. Quelqu'un qui connaît ses limites et qui les respecte. C'est bien, non? ajoute-t-elle en se tournant vers son fils.

— Oui, réplique-t-il en réprimant un fou rire. Très bien.

Nous savons tous les deux pourquoi je ne bois pas — c'est impossible quand on n'est pas invité à ce genre de soirée. J'ouvre la bouche pour répliquer, mais on sonne à la porte.

— J'y vais, déclare le père de Logan en se dirigeant vers la porte, une canette de boisson gazeuse diète à la main.

— Bonjour, monsieur Beckett.

Je reconnais ce type de voix maléfique, ce ton de fifille experte en trahison et en débauche. Non, je mens. Tout ce que je peux dire, c'est qu'elle appartient à Chelsea Halloway. Le reste n'est qu'une hypothèse qui s'appuie sur des faits observables.

— Logan, une *amie* est venue te voir.

Son père met l'accent sur le mot « amie », comme si ce n'était pas le terme adéquat pour décrire leur relation. Mais ça ne me regarde pas.

Je referme le livre d'histoire et me prépare mentalement à affronter Chelsea. Je ne sais pas ce qu'a cette fille (peut-être ses cheveux parfaitement coiffés ou son maquillage impeccable), mais elle m'a toujours intimidée. Peu importe si je la croise à l'école, au Starbucks ou chez Logan Beckett, elle dégage des effluves de supériorité. Ou du plus récent parfum de Victoria's Secret[*].

---

[*] *Victoria's Secret* est une marque de lingerie américaine, d'habillement féminin et de produits de beauté.

— Salut, Chelsea, dis-je d'un ton nonchalant quand elle entre dans la cuisine.

Je me lève pour prendre un muffin aux bananes. Les docteurs Beckett m'ont dit de faire comme chez moi le premier jour de tutorat. Je n'ai donc pas à demander la permission chaque fois que je veux fouiller dans leur réfrigérateur. J'ai souvent une fringale l'après-midi.

— Salut, réplique-t-elle.

Puis elle se tourne brusquement vers madame Beckett avec un sourire radieux qui sous-entend «*je suis belle et exactement le genre de fille que vous souhaitez pour votre fils*».

Lèche-bottes.

— Comment allez-vous, madame Beckett? demande-t-elle d'un ton mielleux.

— Je vais bien, Chelsea. Et toi?

Elle rejette ses cheveux sur son épaule, dans un mouvement qui évoque une fichue annonce de shampooing.

— Très bien.

— As-tu quelque chose de prévu avec Logan, lorsqu'il aura fini d'étudier avec Mackenzie?

Je suis surprise d'entendre mon nom. Je disparais dans le réfrigérateur tout en saisissant une boisson gazeuse diète. Mais madame Beckett n'est pas du genre à ignorer une bollée, même si une fille populaire se présente sur les lieux.

— En fait, Mackenzie va m'aider pour une rédaction, répond Chelsea avec assurance.

Elle fait tout avec assurance. Logan et elle vont probablement avoir des enfants pleins d'assurance.

— Ça ne te dérange pas, Mackenzie ? demande gentiment madame Beckett. Tu n'es pas trop débordée ?

— Mais non.

Que puis-je répondre d'autre ? La vérité ? «Désolée, Chelsea, mais mon cerveau est surmené. Débrouille-toi seule avec ta rédaction. Ça veut donc dire que tu vas lancer une sale rumeur à mon sujet dans le vestiaire des filles. J'aurais dû t'appeler pour annuler, mais tu ne donnes pas ton numéro de téléphone aux Invisibles comme moi. »

Ouais. J'obtiendrais une super réaction.

— Pas de problème, dis-je. Logan peut prendre une pause ou consulter des fiches pendant que j'aide Chelsea. Ensuite, on s'attaquera de nouveau au livre.

Madame Beckett hoche la tête en mettant la dernière touche à son sandwich.

— Très bien, alors. Bonne chance !

Là-dessus, elle entraîne son mari vers la piscine et me laisse seule avec les deux Notables. Quant à la chance, je vais certainement en avoir besoin.

Chapitre 7

— Je ne suis pas certaine de pouvoir t'aider.

Cette constatation me démoralise. Ce n'est pas juste que la plus jolie et plus populaire fille de l'école soit intelligente en plus. *Voyons donc!* Cette fille doit bien avoir des défauts (à part ses tendances maléfiques)! Sinon, je vais commencer à croire qu'elle est un cyborg venu d'une autre planète. Mais jusqu'ici..., rien à dire. Je ne sais même pas pourquoi elle voulait que je regarde son travail, à moins qu'il ne s'agisse d'un stratagème pour passer du temps avec Logan.

— Quel est le problème? demande-t-elle, sur la défensive.

Elle se redresse, mettant un terme à la vue en plongée sur son décolleté dont semblait profiter Logan. Je pourrais lui dire : « Il n'y a pas de problème avec ta rédaction. Elle est excellente et ton prof d'anglais va l'adorer. »

Mais ce ne serait pas l'entière vérité.

— Eh bien, dis-je en désignant le livre devant moi. Tu penses que Janie, le personnage principal du roman a trouvé le véritable amour?

— Oui.

— J'ai lu le livre, et selon moi, ça ne parlait pas d'amour du tout.

Elle est soudain attentive.

— De quoi parles-tu? demande-t-elle d'un ton méprisant. Ça décrit comment elle choisit mal ses amoureux avant de trouver le bon.

Les cils baissés, elle adresse clairement cette déclaration à Logan. Même moi, je peux voir qu'il s'agit d'une invitation.

— J'ai trouvé qu'elle était pathétique, dis-je, provoquant un froncement de sourcils de Chelsea et un sourire amusé de Logan. Elle passe d'une relation abusive à l'autre, jusqu'à ce qu'elle soit obligée de tirer sur son mari violent. Selon moi, le vrai message…, c'est que les gars sont des porcs.

Logan lève un sourcil en entendant ma conclusion.

— Hé! dit-il calmement. Ce n'est pas vrai.

— Parfois, c'est vrai. Pas tous les gars, évidemment, bien que ceux ici présents ne fassent peut-être pas exception.

Chelsea me dévisage, mais Logan sourit.

— Bon, merci, dit-elle, laissant les mots «quand même» flotter en suspens.

— Désolée de ne pas pouvoir faire plus. Alors, Logan, comment va la guerre franco-indienne?

— C'est palpitant, dit-il d'un air impassible. Je me demande ce qui va arriver…

— Je parie que les Colons vont gagner, dis-je en souriant.

— Bravo, tu as gâché la fin.

Il ferme son livre, et je dois donc ouvrir le mien au bon chapitre.

— En fait, c'est plutôt intéressant. Si tu regardes la bataille de…

Mais il ne m'écoute pas. Chelsea est inclinée en avant, faisant mine de se concentrer sur son devoir. Mais non, les gars ne sont pas des porcs. C'est ça.

Le reste de l'après-midi est à l'avenant. Chaque fois que Logan porte son attention sur moi ou sur son livre, Chelsea échappe son crayon et doit se pencher *très bas* pour le ramasser. Ou alors elle rejette ses longs cheveux soyeux sur son épaule, pour ensuite les laisser retomber doucement en avant. Il est évident que sa rédaction est le dernier de ses soucis et que Logan apprécie le spectacle.

Avec Logan qui a la concentration d'un poisson rouge et Chelsea qui se prend pour une figurante de *90210*[*], la séance d'étude tourne court. J'ai l'impression d'avoir échoué. Il est évident que la matière n'entre pas dans la tête de Logan. Heureusement qu'on a une autre séance prévue le lendemain.

Il me dépose devant la maison des Hamilton, et je me dirige vers la mienne dès que sa voiture noire a disparu. Dylan m'attend devant la porte.

À le voir, on croirait que quelqu'un est mort. Vraiment. Devant son visage livide, je me mets à courir, ignorant le poids de mon livre qui rebondit sur mon dos.

— Dylan, qu'est-ce qu'il y a ? Maman va bien ?

Il ne répond pas. Dès que je suis à sa portée, il me saisit par le bras et m'entraîne dans la maison.

---

[*] *90210* est une série télévisée américaine en 114 épisodes créée par Rob Thomas.

— Il faut que tu voies ça, dit-il en se dirigeant vers l'ordinateur familial.

Ce truc est vieux d'un milliard d'années et prend une éternité à se mettre en marche. Dylan bouge la souris et le fond d'écran, une photo de Dylan, ma mère et moi à la plage, disparaît. Ce que je vois à la place me donne envie de vomir les muffins aux bananes que j'ai mangés.

Une vidéo de YouTube surmontée d'une légende tapageuse :

Mackenzie Wellesley : le flop de l'année !

En lisant ces mots, je voudrais me rouler en boule jusqu'à ce que mon esprit soit au neutre. La vidéo elle-même est encore pire. Toute la scène a été enregistrée et est présentée ici, pour le plus grand plaisir de millions de personnes. Dylan n'a qu'à cliquer, et je revis ce moment image par image. Je me vois heurter Alex Thompson avec mon sac à dos, prendre un air horrifié devant son immobilité, le chevaucher pour essayer de le ranimer… Pire encore, pendant que je lui martèle la poitrine, Alex me contemple avec horreur et surprise… en tentant faiblement de me repousser.

Comment se fait-il que je n'aie rien vu ? Je devais être si concentrée sur mes tentatives de RCR que je n'ai pas remarqué qu'il essayait de se dégager. Chaque fois qu'il tentait de se redresser, la force de mes compressions rythmées le plaquait de nouveau sur le ciment. Mes pathétiques excuses résonnent clairement dans les haut-parleurs :

« Ça va ? Excuse-moi. C'était un accident. Je ne

't'avais pas vu quand je t'ai bousculé… devant tout le monde. »

Je blémis. Je ne m'étais pas rendu compte de l'ampleur de ma gaffe. Je ne veux plus jamais me retrouver à moins de cinq mètres d'Alex Thompson.

Sous la vidéo, on peut lire toute une série de commentaires. Le premier dit simplement: *Ha! LOL! Quelle ratée!*

Je fixe l'écran en silence et ces mots ne cessent de résonner dans ma tête. *Quelleratée quelleratée quelleratée.* J'ai du mal à respirer, et je sais que je vais me mettre à pleurer d'une seconde à l'autre.

— Il n'y a qu'une solution, dit Dylan d'une voix rauque. Tu dois déménager. Tu pourrais peut-être aller vivre… ailleurs.

Je ne reste pas là pour entendre le reste. Je vais tout droit dans ma chambre, me jette sur mon lit, remonte les couvertures sur ma tête et fais semblant d'être loin d'ici. Ça n'aide pas vraiment. Et si je savais ce qui m'attend, je ne quitterais plus jamais ma chambre…

Chapitre 8

Selon ma mère, ce n'est pas si grave. Je ne sais pas si elle le croit vraiment, mais elle soutient que les autres sont simplement intimidés par ma supériorité intellectuclle et que je ne devrais pas me sentir visée. Ouais. C'est pour ça que les gens rient de moi sur Internet.

Ma mère vient juste de me dire que personne ne regarde YouTube quand Jane m'appelle pour me mettre au courant. Ce n'est pas nécessaire, puisque je descends toutes les deux heures au rez-de-chaussée pour vérifier combien de personnes ont visionné la vidéo. Chaque fois que je vois le chiffre ou que je fais défiler la page pour découvrir de nouveaux commentaires, je sens ma pression artérielle monter en flèche. Lorsque le nombre atteint trente mille, j'arrête.

Ça fait du bien d'entendre la voix calme de Jane.

— Euh, Kenzie, dit-elle quand je réponds. Il faut qu'on se parle.

— Laisse-moi deviner. Je suis déjà la risée de toute l'école?

Elle hésite, et pèse ses mots avant de répondre:

— En fait, ouais.

Je peux toujours compter sur l'honnêteté de Jane.

— Qu'est-ce que je vais faire? dis-je, allant droit au but.

Une autre pause.

— Fais plus d'efforts pour trouver ta tueuse de vampires intérieure ?

Je regarde fixement le téléphone.

— C'est tout ? C'est ça, ton conseil ? Tu es censée trouver un moyen de tout arranger ! Allez, fais quelque chose !

Elle rit.

— Désolée, Kenzie, dit-elle en reprenant son sérieux. Comment réagis-tu à tout ça ?

— Je me cache dans mon lit ! Ne t'en fais pas, ça va aller, c'est juste un autre moment humiliant à ajouter à la liste.

— Oh, Kenzie, pouffe-t-elle. Ce n'est même pas le pire ! Tu te souviens quand tu as pété pendant le yoga à l'école primaire ?

Voilà le problème avec les amis qui te connaissent depuis le primaire. Ils connaissent toutes tes gaffes.

— Et il y a deux ans, quand tu étais nerveuse devant le gars de l'échange étudiant, et que tu lui as envoyé plein de postillons à la figure ?

— Oui, dis-je d'un ton sec. Merci de me rappeler ces agréables souvenirs.

— Tout ce que je dis, c'est que ça aussi, ça va passer.

— Merci.

— Dis donc, comment s'est déroulé le tutorat, aujourd'hui ? Aucun Notable n'a mentionné la vidéo ?

— Non, dis-je en souriant. Mais j'ai vu Patrick au Starbucks !

— Pas lui ! Il me donne envie de vomir !

Ce n'est pas juste, car je l'écoute parler de gars sans arrêt. Chaque fois que je lui demande ce qu'elle a contre Patrick, elle répond : « Oh, rien. »

Je décide donc d'ignorer son commentaire.

— Ensuite, je suis allée étudier avec Logan. C'était… bizarre.

— Une conversation entre un Notable et toi était bizarre ? Depuis quand ?

— Tu as raison, dis-je en riant. Mais cette fois, c'était différent. Laisse-moi te raconter. Il a fait un commentaire déplaisant sur le fait que je m'étais jetée à la tête de Patrick.

Jane pousse une exclamation de surprise.

— Ce n'est pas vrai ! dis-je aussitôt. Mais voilà le plus bizarre : j'ai perdu patience.

— Qu'as-tu fait ? demande-t-elle d'un ton grave.

— Je lui ai dit ma façon de penser. J'ai temporairement oublié qu'il était un Notable et j'ai agi comme je le fais avec toi.

— Oh, comme une vraie casse-pieds ?

— Merci, dis-je avec un petit sourire. C'est très gentil de ta part.

— A-t-il été surpris ?

Je réfléchis avant de répondre.

— Il avait l'air plutôt amusé. Je crois que ç'a permis de détendre l'atmosphère.

Il y a un silence à l'autre bout du fil.

— Je ne sais pas ce que ça veut dire, finit-elle par ajouter.

Je ris.

— Ça ne veut rien dire.

— Fais attention, d'accord, Kenzie? Tu n'as pas le droit de changer d'école. Corey et moi ne pourrions pas survivre au secondaire sans toi.

Voilà pourquoi Jane est ma meilleure amie depuis le primaire.

— Ne t'inquiète pas. Tout ira bien. À moins que Dylan ne me tue dans mon sommeil…

Ce qui ne me paraît pas tout à fait impossible. Mon frère refuse de me parler. La seule raison pour laquelle ma mère le laisse tranquille est qu'il s'est retenu de sacrer. Il dit que je l'ai humilié et que je suis une tache sur sa vie sociale, mais aucun juron n'a été prononcé.

Je lui laisse le dimanche pour décolérer. Je fais mes devoirs, j'étudie avec Logan et j'attends que Dylan se calme. Mais le lundi, il évite mon regard durant le déjeuner.

— Bonjour, dis-je pour briser la glace.

Il répond par un grognement.

— Écoute, ce n'est pas comme si ce gâchis était ma faute. Alors, soit tu agis en bébé de cinq ans, soit tu es raisonnable et me donnes une chance.

Il me toise d'un air furieux, sans se rendre compte à quel point il ressemble à notre père avec ses traits crispés. Dylan était tellement jeune quand mon père nous a abandonnés qu'il ne reconnaît pas tous les tics qu'ils ont en commun. Dans ma famille, il n'y a pas pire insulte que d'être comparé à papa. Je me souviens de la fois où j'avais promis d'assister à la partie de soccer de Dylan et que je n'avais pu y aller. Avec une expression furieuse et blessée, il avait repoussé sa frange humide de sueur et déclaré : «Tu es aussi pire que papa, *Mack*.» Je m'étais sentie coupable pendant un mois.

Donc, je ne lui dis pas qu'il ressemble à papa. Je note la ressemblance et me mords la langue.

— Bien sûr que ce n'est pas ta faute, tu es tellement parfaite! réplique-t-il. Sais-tu ce que j'aimerais? QUE TU ME LAISSES TRANQUILLE!

Rien de mieux qu'une famille aimante et encourageante dans les moments de crise. Il sort de la cuisine en fulminant. Ce ne doit pas être facile d'avoir une grande sœur qui est la risée de l'école. Et je le suis! Je m'en rends compte à l'école ce jour-là. La vidéo de YouTube me suit dans les couloirs, bourdonnant comme une nuée de mouches. Un crétin saisit son ami pendant que je passe et s'écrie, d'une voix de fausset :

— Oh, non! Est-ce que je suis en train de le tuer?

Je ne trouve même pas que c'est une bonne imitation. Je baisse la tête et songe à la scolarisation à domicile — du moins en attendant de ne plus être la ratée la plus célèbre de l'école.

Le seul côté positif est que Corey est revenu de son tournoi de débats. Jane lui a tout raconté au sujet de ma plus récente (et monumentale) humiliation. Mes deux amis sont déterminés à me distraire à l'heure du dîner.

— Ils ne te regardent pas, dit Jane d'un ton irrité quand je promène une fois de plus mon regard dans la cafétéria.

— Euh, oui, dis-je en la toisant.

— Peut-être un peu, intervient Corey avec un haussement d'épaules faussement nonchalant. Ce n'est pas la fin du monde.

— Facile à dire, dis-je en m'adossant à mon siège. Personne ne te propose de t'enseigner le RCR.

Corey hausse de nouveau les épaules.

— Ça pourrait être pire.

— Ah, ouais ? Comment ça ?

— Ils pourraient écrire des trucs horribles sur toi dans les toilettes. Ou te harceler dans le vestiaire. Ou renverser une barbotine sur toi.

Corey a vu trop d'émissions de télé où des bollés se font intimider. Je décide de ne pas le contredire et me concentre plutôt sur mon sandwich.

À la fin de l'après-midi, quand je rentre chez moi, je suis fatiguée. Fatiguée d'avoir tendu l'oreille pour entendre les chuchotements tout en essayant de ne pas en tenir compte. J'avais les nerfs à fleur de peau durant mes cours. Je me sentais comme un insecte qu'on examine au microscope. Au moins, je n'ai pas de tutorat prévu ce soir.

C'est agréable d'être seule à la maison. Dylan est à son entraînement de football et maman est encore au travail. Je me prépare une collation, mets la musique à plein volume dans la cuisine, expédie quelques corvées puis commence mes devoirs. Je laisse dériver mon esprit dans une rêverie fantaisiste.

Ça commence avec ma remise de diplôme dans ce trou qu'est l'école secondaire Smith. Puis je pars pour l'université avec une bourse considérable, et je reviens pour des retrouvailles après dix ans, débarrassée de mes inaptitudes sociales. Je découvre que Chelsea Halloway suit toujours des cours au collège du coin. Lors des retrouvailles, je bavarde avec tout le monde, et Patrick s'aperçoit à quel point je lui ai manqué. Il s'approche de moi avec une boisson et ses beaux yeux de chocolat fondu, et m'invite à aller faire une promenade. J'accepte avec un sourire béat, et nous quittons la salle en nous tenant par la main. Et plus tard dans la soirée… eh bien, il n'y a aucun malaise non plus.

Quand ma mère arrive, je travaille depuis une heure à mon devoir de Gouvernement et politique. Elle est épuisée, mais se met aussitôt à préparer un énorme ragoût qui procurera assez de restes pour la semaine. Ma mère déteste cuisiner. Je sais que dans cinq minutes, la musique d'ABBA va résonner dans la pièce, qu'il y aura des ingrédients partout et qu'elle va exiger mon aide. Comme je suis encore moins douée qu'elle en cuisine, je me lève pour me réfugier dans ma chambre.

— Mackenzie ! lance ma mère. Pourrais-tu couper les…

La sonnerie du téléphone l'interrompt.

— Je vais répondre ! dis-je, heureuse d'avoir une excuse pour me soustraire à la corvée du souper. Allô !

— J'aimerais parler à Mackenzie Wellesley, s'il vous plaît.

Je contemple l'appareil, interloquée. Les appels ne sont pratiquement jamais pour moi.

— Euh, c'est moi.

— Bonjour, j'appelle du groupe AOL. Nous aimerions avoir vos commentaires au sujet de votre vidéo sur YouTube.

— Euh, je ne sais pas trop quoi dire.

— Avez-vous trouvé cela embarrassant ?

— Évidemment.

Quelle question stupide. Comme si je pouvais regarder ma tentative de RCR sans vouloir m'enfoncer six pieds sous terre ! La simple mention de la vidéo me donne de nouveau la nausée.

— Quel aspect vous embarrasse le plus ?

— Je ne sais pas, dis-je en faisant les cent pas. Probablement la façon dont Alex a commencé à se tortiller quand j'ai…

Je m'interromps en entendant un rire étouffé.

— Désolé, dit l'homme en toussotant. J'aurais encore quelques questions. Pouvez-vous commenter le fait que vous êtes le nouvel emblème de l'inaptitude sociale ?

— Quoi ? Qu'avez-vous dit ? Je ne crois pas être l'emblème de quoi que ce soit.

J'entends un gloussement à l'autre bout du fil.

— D'accord. Alors, qu'est-ce que ça fait de savoir que cette vidéo a été vue un million de fois ?

Je me fige, certaine d'avoir mal entendu.

— Pardon ? Avez-vous dit un *million* ?

— Oui. Depuis que la vidéo est apparue sur YouTube, Facebook et Twitter, elle est devenue virale.

Je prends une grande inspiration. *L'oxygène est une chose essentielle,* me dis-je faiblement. Je dois m'assurer d'en avoir suffisamment.

Je me mets à marcher plus vite.

— Je ne suis pas vraiment à l'aise avec ces questions.

— Juste une ou deux de plus.

Cette fois, cela ne sonne pas comme une requête. Mais je ne sais pas comment mettre un terme à cette conversation.

— Comment se sent-on quand on est célèbre ?

Je reste bouche bée.

— Je n'en ai aucune idée. Ça ne m'est jamais arrivé.

— Eh bien, vous l'êtes, maintenant.

— Non, je ne le suis pas.

— Très bien, dit l'homme d'un ton apaisant. Quel effet ça vous fait de savoir qu'Ashton Kutcher a parlé de vous sur Twitter ?

— ASHTON KUTCHER A FAIT QUOI ?

Je n'avais pas l'intention de crier. Et je ne voulais surtout pas faire accourir Dylan dans notre minuscule bureau.

— Est-ce que c'est une blague ?

— Vous ne le saviez pas ?

Le type d'AOL a l'air étonné, mais se ressaisit aussitôt.

— Quelle impression ça fait d'être une aussi grande sensation que Susan Boyle ?

— Je ne suis PAS Susan Boyle. Je ne suis PAS britannique.

J'allume l'ordinateur pour vérifier les messages sur Twitter. Pendant que l'appareil se met en marche, ma bouche se met en mode volubile.

— Je suis loin d'être comme Susan Boyle ! Elle a un talent indéniable, alors que n'importe qui peut faire tomber un joueur de football, dis-je en cliquant sur Internet Explorer. Je ne suis PAS célèbre, NI importante. C'est sûrement une blague, et je ne vais pas tomber dans le panneau.

— Mackenzie, qu'est-ce qui se passe ? crie Dylan.

Le seul son que j'entends au bout du fil est le cliquetis de doigts sur un clavier pour noter mes commentaires. Je tape sur mon propre clavier : « Ashton Kutcher, twitter », puis me fige en lisant ces mots : *Wow, quelle vidéo tordante. On a bien rigolé, ma femme et moi.* Et c'est suivi d'un lien vers... moi.

— Oh, mon Dieu.

Le téléphone me glisse des mains et je me précipite dans la salle de bain. Je suis si bouleversée que j'ai envie de vomir. Heureusement, Dylan ne me suit pas. Il raccroche la ligne au nez du type d'AOL et m'attend à la porte avec un verre d'eau.

— Ça va ? demande-t-il nerveusement.

J'observe mon reflet dans le miroir de la salle de bain. J'ai une mine à faire peur. Mon visage est pâle et mes traits si tirés qu'à côté de moi, Evan Rachel Wood dans sa période Marilyn Manson gothique aurait l'air en santé. Un cri de panique résonne dans ma tête et plus rien n'a de sens. J'essaie de décortiquer la situation, de l'analyser pour trouver une solution, mais je parviens juste à m'agripper à la cuvette des toilettes. Ma réaction de panique semble directement agir sur mon estomac.

Je prends le verre des mains de Dylan, en renverse

la moitié sur moi et réussis à avaler une gorgée avant de m'écrouler par terre. Je n'ose pas regarder mon frère.

— Je… Je vais… Qu'est-ce que… Non. Je suis foutue.

Je ne peux même pas terminer mes phrases. Dylan hésite, puis s'assoit à côté de moi et me saisit la main.

— Tout va s'arranger, Mackenzie.

— Non.

Il reste par terre à me tenir la main, en répétant ce qu'aucun de nous ne croit : que tout va bien aller.

Chapitre 9

Tout le reste dégringole à partir de là. Ma mère nous trouve assis sur le sol de la salle de bain quand le souper est prêt. Voyant que nous ignorons la sonnerie du téléphone, elle s'apprête à répondre, mais Dylan l'en empêche. Il l'attire à l'écart et lui explique la situation. Toute cette histoire est si ridicule, si incroyable, que si je n'avais pas une allure aussi pitoyable, elle ne nous croirait pas. Moi-même, j'ai encore du mal à me faire à l'idée. Apparemment, je suis devenue célèbre.

Je ne veux plus bouger. Jamais. Je ne veux pas manger, ni dormir, ni même respirer. Mais je sais que je ne peux pas rester éternellement dans la salle de bain — pas sans inquiéter ma mère, qui a déjà assez de problèmes comme ça. Je les rejoins donc pour souper, avale quelques nouilles et fais semblant que tout va bien. Puis je vais dans ma chambre, enlève mes chaussures et me glisse sous les couvertures tout habillée.

Je ne crie pas le lendemain matin à mon réveil, quand tout me revient à l'esprit. Je décide de faire comme si de rien n'était. Je m'habille comme d'habitude, en jean, Converse noirs et chemisier brun. Je suis déterminée à agir comme si tout était normal. Ça dure jusqu'à ce que je monte dans l'autobus et voie Corey qui m'attend. Je me sens aussitôt coupable de ne pas avoir répondu à mon cellulaire la veille ; c'est la seule raison qui explique la présence de Corey dans l'autobus. Depuis qu'il a appris à conduire, il ne s'approche pas à moins de cinq mètres de tout type de transport public.

— Pourquoi ne m'as-tu pas appelé ? demande-t-il. Étais-tu trop occupée à accorder des entrevues et à devenir CÉLÈBRE ?

J'aurais vraiment préféré qu'il ne crie pas ce mot.

— Quelles entrevues ?

— Mackenzie, on ne parle que de toi sur AOL. Ça dit entre autres que tu n'es pas comme Susan Boyle. Je l'ai juste lu en diagonale. Tu es aussi partout sur Facebook, Twitter et YouTube. L'ensemble du pays a vu cette vidéo. Même ma grand-mère a trouvé ça drôle.

Je m'affaisse encore plus dans mon siège.

— Génial.

— La célébrité n'est pas le problème, dit Corey d'un ton exaspéré. Pourquoi ne m'as-tu pas appelé ?

— Parce que je préférerais que rien de tout ça ne m'arrive.

Corey absorbe mes paroles, puis hoche la tête.

— Bon. C'est vrai que ça ne concorde pas avec ton désir de passer inaperçue à tout prix.

Jane monte dans le bus et me tend une casquette de baseball.

— Tiens. Personne ne remarque les gens qui

portent un jean et une casquette d'UCLA*. Ça devrait t'aider.

— L'aider à quoi ?

— À rester invisible.

Je vois bien qu'elle a envie d'ajouter « idiot ! », mais se retient.

— Pourquoi Mackenzie voudrait-elle rester cachée ?

Jane et moi le fixons d'un air perplexe.

— Bon, écoutez-moi, poursuit-il. Je sais que Mackenzie est habituée à être invisible, mais si elle ne l'était plus ? Si elle tournait cette situation à son avantage ?

— Comment ? demande Jane, sceptique.

Corey lui adresse un sourire qui signifie « j'ai un plan ».

— Idéalement, Mackenzie voudrait demeurer invisible, mais puisque cette vidéo est si populaire sur YouTube, les choses ne reviendront pas à la normale. Les médias vont te harceler, Mackenzie. Tu dois donc te cacher au grand jour. Te mêler délibérément aux Notables, afin que les gens cessent de te remarquer. Sinon, tu vas finir sur les listes des gens les moins bien habillés du pays.

Je regarde mon jean usé et décontracté.

— Quel est le problème avec mes vêtements ?

Corey sourit.

— Rien. Le jean ample et la chemise unie sont à la dernière mode à Milan.

---

* *University of California*, Los Angeles.

— Tais-toi.

— Ce que je veux dire, c'est que tu dois changer. Si tu restes ordinaire, les choses vont mal tourner, Mackenzie. Te souviens-tu du film *Elle a tout pour elle*? Quand le gars populaire a manifesté son intérêt pour l'artiste marginale, elle a dû améliorer son style pour s'intégrer.

— Tu ne peux pas sérieusement baser tes conseils sur un film tourné dans les années quatre-vingt-dix! proteste Jane. Pense plutôt au *Diable s'habille en Prada*. Une fille sympa qui devient matérialiste et horrible, et rejette les gens les plus importants de son entourage.

— Oui, mais regarde comme Anne Hathaway est devenue superbe une fois qu'elle s'est mise à porter de beaux vêtements! Ça pourrait être Mackenzie!

— Je vais y penser, dis-je à Corey d'un ton évasif.

C'est la seule façon de le faire taire.

L'autobus arrive à l'école, et j'ai mon premier choc de la journée. La cour est remplie de journalistes munis de micros et scrutant la foule d'élèves à la recherche d'un seul visage: le mien.

— Ouais, fais donc ça, déclare Corey en descendant de l'autobus. Mais en attendant, je ne pense pas que cette casquette va t'aider.

Se frayer un chemin parmi les journalistes n'est pas évident. Maintenant, je comprends pourquoi les célébrités sont toujours hargneuses envers les paparazzis et les envoient promener. C'est agaçant quand les gens te sautent dessus pour te prendre en photo et te demander des trucs comme : « Mackenzie, vas-tu suivre un cours de RCR ? » ; « Mackenzie, quelle impression ça fait d'être célèbre ? » ; « Mackenzie, quelle est ton émission préférée ? »

À la télé, quand le président est assailli par la presse, il continue toujours de marcher tête baissée, en répétant : « Pas de commentaire. Pas de commentaire. » Mais ça me paraît stupide. Pourquoi ne pas répondre aux questions et en finir ? J'essaie donc de traverser la foule de journalistes tout en répondant aux questions. Toutefois, je me rends rapidement compte que ce n'est pas si évident que ça de se débarrasser de la presse.

— Euh, non, pas de cours de RCR, dis-je en marmonnant.

Cela n'a pour effet que de les encourager.

— Et ta vie amoureuse ? crie quelqu'un d'autre.

— Quelle vie amoureuse ? dis-je.

— PAS DE COMMENTAIRE ! s'écrie Jane.

Elle se livre aussitôt à des manœuvres d'obstruction qui feraient l'envie de l'équipe de football. Encadrée par mes amis, je parviens à me faufiler dans l'édifice, laissant un véritable brouhaha derrière moi. Tous les élèves nous observent et prennent des photos de ma rencontre avec les paparazzis avec leur cellulaire. Super.

Je me tourne vers Corey, qui reprend son souffle.

— Comment vais-je survivre à tout ça ?

— Allons, c'était amusant ! dit-il en souriant.

Je grommelle :

— Oui, j'ai toujours voulu me faire assiéger par une foule devant l'école !

Jane me donne un coup de coude.

— Euh, Mackenzie. Monsieur Taylor s'en vient par ici.

Monsieur Taylor, le directeur de l'école, est plutôt ridicule. Il est gros, a un cou épais et un rire tonitruant qui résonne dans les couloirs. Sa fierté pour les équipes sportives de l'école est sans limites, ce qui explique pourquoi des gars comme Spencer peuvent rester dans l'équipe de hockey malgré leurs mauvaises notes. Je n'ai jamais eu à me faire une opinion de cet homme, puisqu'il m'a toujours ignorée.

Il se tourne vers Jane en disant :

— Mackenzie, il faut qu'on se parle.

Corey ricane.

— Alors, vous devriez plutôt parler à Mackenzie, dit-il en me désignant. Vous savez, celle qui est célèbre !

— Bien sûr, Mackenzie ! bafouille le directeur. Viens avec moi.

— Oui, monsieur ! lance Corey d'un ton sarcastique en faisant un salut militaire.

Corey ne réagit pas très bien aux figures d'autorité, surtout celles qui apprécient plus l'équipe de football que l'équipe de débats. Il me chuchote « bonne chance » à l'oreille avant de s'éloigner avec Jane.

Ce n'est pas comme ça que j'imaginais ma journée.

Monsieur Taylor m'entraîne vers son bureau en

silence, sous les yeux de l'école au complet. Je tressaille chaque fois que quelqu'un prend une photo avec son cellulaire. Le directeur lance à sa secrétaire :

— Ne me passez aucun appel !

Puis il me fait entrer et déclare :

— Euh, Mackenzie. On dirait que nous avons un problème.

Je voudrais rétorquer «Je n'avais pas remarqué !», mais je garde le silence.

— Franchement, je suis inquiet pour ta sécurité.

Il laisse tomber un exemplaire du journal sur mes genoux. Le gros titre énonce : *Mackenzie Wellesley : Méchant malaise…*

Je commence à lire l'article :

Mackenzie Wellesley, une étudiante de dix-sept ans, ne se doutait pas qu'en tentant de ressusciter un camarade de classe, elle donnerait un nouveau souffle à la diffusion sur Internet. La vidéo de cet incident a été visionnée des millions de fois depuis sa première apparition sur YouTube. La soudaine montée en flèche de mademoiselle Wellesley dans les sphères de la notoriété nationale a été facilitée par les messages Twitter de vedettes comme Ashton Kutcher et Rainn Wilson, acteur de la série The Office. *Et ne vous attendez pas à voir disparaître cette jeune fille sous peu. «Je suis loin d'être une Susan Boyle», a déclaré mademoiselle Wellesley, n'hésitant pas à affirmer son individualité.*

Nous entendrons sûrement parler d'elle et de sa vidéo encore longtemps.

La plupart de ces informations ne sont pas

nouvelles. Toutefois, apprendre que le journal parle de moi me donne le vertige. J'essaie de ne pas paniquer. Je me rappelle que je dois respirer et prends une grande bouffée d'air.

— Alors, qu'avez-vous l'intention de faire ? dis-je à monsieur Taylor.

Je m'attends à ce qu'il réponde : « Eh bien, dans un cas pareil, nous avons une procédure à suivre pour minimiser le bouleversement de ta vie quotidienne. » Mais ce n'est pas ce qu'il dit, car il n'y a aucune procédure. Aucun plan n'est prévu, aucun scénario au cas où un élève deviendrait ridiculement célèbre en l'espace d'une fin de semaine. Ce genre de chose n'arrive jamais.

Jusqu'à ce que ça m'arrive à moi !

Monsieur Taylor s'adosse à son siège d'un air important. Ce qui est absurde puisqu'il n'a manifestement aucun pouvoir sur les événements.

— Ta mère sera bientôt ici et nous pourrons discuter tous les trois.

Je me sens aussitôt coupable. Ma mère est serveuse dans un charmant petit resto et travaille de longues heures pour joindre les deux bouts. Je me sens toujours coupable quand elle est interrompue durant son travail.

— Ce n'est pas nécessaire, dis-je au directeur. Tout va bien aller. On peut juste en parler ensemble et je la mettrai au courant plus tard.

À peine ces mots sont-ils sortis de ma bouche que ma mère surgit dans le bureau, en tailleur noir et talons hauts.

— Ça va, ma chérie? demande-t-elle en ignorant entièrement monsieur Taylor.

Ma mère est toujours comme ça. Sa priorité n'est pas de flatter les egos froissés, mais de s'assurer que Dylan et moi sommes en sécurité.

— Ça va, maman.

Monsieur Taylor s'éclaircit la gorge.

— Madame Wellesley, votre fille est dans une situation problématique.

Tu parles d'un euphémisme!

— En effet, réplique calmement ma mère. Qu'allons-nous faire?

Monsieur Taylor gonfle la poitrine comme un poisson-globe.

— Eh bien, je crois que l'aspect le plus important est la sécurité de Mackenzie. Et nous devons penser à la qualité de son éducation. Je vais voir si je peux interdire l'accès du terrain de l'école aux médias, mais nous devons considérer toutes les options.

Ma mère hoche la tête et le laisse poursuivre.

— En raison de… hum… d'événements récents, il serait peut-être préférable que Mackenzie modifie son horaire. Elle pourrait rester dans les mêmes classes, mais effectuer son travail seule à la bibliothèque, où elle ne sera pas dérangée… et ne dérangera pas.

Je le regarde fixement.

— Pas question! dis-je. Avez-vous une idée du nombre de cours enrichis que je suis cette année? Trois! Si vous voulez m'exempter du cours d'éducation physique, d'accord, mais je ne peux pas manquer mes autres cours. Je ne serais jamais capable de rattraper les autres. Je ne réussirais pas les examens du ministère. Donc, je ne serais pas éligible aux bourses universitaires et...

Le directeur m'interrompt :

— Je vois que cela te tient vraiment à cœur. Mais je ne pense pas que tu comprennes ce qui t'attend. Tu vas attirer énormément d'attention, Mackenzie. Tu es certaine que tu ne préfères pas aller à la bibliothèque ?

Je me redresse. Je sais très bien ce qui m'attend. Des jeunes qui me photographient sans mon accord. Qui chuchotent à propos de ma vie amoureuse et de mes vêtements. Qui m'interrogent sur cette foutue vidéo. Mais l'université en vaut la peine, et les examens du ministère sont la porte d'entrée.

— Je suis certaine, dis-je d'un ton ferme. Cette... situation ne m'empêchera pas de mener une vie normale. Les mêmes amis, le même emploi, les mêmes cours.

J'entends la deuxième cloche et me lève.

— Je vais t'appeler après l'école, maman. Et merci pour vos suggestions, monsieur Taylor, mais mon cours va commencer.

Là-dessus, je sors du bureau et marche dans les couloirs déserts, déterminée à agir comme si de rien n'était. Je ne leurre personne. C'est évident lorsque j'entre dans la classe et que toutes les têtes se tournent dans ma direction — y compris celle de Logan Beckett.

Chapitre 10

Tout me paraît étrange en classe, surtout parce que tout le monde me regarde au lieu d'écouter monsieur Helm. Ils semblent *attendre* quelque chose, peut-être que je fonde en larmes. Et comme l'objectif de mon existence est de passer sous le radar, je ne suis pas ravie d'être le point de mire. Mes moindres mouvements sont évalués et analysés. Quand le cours se termine, je suis épuisée. J'ai tellement fait semblant que toute mon énergie s'est volatilisée. Je voudrais aller dire au directeur qu'il avait raison, que c'est beaucoup trop de pression, puis retourner chez moi pour me bourrer de crème glacée.

Mais je ne peux pas. Je ne veux pas m'avouer vaincue. Alors, je n'essaie pas de fuir quand je vois Logan qui m'attend dans le couloir.

— Salut, dit-il.

Pas « Ça va ? » ou « Dis donc, ça doit faire bizarre de savoir qu'Ashton Kutcher te trouve drôle ? » Non. Juste « Salut ».

— Salut, dis-je en marmonnant.

Il ne me parle jamais à l'école. Ou du moins, rarement. Pourquoi le ferait-il ? Je suis la reine de la classe et il règne en maître sur les couloirs. Nous n'avons pas grand-chose en commun.

— On a toujours notre séance de tutorat,

aujourd'hui? demande-t-il d'un ton nonchalant en avançant dans le couloir bondé.

— Bien entendu! dis-je, en m'immobilisant momentanément. Je ne veux pas perdre cet emploi! Et c'est pas ça qui va... Bon, on en parlera plus tard.

Nous nous séparons pour nous rendre dans nos classes respectives.

— D'accord. On se retrouve devant le local de Helm!

Là-dessus, il s'en va. Avec ses cheveux brun foncé et sa silhouette vêtue de denim, il se fond parmi les autres gars habillés dans le même style. Je reste là à m'inquiéter de ce qu'il va dire lors de notre séance d'étude: « Désolé, Mackenzie, ce n'est pas à cause de toi... attends, oui, c'est à cause de toi. Je ne veux pas que ma tutrice soit la fille la plus ridiculisée sur YouTube. »

J'y pense toujours, une heure et demie plus tard, pendant le dîner. Je pousse mon burrito avec ma fourchette et espère que son goût sera meilleur que son apparence — ce ne sera pas difficile puisqu'il a l'air immangeable. Corey et Jane prennent leurs sièges habituels et notre conversation reprend au point où elle s'est arrêtée la dernière fois.

— Bon, la première chose à faire est de changer ta garde-robe, déclare Corey, qui sort un cahier. J'ai fait quelques croquis pendant le cours de chimie. Ici, tu portes un jean qui met ton adorable derrière en valeur, un chandail au décolleté rond avec un joli motif, et les cheveux détachés.

Je tripote ma queue-de-cheval.

— Qu'y a-t-il de mal à s'attacher les cheveux?

— Ça gâcherait l'allure générale, explique Corey en tournant la page. Dans celui-ci, j'imagine cette robe en bleu foncé.

Jane a un grognement incrédule.

— Parce que tu crois que Mackenzie va porter une robe comme ça à l'école… ou même ailleurs? Mais c'est très joli, ajoute-t-elle en se penchant sur le dessin.

— L'ancienne Mackenzie ne le ferait pas. Mais la nouvelle aura peut-être des invitations dans des bars ou des soirées. On vit à quinze minutes de Portland, dit-il avec un grand geste du bras vers la fenêtre. Une ville vibrante de culture et remplie de boîtes de nuit. On a raté plein de concerts parce qu'on n'a pas encore vingt et un ans. Eh bien, maintenant, on va pouvoir entrer! Pensez-vous que Miley Cyrus a du mal à se faire accepter dans les bars? Non. Elle entre toujours sans aucun problème!

Il est tellement excité qu'il parle d'une voix plus aiguë que d'habitude.

— Et dans cette équation, je suis Miley Cyrus? dis-je, stupéfaite.

— C'est le party aux États-Unis, Mackenzie! Tout ce que je dis, c'est qu'il faut être prêt à tout.

— Eh bien, je suis prête à jeter ça, dis-je après avoir pris une bouchée de mon burrito. Je vais me chercher un muffin. Qui en veut un?

— Moi, répond Jane. Avoine et cannelle, s'il te plaît.

— Je vais ajouter ça à ta note, dis-je avec un regard en coin.

Jane et moi alternons les achats de muffins depuis deux ans, et il est impossible de savoir qui doit quoi à qui.

Je souris en me dirigeant vers la file d'attente, puis en sortant mon argent. Les muffins de la cafétéria sont incroyablement bons, et il est difficile d'être déprimée avec une délicieuse gâterie dans chaque main. Je ne remarque donc pas la flaque de boisson gazeuse sur le plancher. Je serais passée à côté si je n'avais pas été bousculée — *violemment* — au moment où j'allais payer la caissière.

Tout se passe au ralenti. Mes pieds glissent, mon corps chancelle et je m'écroule par terre. Mes bras se tendent instinctivement pour me rattraper à quelque chose, mais je ne réussis qu'à écraser mes muffins. Mon portefeuille s'ouvre sous l'impact et le sol visqueux se retrouve couvert de pièces de monnaie. Je ne me relève pas tout de suite. Ma tête a frappé durement le sol et je suis tout étourdie. Pendant un instant, je ne peux penser qu'à la douleur. Oh, que ça fait mal ! J'ai l'impression que mon cerveau s'est fait brasser dans la laveuse au cycle d'essorage. Je sens des mains qui m'aident à me relever et prends peu à peu conscience de la présence de Corey et Jane.

— Qu'est-ce…, dis-je.

Jane me coupe la parole :

— Je t'emmène chez l'infirmière.

Mais Corey ne va pas partir sans protester.

— Salauds ! crie-t-il en direction du petit groupe

de joueurs de football qui ricanent autour d'Alex Thompson.

Je comprends alors que je ne viens pas de subir un simple accident embarrassant dans la cafétéria : j'ai été victime d'un coup monté. Et si je me fie au sourire satisfait sur le visage de Chelsea, elle a tout vu venir et n'a pas dit un mot. Même pas un petit « Attention, Mackenzie ! » Peut-être même qu'Alex Thompson et les autres Notables ont tout comploté ensemble. Je scrute les expressions des Notables qui entourent Chelsea, en essayant de réfléchir malgré la douleur. Toute sa table rigole et pense probablement : « *Et voilà Miss Malaise qui recommence ! Quelle ratée !* »

Je me frotte délicatement la tête et croise pour la première fois le regard de Logan. Il a déjà traversé la moitié de la cafétéria dans ma direction. C'est étrange qu'il ne soit pas assis avec les Notables. En fait, je ne crois pas l'avoir déjà vu à cette table. Je peux sentir une migraine me marteler les tempes au rythme de ses pas.

Je panique… une fois de plus. Je l'admets. En le voyant, je suis convaincue qu'il va me virer. Examinons les faits, d'accord ?

1- Il est un Notable.

2- Je viens encore de me ridiculiser en public.

3- Il a une réputation à conserver.

4- Je peux nuire à cette réputation.

Je ne peux pas le laisser me virer. Je dois m'enfuir avant de perdre mon emploi… ou mon ami qui semble déterminé à se battre avec un joueur de football. Je saisis Corey par l'épaule.

— Ce n'est pas grave, lui dis-je, comme une idiote. Partons d'ici.

— Que veux-tu dire, ce n'est pas grave? proteste-t-il, furieux. Ils pensent qu'ils peuvent te plaquer sans conséquence?

Il jure d'une voix forte, faisant écho à mes propres sentiments.

Alex Thompson se contente de sourire.

— C'est ma revanche. Mais je devrais peut-être me jeter sur elle pour qu'on soit quittes!

J'ai la nausée, et pas seulement parce que j'ai le vertige et que tous mes mouvements sont probablement filmés. Alex pense vraiment qu'il a le droit de me faire tomber et de suggérer en riant qu'il pourrait m'agresser…, et tout ça à cause d'un petit accident. C'est ainsi qu'il prouve sa virilité.

Je m'avance lentement vers lui.

— Ne t'avise plus jamais de me toucher ou de t'en prendre à mes amis, dis-je d'une voix que je parviens — à peine — à garder calme et détachée.

— Ou sinon? réplique-t-il.

— Sinon, tu vas voir quels dommages peut causer une bonne fille, dis-je en souriant. Crois-moi, je peux te faire du mal sans poser un seul doigt sur toi.

Je me tourne vers Corey et Jane, qui me contemplent, bouche bée.

— On y va?

Ils hochent la tête et nous nous dirigeons vers la sortie. Pour la première fois depuis les deux dernières années du secondaire, je me sens plutôt *cool*.

Dommage que ce sentiment ne dure pas.

Chapitre 11

— Tu t'en es bien sortie.

Je me demande à quoi Logan fait allusion quand nous nous éloignons du local de monsieur Helm, où nous avions rendez-vous en fin de journée. Nous nous rendons au stationnement où est garée sa voiture.

— De quoi parles-tu? dis-je en me frottant la tempe pour atténuer le mal de tête qui s'est aggravé depuis mon départ de la cafétéria.

— Alex et ses amis.

Je remarque qu'il ne dit pas « mes amis » et me demande ce que je dois en penser. Si mon cerveau ne me donnait pas l'impression d'avoir été haché, égoutté et grillé, j'analyserais certainement cette information pour trouver sa signification sociale profonde. Mais je me contente de hausser les épaules.

— Ç'aurait pu être pire.

Il sourit, à ma grande surprise.

— Sans blague!

Je souris à mon tour.

— J'ai eu le dernier mot. As-tu remarqué? Et j'ai fait une menace plutôt convaincante.

J'essaie de ne pas noter la façon dont ses cheveux retombent sur ses yeux quand il déverrouille la portière.

— Ça paraissait crédible, non ? dis-je en entrant dans la voiture.

— Ouais, mais je doute que tu puisses vraiment le blesser, répond-il en sortant du stationnement.

Je m'appuie au dossier.

— C'est la première chose qui m'est venue à l'esprit. Je suppose que je *pourrais* lui faire du tort sans être punie. Personne ne va soupçonner la première de sa promotion… ou plutôt la future première de sa promotion.

Il tapote le volant au rythme de la musique.

— Je suppose que non.

— Si ç'a fonctionné, c'est parce que je n'ai pas précisé la nature de ma menace. Est-ce que j'allais faire quelque chose à son casier, à son bulletin ou à autre chose ? Impossible à savoir. Ce qu'on imagine est généralement bien pire que la réalité. C'est une guerre psychologique.

— Donc, tu l'as découragé en lui faisant peur. Personnellement, je préfère l'attaque directe.

— Quoi ?

Je sursaute et me penche en avant. J'étais distraite, car je me demandais quel effet ça ferait s'il posait ses mains sur ma nuque et m'embrassait. Je ne devrais pas avoir ce genre de pensée à propos d'un Notable, surtout un qui va sortir (encore) avec Chelsea, la marier et se présenter aux retrouvailles des anciens élèves avec un adorable bébé de six mois.

— Me battre, précise-t-il. Quelques bons coups sur la glace, et je me sens beaucoup mieux.

Je m'imagine en train de sauter sur Alex dans la

cafétéria, les poings serrés. Je parie que j'aurais pu lui causer quelques bleus… avant de me retrouver à l'infirmerie.

— Je suis capable de me battre, dis-je. J'ai dû apprendre à me défendre, sinon je serais obligée de passer mes lundis soir à regarder le football!

— Tu as des frères plus vieux? demande Logan, me faisant réaliser à quel point nous nous connaissons peu.

— Non, un frère plus jeune, Dylan. Il est quart-arrière dans l'équipe de son école, et il admire tous les gars qui portent des épaulettes.

Logan réfléchit une seconde.

— Un petit maigre? Aux cheveux brun roux?

— Oui, dis-je, étonnée.

— C'est un bon petit gars. J'étais son entraîneur au camp sportif de l'été dernier. Il suit les instructions.

— Les tiennes, peut-être. Il ne se force pas pour me rendre service! Mais il a été super hier soir quand j'ai reçu l'appel du…

Je ne termine pas ma phrase et me rends soudain compte de ce qui manque: les médias. J'ai passé toute la journée à craindre les questions de journalistes insistants, mais il n'y en a pas un seul dans les parages. J'ai eu exactement quinze minutes de gloire avant de sombrer dans l'oubli.

— Ils sont partis!

Je pourrais littéralement flotter sur un nuage jusqu'à la maison de Logan.

— Qui ça?

— Les gens des journaux et de la télé. Ils ne sont plus là, dis-je en m'adossant avec un soupir de soulagement. Je peux redevenir une parfaite inconnue. Merveilleux.

Je ne suis même pas sarcastique.

Logan s'engage dans la longue allée élégante qui mène à sa maison — toute sa vie est incroyablement parfaite.

— Tu veux être ignorée ? demande-t-il d'un ton étonné.

— Euh, oui ! dis-je, comme si c'était évident. Si j'ai le choix entre me faire ignorer ou me faire ridiculiser et bousculer à la cafétéria, c'est une décision facile.

— Et s'il y avait une troisième option ?

Je le dévisage.

— On va à la même école, non ? Pour moi, il n'y a pas de troisième option. C'est pour ça que j'étudie si fort pour aller à l'université.

Logan ne dit rien et ouvre la portière.

— Et toi, quels sont tes plans ? dis-je en sortant à mon tour.

— Aller à l'université. Quelque part. Mes parents veulent que je choisisse leur propre université, mais je ne suis pas certain que ce soit ma place.

Je hoche la tête.

— C'est bizarre, hein ? Les adultes s'attendent à ce qu'on décide de notre avenir tout de suite. Une fois que je serai à l'université, ça y est ! je ferai un bac en histoire, puis je deviendrai historienne. Sauf que je vais peut-être finir par adorer la sociologie et déménager en Australie pour étudier la culture aborigène !

— La culture aborigène, hein ? Tu vois grand !

— Oui, dis-je en le suivant dans la maison.

Je sors mon livre et le dépose sur la table de la cuisine.

— Bon, où en étions-nous ?

Chapitre 12

Le lendemain matin à mon réveil, je suis épuisée. Le fait de travailler avec Logan sur l'histoire des États-Unis m'enlève du temps pour mes autres cours.

J'ai encore beaucoup de devoirs pour Gouvernement et politique, et je n'ai dormi que cinq heures. Je ne suis pas une personne matinale. Je me réveille tôt, mais je suis marabout. Donc, quand je descends et m'aperçois que Dylan a fini le carton de deux litres de lait, je donne libre cours à ma mauvaise humeur. Je sors des gaufres et les mets dans le grille-pain d'un geste rageur.

Puis j'entends un cri.

On dirait que Dylan s'est cassé la jambe, étiré un tendon et écrasé les métatarsiens — en même temps.

— Dylan?

Tous mes stupides instincts de grande sœur s'activent d'un seul coup.

— Dylan, qu'est-ce qu'il y a?

Quand je le trouve assis dans le bureau, le doigt pointé vers l'écran, je pourrais le tuer.

— Es-tu fou? Tu m'as fait peur, espèce d'idiot!

Dylan ignore mes commentaires indignés et se contente de fixer l'écran.

— Je me fiche de ce que ça dit de moi, d'accord?

C'est terminé. À partir d'aujourd'hui, je ne suis plus à la une. Compris ?

Il secoue la tête et clique avec la souris.

Pendant une seconde, je suis perplexe. Il regarde YouTube, mais au lieu de moi, l'écran montre le dernier vidéoclip du groupe rock ReadySet.

Tu dois les connaître. *Voyons,* ReadySet ! Leurs chansons sont d'immenses succès depuis qu'ils ont commencé à utiliser des vidéoclips novateurs pour se propulser sur la scène musicale. Tu as sûrement entendu parler de leur chanteur, Timothy Goff, un gars de dix-huit ans qui a pris d'assaut l'industrie de la musique.

Je suis impressionnée par la façon géniale dont ils ont intégré mes séquences dans le vidéoclip de leur dernière chanson, *Going Down*. La caméra ralentit au moment où Alex fait un vol plané, puis les percussions embarquent quand il atterrit par terre. C'est tellement artistique : les couleurs qui changent en arrière-plan, le montage, les gros plans…, tout ! On dirait que mon incident de RCR a été chorégraphié pour cette chanson. Et les paroles correspondent parfaitement. Surtout le passage qui dit :

Tu es tombée, comme Alice dans le miroir
Tu jurais de rester dans ma vie
Ton message m'enlève tout espoir
C'est fini, tu es repartie

Mon expression, la panique qui se lit sur mon visage, donnent une profondeur accrue à la chanson, tout en y ajoutant une note humoristique. Un mélange parfait et un succès instantané.

Je suis vraiment fichue.

— Ce… ce n'est pas grave, dis-je à Dylan.

Mais je sais que c'est faux. Ils ont même incorporé mon cri «SUIS-JE EN TRAIN DE LE TUER?» à la chanson. Et ça s'intègre parfaitement.

Dylan croise mon regard. C'est peut-être à cause de mon instinct protecteur de grande sœur, mais il paraît si petit. Un gamin maigrichon à la tignasse brun-roux et au nez couvert de taches de rousseur. Et je suis en train de lui gâcher la vie.

— Mackenzie, dit-il en prononçant lentement chaque syllabe. Une vidéo sur YouTube peut se faire oublier, mais ça…, c'est complètement différent.

Je voudrais lui dire que je sais comment faire face à la presse. Mais il a raison, même si je déteste l'admettre. Ma vie était déjà chaotique avant que le plus célèbre groupe rock d'Amérique ne m'utilise comme une espèce de muse. Maintenant, quiconque a raté mon moment d'humiliation extrême peut se rattraper en le regardant en boucle sur MTV-2.

Et les gens vont vouloir en savoir plus sur moi. On ne regarde pas un vidéoclip musical sans s'interroger sur les personnes qui y apparaissent. Voilà pourquoi le couple de futurs mariés qui dansait vers l'autel est devenu si célèbre. C'est d'abord passé sur YouTube, puis AOL, et ensuite, *The Office* en a fait une parodie. Après, le couple s'est fait critiquer pour avoir utilisé une chanson de Chris Brown après qu'il a eu battu son ex, Rihanna. Les nouveaux mariés ont dû aller à l'émission *Good Morning America* et faire un don pour la prévention de la violence conjugale. Tout ça parce que quelqu'un avait filmé leur cérémonie de mariage et l'avait diffusée en ligne. Incroyable, mais vrai.

— Je… je dois aller à l'école, dis-je.

Je redresse les épaules et vais dans la cuisine préparer un café pour ma mère. Je me dis que bientôt, je serai une adolescente ordinaire qui fréquente une école secondaire normale en banlieue de Portland, en Oregon. Mes quinze minutes de gloire ne sont pas terminées? Bon, je peux survivre à quinze minutes de plus. Probablement.

Je reste calme. Je tends la tasse à ma mère et lui demande de me déposer à l'école. Elle prend une gorgée et hoche la tête.

Même si elle ne dit pas: «Mackenzie, je n'ai pas que ça à faire!», je me sens coupable. Elle n'a pas besoin de stress supplémentaire dans sa vie. Je vais devoir compenser par autre chose qu'une tasse de café. Elle termine sa tasse pendant que je vérifie mon horaire pour savoir quand je pourrai passer l'aspirateur et épousseter — après l'école, le tutorat et les devoirs, mais avant le souper.

Les yeux de ma mère s'éclaircissent après son café, chassant le brouillard gris qui les assombrit quand elle est à moitié éveillée. J'aurais voulu avoir ses yeux bleu clair, au lieu des yeux bruns ordinaires de mon père. Ses cheveux roux flamboyants me font penser à des lutins qui dansent sur des pièces d'or.

— Bon, allons-y, dit-elle.

Il n'y a aucun journaliste dans notre allée ou sur notre pelouse couverte de mauvaises herbes.

Peut-être que ce clip de ReadySet ne fera pas trop de vagues, finalement. Cette pensée ne dure que jusqu'à notre arrivée à l'école. C'est comme la veille…, mais mille fois pire.

— Qu'est-ce…

Je ne laisse pas ma mère terminer. Si je regarde la mer de reporters, je pourrais perdre tout mon courage. J'ouvre la portière et me mets à courir. À deux mètres de la voiture, je suis submergée par une nuée de complets-vestons, de caméras et de matériel de sonorisation. Je tourne sur place, cherchant désespérément un visage connu, quelqu'un qui pourrait m'aider. Je suis paniquée, désorientée et prise au dépourvu. Un micro apparaît devant mon visage, et je le saisis en cherchant désespérément une issue.

— Mackenzie, quelle taille fais-tu ?

— Es-tu une *fan* de ReadySet ?

— Vas-tu à leur concert jeudi prochain ?

Trop de questions !

— Hum… Taille, euh, huit ou dix ? Oui, j'aime ReadySet. Qui ne les aime pas ? Mais je n'ai pas de billet. Il ne doit plus en rester.

— Est-ce vrai que tu sors avec le chanteur, Timothy Goff ?

— Euh, je ne l'ai jamais rencontré.

J'ai envie de laisser tomber le micro et de m'enfuir, mais j'ai peur de l'abîmer et de devoir rembourser les dommages.

— Mackenzie, que portes-tu ?

Je regarde mes vêtements d'un air hésitant.

— Euh, un jean ?

— Quel est ton designer préféré ?

Je toise la journaliste d'un air incrédule. Elle est si élégante avec sa blouse de soie marine et son pantalon bien coupé. Et elle me demande *mon* avis sur la mode ?

— Ça vient d'une vente de garage, dis-je en marmonnant. Je ne…

Je me fais bombarder d'autres questions.

— À quelle université vas-tu aller ?

— Quelle vedette admires-tu le plus ?

— Quel effet ça fait d'être Miss Malaise États-Unis ?

— As-tu un petit ami en ce moment ?

Je ne comprends rien à ce qu'ils me demandent. Je baisse les yeux sur le micro et dis en rougissant :

— Je suis désolée. Je sais que vous êtes là pour faire votre travail, mais je dois aller à mes cours. Vous devriez parler à l'un des Notables, pas à moi.

Je me mords la langue en m'apercevant de ma bévue, puis reprends :

— Je ne porte pas de vêtements griffés, car je n'en ai pas les moyens. Et avec les cours, les examens et le tutorat, je n'ai pas le temps de me retrouver sous les projecteurs. Alors, merci de vous être déplacés, mais je dois y aller.

Je suis soulagée de voir une agente de police déterminée se frayer un chemin à travers la forêt de caméras. Elle ressemble à une héroïne de série policière, avec sa démarche vive et assurée. Elle a probablement passé sa carrière à faire ses preuves, jusqu'à devenir la policière la plus aguerrie du quartier.

Elle me saisit par l'épaule et m'entraîne vers le bâtiment.

Les journalistes continuent de crier :

— Mackenzie, qui sont les Notables ?

— Est-ce difficile de vivre dans une famille monoparentale ?

— Ignore-les, dit la policière, pendant que ses collègues s'approchent pour former un périmètre médiatique.

Un coup d'œil par-dessus mon épaule m'apprend que les médias n'en ont pas terminé avec leurs entrevues. Un groupe de reporters encercle le Trio Maléfique. Chelsea rejette sa chevelure dans une cascade dorée sur son dos. Elle ressemble à une déesse alors que j'ai l'air d'une ratée. Pour la énième fois, je me dis que Chelsea devrait être célèbre à ma place.

La policière garde sa main sur mon épaule jusqu'à ce que je sois à l'abri des paparazzis. Même à l'intérieur de l'école, elle ne m'abandonne pas et me conduit jusqu'à la fontaine la plus proche.

— Bois, ordonne-t-elle.

Je lui obéis instinctivement. Ma bouche a dû s'assécher durant mon entrevue improvisée — je ne l'avais pas remarqué. Tout comme le fait que mes mains tremblent comme des ailes de colibri.

— Te sens-tu mieux ? demande-t-elle une fois que j'ai étanché ma soif.

Je hoche la tête sans mot dire.

— Bien, dit-elle en m'observant attentivement, avec une lueur de pitié dans les yeux. La prochaine fois, baisse la tête, redresse les épaules, pas de contact visuel ni d'hésitation, et tout ira bien. Maintenant, va en classe.

Je m'apprête à lui obéir, quand elle lance :
— Mademoiselle Wellesley.
Je me retourne.
— Bonne chance !
Elle ne se doute pas à quel point j'en ai besoin.

Chapitre 13

Il y a des yeux partout. Peu importe de quel côté je me tourne, je croise une demi-douzaine de regards. Chaque mouvement que je fais est analysé — même mon habitude de ramener mes cheveux bruns derrière mes oreilles est documentée. J'entends constamment le cliquetis des cellulaires qui me prennent en photo. Je dois faire un effort pour ne pas grimacer, me cacher la figure ou m'enfuir dans les toilettes.

De tout le temps que j'ai passé à l'école secondaire Smith, je ne me suis jamais sentie aussi seule.

Au moins, personne ne rit de moi, à présent. Le crétin qui m'avait imitée avec une voix de fausset m'observe sans dire un mot. Je ne suis plus une Invisible, c'est clair. C'est comme si une nouvelle catégorie venait d'être créée juste pour moi: Spectaculaire. Tout le monde me regarde mais personne ne me parle. Youpi.

Même Jane et Corey sont touchés. Ils font semblant que tout est normal, mais ils sont manifestement ébranlés par ce nouveau seuil de visibilité. Jane ne cesse de scruter les autres tables à la cafétéria comme si elle craignait une attaque. Comme si un élève allait crier: «ReadySet aurait dû *me* choisir pour son vidéoclip!» avant d'ouvrir le feu sur notre table. Des adolescents ont déjà fait des trucs pires que ça pour des raisons plus ridicules.

— Alors, y vas-tu? demande Corey.

Je lève les yeux du muffin que je suis en train de réduire systématiquement en tas de miettes.

— Où ça?

— Au concert de ReadySet.

— Est-ce qu'ils jouent dans le coin? dis-je d'un air absent.

— Au Rose Garden de Portland, demain soir à 19 h 30.

Je jette un coup d'œil à Jane. Elle a toujours les yeux fixés sur les élèves qui nous observent.

Super.

— Bon, dis-je. Même s'il restait des billets, je n'en aurais pas les moyens.

— J'espérais que tu utiliserais tes… contacts pour nous obtenir des places.

Je manque de m'étouffer avec ma boisson gazeuse diète.

— Des contacts? Je n'ai pas de *contacts*!

— Puisque tu es dans leur vidéoclip, ce serait la moindre des choses que tu sois invitée au spectacle, réplique-t-il avec un sourire malicieux. Tu pourrais amener des amis qui *meurent* d'envie d'assister à un concert de ReadySet. Des amis qui seraient prêts à conduire jusqu'à Portland et à payer l'essence.

— Ah, je comprends! dis-je en riant. Je te préviendrai si l'occasion se présente, promis!

C'est difficile d'être fâchée contre Corey, car ses stratagèmes sont tellement transparents.

Il s'appuie au dossier d'un air satisfait. Il porte une chemise à carreaux et un jean étroit qui, pour une raison quelconque, n'ont pas l'air ridicule sur lui. C'est rare, car la plupart des gars ne peuvent pas porter ce genre de tenue. Il remue la tête et sa frange se balance gracieusement de côté. Mes cheveux ne m'obéissent jamais de cette manière.

— Et toi, Jane? dis-je. Veux-tu que je t'obtienne quelque chose?

— Quoi? répond-elle en revenant à notre conversation. Désolée, j'étais distraite par le fait que *toute l'école* nous regarde!

— Écoute, je ne peux rien y faire. Dans quelques jours, ce sera oublié.

— En attendant, as-tu pensé à embaucher une styliste?

Avant que je puisse répondre à Corey, Logan s'assoit sur la chaise libre à côté de Jane. La cafétéria devient silencieuse, puis des chuchotements s'élèvent ici et là. Sidérée, Jane ouvre la bouche, une expression qui n'est pas très flatteuse. Les Notables constituent toujours un choc pour le système. J'ai l'impression d'avoir avalé une autre dose de caféine.

Corey se redresse et fait comme si une visite de Notable se produisait tous les jours. Je peux pratiquement percevoir les bips de son *gaydar*, comme s'il tentait d'évaluer l'orientation sexuelle de Logan. Je parierais sur hétéro puisqu'il est toujours aisément distrait par le décolleté de Chelsea, mais j'ai un très mauvais *gaydar*, c'est bien connu.

— Salut, dit calmement Logan, comme si le fait

de manger un hamburger et des frites avec deux Invisibles et une Spectaculaire était banal.

— Euh…, salut, dis-je en bafouillant.

Jane a besoin d'un peu plus de temps pour se délier la langue :

— Ça va ?

— Oui. Dites donc, c'est plutôt intense, ajoute-t-il en prenant une frite et en se tournant vers les autres tables.

Je ne peux m'empêcher de rétorquer :

— Tu trouves ? Je n'avais pas remarqué !

Corey me donne un coup de coude dans les côtes, mais Logan se contente de sourire.

Jane et Corey se détendent peu à peu.

— Alex t'a-t-il causé d'autres problèmes ? demande Logan d'un ton détaché.

Cette fois, je souris largement. La seule fois où j'ai croisé Alex à la cafétéria, il a fait un grand détour pour m'éviter. Exactement ce que je souhaitais.

— Je suppose que ma menace d'hier a fonctionné ! Je t'avais dit que je pouvais me défendre ! dis-je en redonnant un coup de coude à Corey, un peu plus fort que nécessaire.

— Ouais, tu es bonne pour les menaces en l'air ! lance faiblement Jane.

— Je pourrais probablement parler de lui aux magazines à potins, dis-je. Mais je ne pense pas que j'oserais.

Corey s'arrête au milieu de sa bouchée de pizza. Il peut avaler deux fois plus de cochonneries que moi et entrer dans un jean étroit taille 4. Les gars et leur stupide métabolisme !

— Il fait mieux de te laisser tranquille, Mackenzie ! lance-t-il.

Jane et Logan ont un hochement de tête approbateur — c'est bizarre. Pourquoi Logan Beckett se préoccupe-t-il du fait qu'un joueur de football me harcèle ? À moins… qu'il veuille plus d'amis ? Mais non. Il n'a pas besoin d'amis Invisibles — il a déjà probablement une foule d'invitations à des fêtes et soirées. Et je ne l'imagine pas en train de se réjouir à l'idée d'une soirée cinéma avec nous trois.

— Comment vont les études d'histoire ? lui dis-je pour détourner son attention.

Une vraie question de bollée !

— Je n'ai pas compris ce qu'expliquait Helm aujourd'hui.

— Ah ! Tu te souviens dans le chapitre où…

Il m'interrompt :

— Une séance de tutorat après l'école ? J'en aurais bien besoin.

— Euh, d'accord, dis-je automatiquement.

— Parfait, réplique Logan. On se retrouvera après les cours.

Puis il se tourne vers Corey et lui pose une question sur le cours de menuiserie. Pendant qu'ils parlent de merisier et de ponçage, Jane et moi poursuivons une conversation non verbale.

Un petit mouvement de la tête signifie qu'elle n'arrive pas à croire ce qui arrive. Mon haussement d'épaules confirme que je suis dans le même cas.

Puis elle jette un coup d'œil à Logan avant de me fixer d'un air entendu. Je secoue la tête fermement. Je ne suis tellement pas le genre de Logan! Il les aime (évidemment) grandes, sveltes, blondes et à la poitrine généreuse. C'est pourquoi Chelsea et lui sont faits l'un pour l'autre. Tout comme je suis parfaite pour Patrick.

Jane lève un sourcil, et c'est une bonne chose que les gars ne remarquent pas mon grognement de dérision.

L'ordre social de l'univers devra subir une implosion avant que Logan et moi ne formions un couple. Je ne peux imaginer aucune de ces éventualités.

Chapitre 14

Je ne sais pas où nous devons nous rencontrer. Il a dit «après les cours», mais ça ne m'avance pas beaucoup. Dois-je attendre devant le local de littérature qu'il daigne apparaître? Ça ne me plaît pas vraiment. Je crains peut-être les projecteurs, mais je ne suis pas une Cendrillon qui passe son temps à attendre. J'ai appris il y a longtemps que lorsqu'on dépend des autres, ils nous déçoivent généralement. Je ne pense pas que tous les hommes veuillent peloter les profs de ballet — je ne suis pas si traumatisée —, mais je sais que la seule personne à qui je peux me fier est moi-même.

Toutefois, rien de tout ça ne m'indique où je dois retrouver Logan… ni ce que je vais lui dire. «Hé, ça fait longtemps qu'on ne s'est vus!» Euh…, probablement pas. «C'était un dîner intéressant.» Pas ça non plus. «Étais-tu dans ton état normal quand tu t'es assis à notre table? Parce que la fréquentation d'Invisibles va nuire à ton statut social, tu sais!» Idiote.

Je cherche toujours une amorce de conversation quand Logan arrive, l'air aussi insouciant que d'habitude.

— Salut.

Il sourit comme si je n'étais pas la tutrice énervante qu'il supporte pour ne pas avoir ses parents sur son dos. Je me demande pourquoi il voulait qu'on se rencontre. En tant que tutrice, je ne trouve pas que j'aie fait une grande différence jusqu'ici.

Toutefois, un sourire, même fugace, est bien loin de son haussement d'épaules habituel. Il cherche peut-être une façon d'entrer en contact avec Corey — on devra discuter de son *gaydar* plus tard.

— Au sujet du tutorat de cet après-midi... Je ne suis pas certaine que ce soit une bonne idée.

— As-tu changé d'idée ? demande-t-il.

— No-on.

Mentalement, je crie : « *Oui ! Les paparazzis m'attendent peut-être dehors ! Es-tu FOU ?* »

— Allons-y, alors, réplique-t-il en désignant la porte du menton.

J'espère que les médias ne sont pas là. Qu'ils sont partis avant la fin de l'école, comme hier. Que nous pourrons marcher vers sa voiture sans photographe qui m'immortalise en vieux jean et chandail de coton ouaté.

— As-tu entendu parler de...

Logan n'a pas le temps de finir sa phrase. Les paparazzis auraient dû s'en aller. C'est vrai, quoi, je leur en ai déjà trop dit ! Qu'est-ce que ces vautours espèrent ? Une autre scène ? Je l'imagine déjà :

MOI (éblouie par les flashs des appareils photo) : Qu-quoi ?

1er JOURNALISTE : Mackenzie, qui blâmes-tu pour ta nouvelle notoriété ?

2e JOURNALISTE : Mackenzie, regrettes-tu ta tentative de RCR ?

3ᵉ JOURNALISTE : Mackenzie, aimes-tu ça être célèbre ?

MOI : Je… Hé !

Je trébuche, m'effondre sur Logan qui, encouragé par la foule qui scande « Embrasse-la ! », sourit et s'exécute.

Attends, quoi ?

D'où vient cette rêverie ridicule ? J'ai besoin de sommeil, c'est la seule explication logique. La seule que j'accepte d'envisager. Freud s'en donnerait à cœur joie, mais la première partie de mon scénario imaginaire est en plein dans le mille. Les journalistes nous assaillent et me bombardent de questions. Lorsqu'un caméraman me bouscule violemment, je saisis le bras de Logan et crie par-dessus le brouhaha :

— Fuyons !

Sans attendre sa réponse, je file vers le terrain de stationnement en l'entraînant à ma suite.

Je suis très impressionnée par mon imitation de policière dure à cuire qui ne s'en laisse pas imposer. J'utilise ma vitesse pour me frayer un chemin à travers la foule.

Toutefois, les questions sont bien pires que ce que j'avais imaginé :

— Mackenzie ! Qui est ton copain ?

— Sortez-vous ensemble ?

— Que penses-tu de la saga *Twilight* ?

Cette fois, je ne réponds pas. Je détale à fond de train, heureuse de porter mes Converse noirs. Les longues jambes de Logan le propulsent devant moi et j'ai du mal à le suivre. Mon ego en prend un coup, car je m'en sors plutôt bien quand il s'agit d'une course d'endurance.

Heureusement qu'il me tient par la main, sinon nous serions séparés. Une adepte de romans à l'eau de rose trouverait sûrement cela «romantique», mais il n'y a rien de romantique à se faire frapper en plein visage par des coudes d'inconnus.

Nous arrivons à sa voiture sans blessures graves. Logan ne perd pas de temps pour sortir du terrain de l'école. Il conduit vite, mais prudemment afin d'éviter qu'un photographe ne se retrouve sous nos roues. Je me cache le visage pendant qu'il donne des coups de volant et dévale des rues à toute vitesse pour semer ceux qui nous suivent.

— Sais-tu où tu vas? lui dis-je. On devrait réfléchir avant de faire une erreur.

Ma connaissance des poursuites en voiture se limite au film *La mémoire dans la peau*.

Logan secoue la tête.

— Je sais exactement où je vais.

— D'accord.

J'attends qu'il en dise plus, mais en vain.

— Et c'est où, exactement?

— C'est une surprise.

Il vire brusquement, et j'apprécie de plus en plus ma ceinture de sécurité.

— Je n'aime pas trop les surprises. J'en ai eu assez pour le reste de ma vie.

Je désigne les paparazzis qui nous talonnent pour souligner mon argument.

— Tu risques d'en avoir quelques autres, dit-il en s'engageant sur l'autoroute. Tu peux choisir la musique.

— Oh, merci!

Je fouille dans mon sac, branche mon iPod dans l'adaptateur de la voiture, choisis une liste de chansons et laisse la musique envahir l'habitacle.

— Wilco? dit-il.

Je hoche la tête, surprise. Il est peut-être plus rock et moins sportif que je croyais.

— Bon choix.

Je suis sur le point de le questionner sur ses préférences musicales, quand je me rends compte que Forest Grove est maintenant derrière nous. Très loin derrière, en fait. Nous roulons vers la ville.

— Portland? dis-je, bouche bée. Tu veux qu'on les sème à *Portland*?

— As-tu une meilleure idée?

— Je… eh bien, non.

— Alors, c'est là où on va, Mack.

Je suis trop distraite par la situation pour m'opposer à ce surnom.

— Mais… l'essence… On aurait pu…

Il me coupe la parole:

— Mon idée, mon argent.

Je suis soulagée, car je ne peux pas me permettre de payer l'essence. Sans compter que je lui dois déjà un café. En même temps, ça me met mal à l'aise. Je ne veux pas être le genre de fille qui profite des gars. Je ne sais pas comment réagir à l'habitude qu'a Logan

Beckett de distribuer son argent. *Je vais tenir des comptes,* me dis-je. *Et le rembourser le plus tôt possible.*

— On est presque arrivés, déclare-t-il en entrant dans un garage souterrain.

— Quoi ? Un centre commercial ? Tu m'emmènes dans un centre commercial ? Tu ne trouves pas ça bizarre ?

— Ouais.

C'est tout ce que j'obtiens. Juste « ouais ». Je déteste les gars et leurs stupides réponses par monosyllabes.

— Cours !

Je suis son conseil, et nous nous précipitons dans le centre commercial, les paparazzis sur les talons. Je commence à voir le côté génial de son plan. Dehors, nous étions des cibles faciles, alors qu'à l'intérieur, ce sera simple de nous mêler à la foule et de disparaître. Je suis surprise de ne pas avoir eu moi-même cette idée.

— Viens !

Je lui emboîte le pas jusqu'à ce que j'aperçoive le magasin.

— Non ! dis-je en m'immobilisant. Pas question.

— Écoute, dit-il calmement. C'est soit ça — il désigne l'enseigne rose de Victoria's Secret —, soit ça.

Je regarde derrière moi et vois les journalistes qui scrutent la foule.

— Bon, dis-je en le suivant à l'intérieur. Mais je ne suis pas d'accord.

Il rit, puis reprend son sérieux.

— Tu ne trouves pas que c'est un peu… louche ? dis-je.

Il m'ignore et ouvre un tiroir rose vif, d'où il sort un soutien-gorge violet.

— Sois naturelle, chuchote-t-il en me tendant le soutien-gorge.

Puis, comme s'il agissait ainsi tous les jours, il m'entraîne vers les salles d'essayage. Il s'installe sur le minicanapé avec un air satisfait, pendant que je le contemple, bouche bée.

Je suis chez Victoria's Secret avec Logan Beckett, un soutien-gorge violet dans les mains et la presse à mes trousses.

Ma vie est officiellement plus étrange qu'un film de Tim Burton[*].

— Ils ne penseront pas à chercher ici, m'informe Logan pendant que je m'écroule par terre.

Je hoche la tête en fixant mes pieds.

— Alors, viens-tu souvent ici ?

Il éclate de rire, et je m'aperçois avec étonnement que je passe un bon moment. C'est étrange, mais je m'amuse. Je ne me serais pas attendue à ça.

— Oh, oui ! J'amène toutes mes copines ici. C'est confortable, non ?

— Toute une ambiance ! dis-je en jetant un coup d'œil entendu au soutien-gorge et au canapé rose.

— Rose est le nouveau bleu, réplique-t-il. C'est ce qu'on m'a dit…

---

[*] Timothy Walter Burton, dit Tim Burton, est un réalisateur, scénariste et producteur américain.

Je défais ma queue-de-cheval et laisse retomber mes cheveux bruns, raides et ordinaires autour de ma figure.

— Oh, mon Dieu! dis-je de ma meilleure voix de Notable. J'ai entendu ça aussi! C'est totalement machin-truc!

— Totalement, ajoute-t-il en entrant dans le jeu.

— Penses-tu qu'on peut partir, maintenant?

Logan hausse les épaules.

— Probablement, mais on devrait avoir un plan.

— Un plan?

— Oui, ces journalistes savent de quoi on a l'air. Il nous faut un déguisement.

On dirait que ça l'amuse.

Je réplique d'un ton incrédule:

— Évidemment! Quelle idiote, j'ai mis mon costume de superhéros dans mon autre sac à dos, avec un paquet d'argent!

Il sort son portefeuille, mais je ne lui laisse pas l'occasion de parler.

— Tu n'es pas sérieux? Tu ne peux pas continuer de dépenser de l'argent pour moi comme une espèce de papa gâteau!

Oui, j'ai dit «papa gâteau» à Logan Beckett.

Tuez-moi tout de suite.

Sa bouche se tord dans un sourire narquois.

— Je pensais plutôt à un prêt.

— Un prêt?

— Oui. Mes parents te paient dix dollars de l'heure, non?

Je hoche la tête et il me tend un billet de cinquante dollars.

— Maintenant, tu me dois cinq heures de ton temps.

Je soupire.

— Cinq heures et demie, en fait. Je te dois toujours le café de Starbucks de l'autre jour.

— Tu t'en es souvenue, dit-il en souriant.

— Bien sûr. Donc, cinq heures et demie…, dis-je en calculant mentalement. Si on commence à étudier bientôt, je pourrai régler ma dette avant la fin de la semaine. Ça marche pour moi.

— Tu sais que tu peux considérer le café comme une dépense de tutorat, hein?

— Une dépense de tutorat? dis-je d'un ton sceptique.

— Oui, la caféine est un outil d'étude qui a déjà servi de monnaie d'échange.

— Tu t'en es souvenu.

Je suis étonnée que mes paroles lui soient restées en mémoire. Peut-être que je ne suis pas une si mauvaise tutrice que ça, finalement.

— Bien sûr, répète-t-il en m'imitant à la perfection.

Je ris et déclare:

— Cinq heures et demie, et on est quittes. Je paie toujours ma part.

Je ne veux rien devoir à Logan. Rien que le fait de toucher au billet de cinquante dollars me rend nerveuse. Ou peut-être est-ce à cause de la façon désinvolte dont il me l'a tendu. Les deux me mettent mal à l'aise.

— Ce n'est probablement pas nécessaire, dis-je en tentant de lui redonner l'argent. Vraiment. Je peux juste…

Logan passe la main dans ses cheveux d'un air frustré, un geste que je ne l'ai vu faire que devant son livre d'histoire.

— Prends-le donc pour qu'on puisse partir. Si on reste trop longtemps ici, les vendeuses vont se demander ce qu'on fait.

Il lève les sourcils d'un air suggestif.

Je m'empresse de répondre :

— Bon, allons-y.

— Retrouve-moi à la patinoire dans quarante-cinq minutes, ajoute-t-il.

En sortant de la salle d'essayage, il lance d'une voix forte :

— Je ne pense pas que ce soutien-gorge soit ton genre. Le noir est plus ton style, Mack.

Je lui jette un regard courroucé, mais il s'éloigne déjà vers la sortie, me laissant seule dans la boutique avec un soutien-gorge dans une main et un billet de cinquante dollars dans l'autre. Juste au moment où je suis convaincue que la situation ne pourrait devenir plus bizarre… eh bien, c'est ce qui arrive.

Chapitre 15

Je décide de suivre le conseil de Corey. Les journalistes cherchent la Mackenzie qu'ils ont vue plus tôt — celle qui n'est ni maquillée, ni à la mode. Il faut que j'aie l'air branchée, ce qui n'est pas facile pour une fille avec un budget limité. J'achète un haut violet très ajusté qui rend mon jean moins « ample et asexué », comme l'a décrété Corey. Vêtue ainsi, j'ai l'air sexy, du genre « adepte-d'arts-martiaux-qui-sort-en-ville ». Un peu de mascara, d'ombre à paupières et de brillant à lèvres provenant de démonstrateurs, et je suis transformée. C'est incroyable ce qu'un peu de maquillage peut faire quand on a désespérément besoin d'un déguisement.

Ça fait bizarre d'avoir tous ces produits sur la figure, mais au moins, je peux sortir du magasin sans risque. Il suffit de le voir comme une peinture de guerre ou un masque d'Halloween. Je m'efforce de déambuler nonchalamment jusqu'à la patinoire, en faisant semblant d'être une Notable. Vraiment. J'imagine qu'au lieu de Mackenzie Wellesley, reine du malaise, je suis Chelsea Halloway, reine de l'école secondaire Smith. Chelsea aurait-elle le dos courbé ou marcherait-elle à pas précipités vers la patinoire ? Non. Alors, moi non plus.

Même Logan a du mal à me reconnaître. Son

déguisement est un cardigan gris en lainage doux. Il essaie probablement d'avoir l'air BCBG*, mais il échoue totalement. Il a toujours l'air d'un Notable légèrement débraillé, avec son jean ajusté et ses cheveux bruns ébouriffés. Le cardigan donne simplement une teinte plus foncée à ses yeux gris.

— Eh bien, dit-il en m'apercevant. Tu as l'air… différente.

— Et toi, tu es pareil.

— Ouais. Je passe inaperçu.

J'essaie de ne pas pouffer de rire. C'est ça, il n'attire pas l'attention — sauf celle des radars hormonaux de toutes les adolescentes à l'affût de beaux gars dans un rayon de douze mètres.

— Allons chercher nos patins.

Le centre commercial de Portland comprend une petite patinoire bondée qui ajoute à son charme, selon moi. Des couples et des familles y évoluent en cercle pendant que des petits enfants tombent ici et là.

— D'accord.

Quinze minutes plus tard, j'ai lacé mes patins et me demande dans quoi je me suis embarquée. Si je ne commence pas le tutorat bientôt, je vais me sentir coupable à cause du prêt. Sauf que je n'ai jamais enseigné l'histoire sur la glace.

— Es-tu certain que c'est une bonne idée? dis-je à Logan. Pourquoi n'irait-on pas s'asseoir quelque part pour discuter de la révolution américaine?

— As-tu peur? demande-t-il d'un ton de défi.

---

* Sigle de «bon chic bon genre».

Je m'avance délibérément vers la glace (le plus délibérément possible sur mes lames), puis me tourne en chancelant vers lui.

— Tu viens ou pas ? On a de l'étude à faire.

Il est sur la glace en quelques secondes. Il est peut-être à l'aise dans les couloirs de l'école, mais sur la glace, on dirait que son corps est une extension de ses patins. Il passe devant moi, puis se retourne d'un mouvement fluide pour me faire face.

— Bon, vas-y !

— Qui était le deuxième président des États-Unis ? dis-je en regardant par-dessus son épaule pour m'assurer qu'il n'écrasera pas accidentellement un bambin.

— John Adams. Détends-toi, je sais ce que je fais.

— Et le troisième ?

— Thomas Jefferson.

Je vacille sur mes patins.

— Très bien.

— As-tu fini avec les questions faciles ?

Sa question me prend au dépourvu.

— Je croyais que tu préférais les trucs faciles.

Il réfléchit un moment.

— Je suis prêt pour de plus grands défis.

— D'accord, je vais te donner un nom, une date ou un événement. Tu devras me dire tout ce que tu sais là-dessus.

Je sens qu'il hoche la tête, mais je dois me concentrer pour conserver mon équilibre. Mon expérience en patins à roues alignées ne me sert pas beaucoup, même si j'ai choisi des patins de hockey. Logan a levé un sourcil devant mon choix. Tout ce que j'ai eu à dire, c'est «pas de pointes» et il a compris. Les pointes de patins artistiques et moi ne faisons pas bon ménage.

— Samuel Adams.

— Bière, réplique-t-il aussitôt.

— Quoi?

Je lève brusquement la tête et perds l'équilibre. Les stupides patins se dérobent sous moi. C'est en plein ce que je mérite pour avoir pensé que je pouvais enseigner l'histoire et patiner en même temps. Les Grecs ont un mot pour ce genre d'orgueil: *hubris*. Et ça précède généralement une très longue et douloureuse chute.

— Ouf!

Je m'écroule sur une surface solide mais pas assez froide pour être de la glace. Quand je m'aperçois que je m'agrippe de toutes mes forces au cardigan de Logan, je m'empresse de m'excuser.

— Pardon. Ça me prend un peu de temps pour m'habituer à ces trucs. Les patins à roues alignées, ça va, mais sur la glace…

— C'est une technique différente, commente-t-il avec un regard circonspect.

— Oui.

Je lâche son cardigan et me redresse.

— Donc, tu fais du patin à roues alignées? demande-t-il. Depuis combien de temps?

— Douze ans et… cinq mois, dis-je après un rapide calcul mental.

Logan a l'air amusé.

— C'est précis !

— C'était mémorable, dis-je sans sourire.

— Que s'est-il passé ?

— Mon père est parti. Il y a douze ans et cinq mois. Tout de suite après mon…

Je m'interromps brusquement.

— Ton quoi ?

Je lui jette mon regard le plus intense, pour lui faire comprendre que je ne suis pas d'humeur à rire.

— Ça reste entre nous, finis-je par répondre.

— D'accord.

— Et surtout, ne te moque pas.

— D'accord.

— Mon spectacle de ballet, dis-je en marmonnant, dans l'espoir qu'il ne comprendra pas.

Il manque de s'étouffer :

— Tu as fait du ballet ? Sérieusement ?

— Je t'ai dit de ne pas rire ! C'était juste pour quelques mois. Ma mère pensait que ça aiderait mon père à… accepter que je sois une fille.

Logan hausse les sourcils.

— Il avait du mal à saisir ce concept ?

J'ai un sourire forcé.

— Il était convaincu que je serais un garçon. Il n'a même pas regardé l'échographie parce qu'il était certain que je serais un garçon appelé Mack. Ils ont allongé le nom en Mackenzie. J'ai eu de la chance que ça fonctionne.

— Ouais, s'ils avaient choisi Todd, ç'aurait été moins évident.

Je ris.

— En effet! Donc, j'avais une chambre bleue et des balles de baseball.

— Que tu n'as jamais utilisées?

— Beaucoup d'enfants n'aiment pas le sport! C'était mon cas. Mon père a essayé de jouer à la balle avec moi, mais ce n'était pas mon truc. Ma coordination main-œil a toujours été nulle. Alors, ma mère s'est dit que ce serait bien si j'essayais le ballet.

— Euh, bon, dit Logan. Je ne comprends toujours pas le rapport avec le patin à roues alignées.

— Après le spectacle de ballet, mon père nous a quittés, dis-je en omettant délibérément la partie où il aspire la bouche de ma prof. Je n'ai pas parlé de toute la semaine suivante. Ma mère paniquait et essayait de me faire verbaliser mes émotions. Finalement, je lui ai dit que je préférerais être mangée par un éléphant que de refaire du ballet.

— Un éléphant?

— J'aimais l'image. Je lui ai demandé de m'emmener dans une boutique de sport, et j'ai pris la première chose qui n'incluait pas d'objets volants.

— Les patins à roues alignées.

— Ouais. C'est comme ça que j'ai commencé.

Tout en lui parlant, je me familiarise de plus en plus avec la glisse sur patins.

— Et ton père?

— Mon père?

— Oui. Est-ce qu'il t'a déjà vue patiner?

— Non. Il a fondé une nouvelle famille. Parfois,

on reçoit des cartes de Noël. Il a deux fils. Il a l'air heureux.

— Il a l'air égoïste.

— Ça aussi! dis-je, surprise.

— Je vais quand même continuer de t'appeler Mack.

Je lève les yeux au ciel.

— Évidemment!

— Mais je ne souhaite pas que tu sois un garçon.

Son sourire fait accélérer mon pouls.

— Tes parents ont l'air gentils, dis-je pour briser ce ton de badinage.

Ou est-ce moi qui imagine des choses? Difficile à dire.

Il hoche la tête.

— Oui. J'aurais aimé avoir un frère ou une sœur, par contre. Parfois, ils me poussent trop.

— Tu veux dire qu'ils embauchent une tutrice pour toi? C'est épouvantable! dis-je en plaquant une main sur ma bouche d'un air horrifié.

— Tu devrais voir l'énergumène qu'ils m'ont trouvée! réplique-t-il en souriant. Une fille avec un nom de gars qui est tellement...

Je lui donne une tape sur le bras pour le faire taire.

— Bon, on étudie. Sam Adams.

Il ouvre la bouche, mais je lui coupe la parole:

— Et ne dis pas «bière»!

Chapitre 16

Donc, nous étudions. Je parviens à l'interroger, en intervenant chaque fois qu'il oublie un fait important. Pour une fois, il semble attentif — une nette amélioration en comparaison de ses gribouillages et de son expression désabusée habituelle. C'est comme une fête d'anniversaire du primaire : tout paraît simple pendant quelques minutes. Pas de médias, pas de regards insistants, pas de pression. Je pense que Logan passe un bon moment, lui aussi. Il éclate de rire quand je trébuche, puis m'aide à me relever. Et lorsqu'il sourit, prend ma main et m'entraîne à toute vitesse dans un virage, j'ai presque l'impression qu'il s'agit d'un rendez-vous. Du genre où le garçon a envie d'être avec la fille, qui n'est pas payée pour être là. Évidemment, ce n'est pas le cas. Peu importe ce que font les médias, je serai toujours Mackenzie Wellesley, bollée et asociale.

Ce sentiment de bien-être, de rendez-vous agréable, ne dure que jusqu'à notre arrivée à l'aire de restauration. C'est là que je gâche tout. Nous sommes détendus et discutons de cinéma en attendant en file pour nos plats chinois, quand je propose de sortir nos livres. C'est tout ce que je dis, je le jure, mais il se raidit et serre les mâchoires.

Ça ne devrait pas le déranger à ce point. Ses

parents me paient pour être sa tutrice, pas pour que j'imagine sortir avec leur fils! Pas question d'accepter leur argent si je ne le gagne pas. Les finances de ma famille sont peut-être limitées, mais je ne m'abaisserai jamais à accepter de l'argent que je ne mérite pas. Je suis devenue très astucieuse pour économiser.

Je prends l'argent au sérieux. Donc, après avoir utilisé mon prêt de cinquante dollars pour acheter un plat de bœuf et brocoli, je sors mon livre. Je surveille les alentours et n'aperçois aucun journaliste. Tout va bien.

— Bon, on en était aux avantages de la guerre pour les Britanniques, dis-je en tournant les pages pour trouver le bon chapitre. Lis-les pendant que je mange.

J'essaie de rétablir une ambiance amicale, car une petite table et une pile de poulet kung pao sont tout ce qui me sépare d'un Notable à l'expression irritée.

— Écoute, on peut prendre une pause pendant qu'on mange, dit Logan. On reprendra plus tard.

— Juste cinq minutes, dis-je.

À la patinoire, il semblait comprendre facilement. S'il est sur le point de débloquer, je ne vais pas laisser la bouffe chinoise être un obstacle.

— Tiens, commence ici: la population de la Grande-Bretagne était trois fois plus nombreuse que celle des colonies.

Je me tais en le voyant fixer le texte, la bouche fermée. Son regard remonte lentement de l'endroit que je lui ai indiqué.

— Peux… peux-tu lire? dis-je sans réfléchir.

Son regard irrité me fait reculer instinctivement sur ma chaise.

— Je peux lire, déclare-t-il d'un air de défi.

Mais il referme brusquement le livre.

— Bon, dis-je en prenant une bouchée de brocoli. Mais…

— Mais quoi?

De toute évidence, il n'a pas l'intention de me fournir une explication.

— Dis-moi donc ce qui se passe.

Je me force à croiser son regard. Je suis soulagée de constater qu'il est seulement frustré.

— C'est clair que tu me caches quelque chose que je devrais savoir, en tant que tutrice.

Je termine ma phrase à toute vitesse, de peur de perdre courage. Puis je vois avec étonnement Logan s'affaisser sur sa chaise.

— Je suis dyslexique, dit-il calmement, avec une pointe d'amertume. C'est ça que tu voulais savoir?

— Oh.

Ça explique bien des choses.

— Eh oui, dit-il avec un petit rire désabusé. Je corresponds parfaitement à ton cliché de sportif ignorant, hein?

— Parce que tu es dyslexique ou parce que tu admires les seins de Chelsea Halloway?

Oh, mon Dieu. Est-ce que j'ai vraiment dit ça?

Il me regarde fixement, puis se met à rire.

Je m'empresse d'ajouter:

— Euh, ce que je voulais dire, c'est que la dyslexie ne te rend pas stupide. En fait, les gens dyslexiques ont souvent plus de coordination physique, d'empathie et de talent artistique que la moyenne des gens.

Je désigne son cahier rempli de dessins et poursuis :

— À en juger par ton talent au hockey et tes dessins, tu as au moins deux de ces trois critères.

Logan me contemple avec incrédulité :

— Et tu connais toutes ces informations par cœur ?

— Oui. J'ai une mémoire presque photographique. Steven Spielberg, John Lennon, Walt Disney, Steve Jobs — ce sont tous des dyslexiques. Sans oublier...

— Ça va, inutile d'en dire plus, m'interrompt Logan.

— Comme tu vois, tu n'as pas à avoir honte.

— Ah non ?

Je perçois un doute dans sa réponse laconique.

— Non, dis-je en soutenant son regard, déterminée à ne rien gâcher. Mais il va nous falloir une nouvelle tactique.

J'ouvre mon cahier, enlève le capuchon de mon stylo et commence à prendre des notes.

— On va oublier le livre et utiliser des techniques d'apprentissage auditives ou visuelles, dis-je en tapotant le stylo sur ma lèvre inférieure. Il y a une minisérie sur John Adams* qui pourrait t'aider. Et on pourrait faire une razzia dans les films historiques de la bibliothèque.

---

* John Adams fut le premier vice-président des États-Unis (1789-1797), puis le deuxième président des États-Unis (1797-1801).

Je m'interromps en pensant à ce que ces vidéos risquent d'avoir comme résultat : me remplacer.

— Je peux t'aider à les choisir, si tu veux. Tu pourrais m'appeler après les avoir visionnés pour qu'on en discute.

— Ou tu pourrais les regarder avec moi, suggère-t-il.

— Je ne peux pas laisser tes parents me payer pour regarder des films !

— Mack, ce n'est pas si grave.

— Oui, ce l'est. Tu es juste habitué à jeter ton argent par les fenêtres. Ce n'est pas tout le monde qui peut se permettre ça. Et j'apprécie trop tes parents pour les escroquer.

— Très bien, alors. On renégociera ton salaire quand on regardera des films. Problème réglé.

Il présente cela de manière si raisonnable, comme s'il n'y avait pas un énorme fossé social qui nous séparait et m'empêchait de regarder des films chez lui.

— Euh, ça pourrait marcher, je suppose, dis-je d'un ton embarrassé.

Que pourrais-je dire d'autre : « Logan, les autres Notables, surtout Chelsea, vont nous rendre la vie difficile s'ils apprennent qu'on passe du temps ensemble. Ils vont se moquer de toi, dire que tu t'abaisses, et je vais me faire traiter de tous les noms dans le vestiaire des filles. Je veux juste te prévenir. »

Ça paraîtrait tellement stupide ! Après tout, il s'agit de l'école secondaire, pas du système de castes hindou, où les Intouchables doivent éviter de «polluer» les classes supérieures. Bon... ce n'est peut-être pas si différent, mais tout ce stress au sujet du fossé entre les Notables et les Invisibles est stupide. Nous sommes deux adolescents dans le même cours d'histoire. Un point c'est tout.

Logan ne semble pas remarquer mon hésitation et prend une bouchée de poulet kung pao. Affamée, j'attaque mon propre plat tout en notant des idées.

— On devrait prendre des livres pour enfants à la bibliothèque.

Il lève un sourcil.

— Je sais lire, tu sais.

— Les livres pour enfants sont généralement plus efficaces pour souligner la matière à retenir, alors j'aime les utiliser pour réviser.

— Tu as une mémoire photographique, mais tu lis des livres pour enfants pour te préparer aux examens? demande-t-il avec un petit sourire.

— Une mémoire *presque* photographique. Et c'est toujours bon de réviser la base. Tu améliores sans cesse ta posture au hockey, non? C'est le même principe.

— Tu es une fille vraiment étrange.

Je le regarde d'un air perplexe, ma fourchette dans les airs.

— Comment ça?

— Tu nommes plein de gens dyslexiques, tu lis des livres pour enfants et tu engouffres ta nourriture à une vitesse record.

— Ce n'est pas si étrange, dis-je en haussant les épaules. Je pensais que tu faisais allusion à mes problèmes d'équilibre et au fait que je bafouille devant tes amis.

— Maintenant que tu en parles…, pourquoi donc ?

— Pourquoi quoi ?

— Pourquoi es-tu si nerveuse devant les gens ? Quand tu es détendue, tu es beaucoup moins…

— Embarrassée ?

— Intimidante.

Je reste bouche bée.

— Moi ? Intimidante ? C'est ça. Et Chelsea Halloway fait du bénévolat dans un centre pour sans-abri.

Il éclate de rire, puis reprend d'un air grave :

— Sérieusement, tu peux être intimidante.

— Vraiment ?

C'est la chose la plus incroyable que j'aie entendue depuis que j'ai découvert que j'étais célèbre.

— Oui. Surtout en classe, dit-il avant de prendre une voix grave pour imiter monsieur Helm à la perfection. Euh, Mackenzie, pourrais-tu parler à tes camarades de la taxe sur les timbres ?

Je rougis.

— Bon, je suis peut-être un peu intense en classe. Mais je ne suis pas intimidante !

— Ah non ? Et la fois où tu as engueulé le remplaçant ?

— Ce n'est pas vrai ! Et même si je l'ai fait, ce type le méritait. Il était *complètement* dans le champ, mais il se défendait en disant qu'un de nous deux était allé à l'université et l'autre pas. Comme si ça changeait quoi que ce soit! Mais tu n'es pas dans ce cours. Comment en as-tu entendu parler?

— Spencer me l'a raconté, explique-t-il avec un petit sourire. D'après lui, tu as été plutôt agressive avec ce gars.

— C'était un idiot mal informé, dis-je secouant la tête, dégoûtée.

— Et tu ne trouves pas que tu es intimidante?

— Enfin, ce n'est pas comme si j'étais une Notable!

— Quoi? demande-t-il.

Je regrette aussitôt mes paroles. La règle numéro un au sujet des surnoms secrets, c'est qu'ils doivent demeurer secrets.

— Toi, Notable, moi, Invisible, dis-je avec un geste de ma fourchette, avant d'avaler une autre bouchée de brocoli. Ou du moins, je l'étais. Maintenant, le Dr Phil* veut me parler!

Logan manque de s'étouffer avec sa boisson gazeuse.

— Le Dr Phil t'a appelée?

— Apparemment. Je ne connais pas tous les détails. Dylan m'a envoyé un texto à propos de mon passage à *Dr. Phil* ou *The View*.

Je dépose ma fourchette. Mon appétit a disparu à l'idée de paraître à la télévision nationale.

— Tu ne veux pas y aller? demande Logan.

— Bien sûr que non! Je suis déjà assez anormale

---

* Dr Phil est une personnalité de la télévision américaine et est présentateur de son propre programme télévisé: *Dr. Phil.*

sans devenir officiellement Miss Malaise États-Unis !

— Tu n'es pas anormale.

Son appétit ne semble pas affecté. Je l'observe, envieuse, pendant qu'il avale son dernier morceau de poulet.

— Un peu étrange, mais pas anormale, ajoute-t-il.

— Oh, merci ! dis-je d'un ton sarcastique.

Mais je ne peux m'empêcher d'être flattée. Logan Beckett ne me trouve pas anormale.

Chapitre 17

J'aurais dû me douter que les médias ne me laisseraient pas tranquille. Je suis si heureuse de ne voir aucun photographe près de la voiture de Logan que j'y monte sans hésiter. J'ai du mal à me concentrer sur les paparazzis quand je suis avec Logan — pas à cause de son charme, mais parce que je ne sais jamais à quoi m'attendre. Il ne cesse de faire des commentaires sarcastiques et pince-sans-rire qui m'irriteraient s'ils n'étaient pas si drôles.

C'est agréable de passer du temps en sa compagnie. C'est probablement pourquoi je ne remarque rien avant que Logan n'arrête la voiture devant la maison des Hamilton — pendant qu'à dix mètres de là, ma propre demeure est assiégée. Notre pelouse est entièrement couverte de journalistes, comme le pain est couvert de beurre d'arachide et de confiture dans les sandwichs que me prépare ma mère.

J'en reste bouche bée.

— Continue de rouler! dis-je en me laissant glisser sur le sol de la voiture.

Je n'ai pas besoin de le répéter. Il ne démarre pas en trombe, en laissant une couche de caoutchouc sur l'asphalte, mais se contente de rouler devant ma maison. Il ne s'arrête que lorsque nous atteignons le terrain de basketball où je fais généralement du patin à roues alignées.

— Intéressant… dit-il, sa frange dans les yeux. C'était ta maison ?

Je me hisse sur le siège.

— Écoute, je peux t'expliquer.

— Et je suis certain que ton explication sera ridicule.

— Ah, ouais ? dis-je en levant le menton d'un air de défi. Et pourquoi donc ?

— Parce qu'il n'y a pas de bonne raison de mentir à propos de l'endroit où on vit.

— Il n'y a pas de bonne raison de mentir à propos de la dyslexie non plus.

Il se retourne d'un air furieux.

— Ce n'est pas la même chose !

— Bien sûr que oui. Aucun de nous ne veut faire pitié. Évidemment, je voulais aussi éviter une razzia de petites culottes par l'équipe de hockey…, mais sinon, c'est la même situation.

Ses lèvres frémissent, et je vois qu'il réprime un rire. Il est toujours irrité, mais son sens de l'humour n'a pas disparu.

— Une razzia de petites culottes ?

— Je regarde la télévision, tu sais, dis-je en haussant les épaules.

— Et trop de films idiots sur l'école secondaire, apparemment.

— Écoute, j'aurais dû te montrer ma maison avant. Mais les gens font parfois des trucs idiots. Alors, peux-tu faire demi-tour et me conduire chez moi ?

Il démarre le moteur.

— Tu veux que je te dépose et que je m'en aille ?

— Euh, oui.

— Même si ta maison est envahie par les journalistes ?

— Je peux les affronter seule, dis-je d'un ton exaspéré. Tout va bien aller.

Je commence à en avoir assez de me sentir faible. Oui, il m'arrive d'être lâche, mais cette fois, je fais face à la situation. Je ne vais laisser aucun journaliste, pas plus qu'Alex Thompson, Chelsea Halloway ou *qui que ce soit d'autre* m'empêcher de vivre ma vie. Je dois donc être plus forte que ce que tout le monde pense.

— Évidemment, réplique-t-il avec un mouvement sec de la tête. Tu n'as pas besoin d'aide. J'aurais dû m'en douter.

Ses propos sont vaguement insultants, mais je ne sais pas comment réagir. Je me contente de rétorquer :

— Je ne veux pas que les médias prennent des photos de nous deux et fassent des suppositions sur ma vie amoureuse.

Il hoche la tête en s'engageant dans ma rue.

— Juste un peu plus près…, lui dis-je. Continue… arrête ici !

Avant qu'il puisse dire un mot, je me mets à courir vers la porte de ma maison, en utilisant mon sac à dos comme bouclier. Je suis concentrée sur les dix mètres que je dois franchir. Les journalistes me bombardent de questions sur un ton agressif, jusqu'à ce que ma tête soit envahie par un bourdonnement incessant.

— Mackenzie, qui est ce garçon?

— Aviez-vous rendez-vous?

— Penses-tu qu'il s'intéresse à toi à cause de ta célébrité?

Cette dernière question me donne envie de rire. L'idée que Logan Beckett se serve de moi pour avoir son visage dans les journaux est complètement ridicule. Il déteste probablement cette visibilité autant que moi. Je fais confiance à mon instinct dans des cas pareils.

Dylan m'attire à l'intérieur — toute une prouesse avec l'attroupement de journalistes et l'entrée encombrée de paquets. On dirait que le contenu d'un camion UPS a été déversé dans notre maison. Les étiquettes disent toutes la même chose: *Livraison spéciale pour Mackenzie Wellesley*. Décidément, la situation est plus que bizarre.

Dylan me met une boîte dans les bras, et je m'efforce de ne pas l'échapper.

— Pourquoi me donnes-tu ça?

— Ça va dans ta chambre, réplique-t-il en prenant lui-même un colis. Tu pourras montrer tous ces trucs à maman plus tard. Il faut dégager l'entrée avant qu'elle rentre du travail.

Parfois, c'est facile de le voir comme un petit frère agaçant et d'oublier qu'il se préoccupe autant que moi du bien-être de notre famille.

— Dépêche-toi! lance-t-il d'un ton irrité. Elle va bientôt arriver.

Je soulève la boîte et suis mon frère en haut. Je reste bouche bée en voyant mon lit couvert de lettres, de messages et de papillons adhésifs. Dylan ne me laisse pas le temps de paniquer. Il laisse tomber son fardeau et me fait signe de le suivre.

Il nous faut quarante-cinq minutes pour tout transporter à l'étage, et c'est sans compter une pause de cinq minutes pour boire un peu d'eau et frotter mes bras endoloris. Après tous ces efforts, je ne veux plus jamais voir un seul colis. J'ai été percutée par tellement de coins de boîtes que j'ai l'impression d'être une immense ecchymose. J'essaie de ne pas gémir chaque fois que mon corps exprime son mécontentement. Fuir les paparazzis, patiner, puis soulever des cartons, c'est beaucoup d'exercice physique pour une seule journée !

Ne pouvant résister à l'envie d'ouvrir l'un des mystérieux colis, j'attrape une paire de ciseaux. Après avoir soulevé le rabat, je contemple le contenu avec stupéfaction.

J'avance une main tremblante et sens la douce texture de la soie glisser de façon sensuelle sur mes doigts. C'est assurément la robe la plus magnifique et subtilement sexy que j'aie jamais vue. Une robe qui a sûrement le pouvoir de rendre invincible celle qui la porte. Dans cette robe, je pourrais être Hélène de Troie, celle pour qui on a mobilisé une flotte de mille navires. Elle est mignonne, originale et légèrement provocante — et elle est à moi.

Je continue de caresser le tissu en réprimant mon envie de rire et de pleurer en même temps. L'étiquette m'apprend qu'il s'agit d'une création BCBG Max Azria. Je mets la robe de côté et sors une paire d'escarpins de la boîte. Je les examine comme si j'étais Cendrillon devant ses nouvelles chaussures de bal.

— Oh, mon Dieu.

C'est tout ce que je parviens à dire en enlevant mes Converse pour glisser mes pieds dans ces magnifiques chaussures noires à bout ouvert. Je ne sais pas comment les journalistes ont pu découvrir ma pointure, mais elles me vont à la perfection.

Je suis là, dans mes nouvelles chaussures chic, et je ne peux pas me lever. Pas parce que je redoute de marcher sur ces talons aiguilles, mais parce que c'est un point de non-retour. Ces chaussures sont la preuve irréfutable que ma vie a changé. Après des années de magasinage dans les ventes de garage, je possède enfin un objet merveilleux et luxueux. Juste pour le plaisir.

Quand je finis par me lever et avancer vers mon miroir en pied bon marché, j'ai tout un choc. Pour la première fois, je ne me reconnais pas. Je me demande qui peut bien être cette nouvelle fille… et si je vais l'aimer.

Chapitre 18

Ce soir-là, je montre à ma mère mon placard rempli à craquer, mais je n'appelle ni Corey ni Jane. Je veux jauger moi-même leur réaction le lendemain. Je m'attends à ce qu'ils soient soufflés, ébahis en voyant leur meilleure amie, Mackenzie Wellesley, se présenter à l'école en vêtements griffés. De très jolis vêtements griffés. Des ballerines Oscar de la Renta, un jean Calvin Klein et une blouse Anthropologie. Et mes livres ? Ils sont rangés avec soin dans un énorme sac Hobo. J'ai même mis du maquillage ce matin — un peu de brillant à lèvres et d'ombre à paupières. Il est impossible que je me retrouve sur la liste des Personnes les moins bien habillées. Je me suis réveillée une heure et demie plus tôt que d'habitude pour me préparer.

Et je dois l'admettre — c'est agréable d'arriver à l'école habillée comme une millionnaire. Ce que je porte vaut probablement un million. Enfin, plutôt cinq cents dollars, mais comparé à mon jean préféré (une aubaine à vingt-cinq cents), c'est le grand luxe. Mes vêtements et mon maquillage font paraître l'attention médiatique encore plus illusoire, déconnectée de la vraie vie. Quand les caméras se braquent sur moi, je fais semblant d'être naturellement chic et de ne pas remarquer l'intérêt des journalistes.

Et le pire…, c'est que je crois que je réussis.

D'autres détails sont différents. Les gars me regardent davantage dans les couloirs, probablement à cause de mon nouveau style désinvolte et sexy. À moins que je n'aie raté la ligne sous mes yeux et que tout le monde pense: «Hé, elle a l'air d'un raton laveur!» Mais si je me fie aux regards appuyés et appréciateurs, je ne ressemble à aucun animal nocturne.

À midi, pendant que j'achète mon hamburger au fromage et mes frites à la cafétéria, mes deux meilleurs amis évaluent mon ensemble anti-Mackenzie.

— Tu es superbe! déclare Jane quand je m'assois.

Je lui souris avant de me tourner vers Corey.

— Et toi, qu'en penses-tu? Est-ce que c'est trop? Dis-moi la vérité!

Il pince les lèvres d'un air songeur.

— Jane a raison. Séduisante sans être trop provocante. Mais ne te frotte pas les yeux ou tu gâcherais tout. Et défais ta queue-de-cheval.

Je retire l'élastique et laisse retomber mes cheveux sur mes épaules tout en avalant une frite.

— Avez-vous des projets pour ce soir?

Jane secoue la tête, la bouche pleine de muffin.

— Non, répond tristement Corey. Des devoirs, comme d'habitude.

— Ah bon. Vous n'auriez pas envie de m'accompagner au concert de ReadySet, par hasard?

Corey est bouche bée.

— Tu as des billets? Sans blague?

Jane sort un livre.

— Je vais le mériter comme pause d'étude. Je n'arrêterai pas d'étudier jusqu'à l'heure du concert!

Je souris comme une idiote.

— Tu peux toujours nous conduire ce soir, Corey?

Il hoche la tête, muet après sa réaction explosive initiale.

— Parfait, dis-je en prenant deux autres frites. Ce serait dommage de gaspiller des laissez-passer de coulisse…

Le cri ravi de Corey résonne dans toute la cafétéria. Il bondit pratiquement par-dessus la table pour me serrer dans ses bras.

— C'est *débile!* Je n'y crois pas! Tu es la meilleure des amies, Mackenzie! Une crime de bonne amie!

Sauf qu'il ne dit pas «crime» en me faisant tournoyer dans les airs.

— Retrouvons-nous autour de 18 h 30 pour regarder ta nouvelle garde-robe avant le concert.

— Ça me va. Et toi, Jane?

Elle agite la main d'un air distrait.

— Oui. D'accord. Super. Excusez-moi, je dois me concentrer.

Jane aime faire travailler son cerveau jusqu'à ce qu'il soit en bouillie avant de se récompenser par une sortie — une habitude que Corey et moi essayons de lui faire perdre sans succès.

— Comment as-tu réussi ça, Mackenzie? demande Corey, le visage rouge d'excitation. Des laissez-passer de coulisse! On ne rit plus!

— Je les ai trouvés dans ma pile de lettres. C'est

incroyable la quantité d'invitations que j'ai reçues!
Des trucs comme l'émission de Tyra Banks*!

Jane lève la tête.

— Tyra? Celle qui conseille de sourire avec les
yeux?

— Vas-tu y aller? demande Corey.

— Moi? Au *Tyra Banks Show?* Elle me dévore-
rait toute crue! Ne te laisse pas leurrer par les cosmétiques, dis-je en désignant ma figure. C'est
temporaire jusqu'à ce que les médias m'oublient. Il
m'a fallu presque une heure pour réussir ça, car je
tressaille chaque fois que j'essaie de souligner au
crayon le bord de mes paupières. Alors, tu ferais
mieux de ne pas t'y habituer.

Soudain, je remarque deux filles de 3e secondaire
qui s'avancent… vers notre table.

— Est-ce qu'on peut s'asseoir avec vous?

La fille qui pose cette question a de longs cheveux
noirs et des vêtements de style désinvolte et coûteux.
Je l'imagine très bien sur une couverture de maga-
zine pour ados. Ces deux filles sont si bien habillées
qu'elles pourraient passer pour des élèves de notre
année.

— Pas de problème, dis-je.

Que puis-je répondre d'autre? «Vous ne voulez
pas vous asseoir avec les Notables pour pouvoir
diriger l'élite dans deux ans?»

Je jette un coup d'œil à Chelsea. Elle nous

---

* Tyra Lynne Banks est un mannequin et une actrice, productrice et
animatrice de télévision américaine.

observe, la bouche entrouverte comme celle d'un poisson. Patrick est à quelques sièges de là, aussi adorable que d'habitude. Mes yeux se tournent vers une table plus éloignée, où Logan est assis avec Spencer. Il croise mon regard et hausse un sourcil. Je ne peux m'empêcher de sourire en prenant soudain conscience de ce que je viens de faire : j'ai déclassé les Notables.

Wow.

Les filles sont sympathiques une fois qu'on va au-delà de leur allure de princesses Disney. Mélanie ressemble à Pocahontas et Rachel évoque Ariel la sirène humaine. Corey a peut-être raison quand il dit que mon épisode embarrassant peut m'ouvrir des portes. Nous discutons tous les cinq, en nous plaignant des profs, de la bouffe de cafétéria et des devoirs. Toutefois, je me sens mal à l'aise. Ce n'est pas censé être agréable. Je devrais être nerveuse et tendue, concentrée sur mes haut-le-cœur et mon anxiété, comme chaque fois que je suis au centre de l'attention. Sauf que Mélanie et Rachel me paraissent tellement… inoffensives.

Ma mission dans la vie est de passer inaperçue. J'ai complètement échoué puisque, maintenant, *tout le monde* me connaît. Des personnes qui n'auraient pu m'identifier au sein d'un groupe racontent plein de choses aux journalistes à mon sujet. Et une partie de moi-même, la partie stupide, trouve ça plutôt *cool*. Comprends-moi bien, je préférerais tout de même que ça ne soit pas arrivé, mais toute cette histoire de popularité a des avantages. Je passe peut-être trop de temps à écouter Corey.

Ou peut-être que j'ai passé trop d'années en retrait, à observer Chelsea régenter l'école. À présent, j'ai un peu de pouvoir. Pour la première fois, je comprends les émissions de télé à propos de chipies du secondaire qui luttent pour s'arracher le pouvoir. Je me suis toujours demandé ce qui pouvait pousser des filles à agir de façon aussi méchante, mais maintenant, je le sais. La popularité est agréable. Ou du moins, fréquenter Mélanie et Rachel l'est. Comme je n'ai aucun désir de me raser la tête (comme Britney Spears), de prendre de la drogue (comme Lindsay Lohan) ou d'avoir un accident de voiture (comme Shia LaBeouf), je trouve que je gère plutôt bien ma célébrité.

Tout est en train de changer: ma garde-robe, mon statut social, mes plans pour la soirée — tout. Je ne sais pas comment c'est arrivé, mais ma vie structurée, organisée, conventionnelle et invisible a complètement basculé. Je m'imagine sur le canapé d'un thérapeute en train d'expliquer: «Tout allait bien, docteur (à part un complexe d'abandon), jusqu'à ce que je devienne célèbre. Ah, vous avez vu le vidéoclip, vous aussi? Super.»

Rien ne semble réel. Je suis toujours la même fille qui fréquente la même école secondaire, qui mange avec les mêmes amis, mais rien n'est comme la semaine dernière. Rien du tout. Et je n'ai aucune idée de ce que je dois faire.

Chapitre 19

Je ne sais pas à quoi m'attendre. Étonnant, hein? Sarcasme à part, je ne peux pas m'imaginer aller en coulisse durant un concert rock.

Heureusement que je n'y vais pas seule.

Évidemment, je ne suis pas contente quand Corey et Jane arrivent chez moi, me jettent un coup d'œil et m'ordonnent d'aller me changer.

— Quoi? dis-je en grommelant. Quel est le problème avec les vêtements que je portais à l'école?

Corey me pousse vers ma chambre.

— Aucun problème pour l'école! Mais on va à un concert, Mackenzie.

— Merci de répéter l'évidence, mais je ne vois pas…

Jane lève les yeux au ciel.

— Change-toi donc, Kenzie. C'est la seule façon de le faire taire.

Elle a raison. Je m'assois donc sur mon lit pendant que Corey examine ma garde-robe grandement améliorée avec de petits bruits appréciateurs.

— Ça alors! Tu as une robe Valentino? C'est ridicule!

— Je ne te le fais pas dire! Je ne vais jamais porter une robe aussi… élégante.

Il se retourne brusquement:

— Si tu ne portes pas cette superbe robe, je vais te tuer. Et m'assurer que tu es enterrée avec!

J'éclate de rire.

— Bon, que vas-tu me forcer à revêtir ce soir?

Il me lance un jean foncé, suivi d'un chemisier au décolleté plongeant.

— Tu n'es pas sérieux? dis-je. Je ne pourrai jamais mettre ça!

Jane examine le chemisier d'un œil critique.

— Ça me plaît.

Corey me tend une paire de souliers à semelle compensée.

— Avec ça, tu n'auras pas l'air d'une élève du secondaire.

— Je *suis* une élève du secondaire, dis-je nerveusement. Qu'y a-t-il de mal à paraître mon âge?

Il sourit.

— La plupart des gens pensent que tu es en première ou deuxième secondaire, ma belle.

— Ce n'est pas vrai, hein? dis-je en me tournant vers Jane.

— Euh, en fait…, commence-t-elle.

— Oh, zut.

— C'est à cause de ton regard de biche, explique-t-elle. Du genre… Bambi.

— J'ai l'air d'un faon?

Jane réfléchit.

— Oui, mais c'est un compliment. Hé, je peux t'emprunter ces souliers?

Elle désigne mes nouvelles ballerines Kate Spade.

Je me tortille pour enfiler ma nouvelle tenue.

— D'accord. Est-ce qu'on peut partir, maintenant?

Mais Corey vient d'apercevoir le maquillage envoyé par MAC.

— Oh, zut! dis-je encore, pendant que Corey s'attaque à mon maquillage.

Lorsqu'il nous déclare *enfin* prêtes pour le concert, j'ai des yeux sérieusement charbonneux. J'ai l'air d'une vamp, mais pas du genre à t'aspirer le sang. Plus du style à t'entraîner dans des zones troubles. Corey est vraiment doué.

Ma mère sursaute en me voyant entrer dans la cuisine.

— Maman, veux-tu m'obliger à changer de chemisier? dis-je en pointant mon décolleté du doigt.

Elle me scrute des pieds à la tête et sourit.

— Il est très joli! Je ne l'avais pas remarqué tantôt. Je pourrai te l'emprunter, un de ces jours?

Le plus triste, c'est que ma mère serait sûrement plus séduisante que moi dans mes nouveaux vêtements. Elle est superbe et se fait draguer sans arrêt au restaurant.

— Bien sûr, dis-je. Tu peux fouiller dans mon placard quand tu veux.

Ç'a toujours fonctionné ainsi entre nous. Parfois, on dirait que nous sommes deux parents qui s'efforcent de garder la famille unie.

— Amuse-toi bien, ma chérie, dit-elle en ramenant une mèche de cheveux derrière mon oreille. Je sais qu'on n'a pas vraiment discuté de toute cette histoire.

Elle désigne mes vêtements du menton. Elle était épuisée après le travail, et avec l'insistance des médias, nous n'avons pas pu parler des changements survenus dans ma vie. Ma mère a toujours réussi à nous accorder du temps, à mon frère et à moi. Depuis le départ de mon père, nous nous sommes souvent blotties sur le canapé avec du chocolat chaud pour analyser les moindres détails de nos vies. Elle a assumé les rôles de mère, de meilleure amie et de thérapeute. En grandissant, je suis devenue plus occupée... et j'ai cessé de tout lui confier. Ce n'est la faute de personne, c'est arrivé comme ça.

— Tu sais que tu ne dois rien faire qui te mette mal à l'aise, ajoute-t-elle.

Ce doit être difficile de voir sa petite fille grandir. Et devenir une sensation Internet instantanée.

— Je sais. À l'exception de ceci, dis-je en remontant le chemisier sur mes épaules, comme si ça faisait une différence. Mais Corey va piquer une crise si je me change. Je vais rentrer tout de suite après le spectacle. Mes devoirs sont faits et mon cellulaire est chargé. Tout va bien aller.

Elle hoche la tête et je sors de la maison. En montant dans la voiture de Corey, je ressens un mélange d'excitation et de nervosité. Toutefois, je constate avec soulagement que les paparazzis ne s'intéressent plus à moi. Il n'y avait qu'une poignée de journalistes devant l'école aujourd'hui. Mes nouveaux vêtements ont suscité une certaine effervescence, mais ma notoriété semble avoir diminué. Et bientôt, très bientôt, je serai une fille de plus dans la foule d'adeptes de ReadySet. Mes laissez-passer de coulisse seront sans doute mon dernier cadeau de célébrité, et je suis plus excitée par ce concert que par n'importe quelle robe (même celles créées par Valentino). Déterminée à profiter de ma soirée, j'essaie de rester décontractée quand Corey, Jane et moi nous faisons conduire en coulisse par une technicienne à l'air excédé qui n'apprécie pas cette tâche supplémentaire.

J'ai toujours trouvé stupide que les gens changent de comportement devant les vedettes. Je n'ai jamais compris les filles qui criaient «ROBERT! OH, MON DIEU, ROBERT, JE T'AIME!» à la première du film *Twilight* — et qui manquaient de s'évanouir quand Robert Pattinson leur souriait. Voyons. Il s'agit d'un gars qui prétend «scintiller» dans un film. Pitoyable.

Je me dis donc que le fait de rencontrer le groupe de musiciens n'est pas si impressionnant. Enfin, ce l'est pour moi, mais je compte agir comme si de rien n'était. Finalement..., ce n'est pas si évident.

La technicienne cogne à une porte. Après avoir entendu un cri étouffé, elle nous pousse à l'intérieur et s'en va.

La pièce ressemble à un arrière-plan branché pour une séance de photos, avec ses murs de couleur crème et ses canapés de cuir confortables. Des bouteilles d'eau et de bière à moitié vides couvrent une petite table de bois, à côté d'un immense bol de M&M.

— Oh, salut! lance Timothy Goff. Content que tu aies pu venir.

Il est assis sur un canapé et regarde les autres membres du groupe jouer à la Wii.

Je m'avance en chancelant sur mes plateformes rouges. Timothy Goff n'est pas devenu une vedette de rock juste à cause de sa musique. Il est super beau. Bien plus beau que Robert Pattinson, à mon humble avis. Ses cheveux sont brun clair, ses yeux d'un bleu limpide, et sa bouche semble faite pour sourire. La petite cicatrice qui traverse son sourcil droit l'empêche d'avoir l'allure d'un prince de conte de fées et ajoute une pointe de danger à son charme.

— Salut, dis-je d'un ton nerveux. Je suis Mackenzie. Euh, Mackenzie Wellesley. Et... voici mes amis Jane et Corey.

— Je suis Tim, réplique-t-il.

Je réprime la bizarre envie de ricaner, de crier ou de lancer quelque chose de stupide comme « Je sais ».

— Dominic est celui qui perd lamentablement contre Chris.

Il nous présente ses copains, puisque aucun d'eux n'a levé les yeux de l'écran. Ils ont tous l'air assez jeunes pour être des Notables à l'école secondaire Smith. Difficile d'imaginer partir en tournée dans un groupe rock à l'âge de dix-sept ans. Mais ça doit faire un effet bœuf dans une candidature d'admission universitaire.

— Voulez-vous jouer au tennis sur la Wii?

Je n'en crois pas mes oreilles. *Timothy Goff* s'est présenté à nous sous le nom de Tim. Comme si on

pouvait lui dire : « Salut, Tim » ou « Ça va, Tim ? »
Timothy Goff nous propose de jouer à la Wii.
TIMOTHY GOFF!

Je fige complètement. Je ne trouve pas mes mots.
Je reste plantée là, bouche bée, pendant que « Tim »
agit comme si c'était parfaitement normal que les
gens soient muets en sa présence. Et c'est probablement le cas.

— Je veux bien.

À la surprise générale, Jane s'approche du canapé,
prend une manette et se met à battre Dominic.
Corcy et moi échangeons un regard stupéfait, avant
de nous avancer pour observer la compétition.

Je ne sais pas exactement comment la tension disparaît de la pièce, mais à un moment, je suis debout
avec un air embarrassé, et l'instant d'après, tout le
monde crie, s'exclame ou jure, pendant que Jane fait
la démonstration de son incroyable revers. Même si
Tim est la première vedette que je rencontre, il est si
décontracté que je suis presque à l'aise. Enfin, après
le choc initial.

— Au fait, je voulais te demander…, me dit-il
pendant que Chris propose une partie à Jane. Que
penses-tu du vidéoclip ?

Le coup droit de Jane me distrait suffisamment
pour que je réponde d'un ton normal :

— Il est super. Artistique, mais pas prétentieux.
Je l'adorerais si je n'étais pas dedans !

Il sourit, et je crains que mes jambes ne se
dérobent sous moi, comme si j'étais l'une de ses fans
en pâmoison.

— Je sais que les médias peuvent être insistants, réplique-t-il. Mais quand j'ai vu ta vidéo, je n'ai pas pu résister.

À ce moment précis, il pourrait me filmer en train de faire quoi que ce soit, et je lui pardonnerais. Je suis en adoration devant lui.

J'essaie de me ressaisir.

— Eh bien, c'est l'une de vos meilleures chansons. Au fond, je pourrais même me sentir flattée.

— Elle a écouté *Dialects of the Unemployed* un million de fois quand le CD est sorti, déclare Corey. Et elle a créé des routines de patins à roues alignées pour chaque piste. Crois-moi, elle est flattée.

Je lui donne un coup de coude dans l'estomac.

— J'essayais d'avoir l'air *cool*!

— Tu fais du patin à roues alignées? demande Tim.

Je regrette de ne pouvoir être autre chose de plus excitant, genre joueuse de ukulélé… ou autre chose.

— Oui, dis-je. Je sais que ce n'est pas un sport à la mode depuis les années quatre-vingt. Et soyons honnête : les années quatre-vingt ne sont pas géniales pour l'inspiration.

— Je ne sais pas…, mon pantalon de cuir ajusté est à la mode.

Corey et moi le fixons avec horreur.

— C'est une blague! lance Tim en éclatant de rire.

— Oh! Heureusement, car même toi, je doute que tu puisses porter ça! s'exclame Corey en l'examinant de la tête aux pieds.

C'est peut-être mon imagination, mais je crois percevoir une tension qui n'a rien à voir avec la gêne. Corey chasse rapidement les pensées qui lui ont traversé l'esprit et ajoute en souriant :

— De plus, quelqu'un pourrait te lancer de la peinture rouge si tu portes du cuir.

— Ce ne serait pas la chose la plus étrange qu'on m'ait lancée, admet Tim. D'habitude, ce sont les soutiens-gorge de mes fidèles admiratrices. Une fois, en plein milieu de *Better Off Broken*, quelqu'un m'a lancé un concombre. Il m'a manqué, mais de peu.

— Et il y a eu la pancarte «Épouse-moi, Timothy» qui a fait tomber le pied de micro, intervient Dominic. C'était mémorable.

— Vous souvenez-vous de la fois où le melon d'eau a explosé ? ajoute Chris, en gardant son attention sur la Wii. Mais on reçoit surtout des bouteilles d'eau et des sous-vêtements.

Jane marque un autre point.

— Zut. Tu es vraiment bonne ! lance Chris.

Jane sourit d'un air satisfait comme si elle se faisait complimenter tous les jours par un batteur de rock.

— Merci. Tu devrais me voir jouer à *Robot Unicorn Attack*.

Jane n'hésite pas à se vanter de son habileté aux jeux vidéo. La plupart des gens trouvent ça agaçant, mais je trouve ça attendrissant.

Ça n'aurait pas dû fonctionner : trois élèves ordinaires du secondaire (et à part ma célébrité passagère, je suis plutôt ordinaire) n'auraient pas dû s'entendre aussi bien avec un trio de vedettes rock, même si nous avons sensiblement le même âge. Je m'étais attendue à une brève rencontre, puis à nous faire chasser de la pièce. Au lieu de cela, Dominic dit à Jane qu'il va prendre sa revanche aux quilles plus tard, comme s'il était évident qu'on va se revoir après le spectacle. Tim programme même nos numéros de téléphone dans son cellulaire, au cas où on ne réussirait pas à les rejoindre dans la cohue. Eh oui : un de mes groupes préférés a mon numéro de cellulaire.

Et le spectacle n'est même pas encore commencé.

Chapitre 20

ReadySet se donne vraiment à fond sur scène. Corey, Jane et moi tapons la mesure en coulisse, au rythme d'une musique déchaînée. L'air donne l'impression de grésiller, et nous ne sommes même pas parmi la foule. Pas de bousculade, pas de coups de coude dans le ventre, pas de claustrophobie pour nous. Juste moi, mes deux meilleurs amis et un groupe de musiciens incroyables qui nous sourient entre les chansons... ou peut-être qu'ils rient de nos mouvements de danse ridicules. Peu importe, je savoure chaque instant.

Je viens de prendre une gorgée d'eau quand Tim se met à parler au micro.

— Hé, Portland, ça va ?

Les cris qui jaillissent lui démontrent que tout le monde passe un bon moment.

Tim transpire après avoir chanté sous la chaleur des projecteurs, mais il a toujours l'allure d'un dieu grec — un dieu en jean et chemise à carreaux qui jouerait de la guitare.

— On a sorti notre CD *Good to Go* le mois dernier.

Il s'interrompt pour laisser les acclamations se calmer.

— Merci. Et on a fait un vidéoclip pour *Going*

Down qui, euh, met en vedette Mackenzie Wellesley. L'avez-vous vu ?

Les cris et beuglements qui lui répondent font se contracter tous mes muscles. Je dois rêver. Tim ne va sûrement pas se moquer de moi *sur la scène*. Il semblait si gentil il y a quelques minutes !

— Ouais, c'est un clip amusant. Mais j'ai passé du temps avec elle en coulisse, et je dois dire que selon moi, les médias ne lui ont pas rendu justice. Je ferme les yeux.

Oh, mon Dieu, il va sûrement dire : « Elle est encore plus asociale et empotée que le laisse croire YouTube. Cette fille est vraiment un phénomène ! » Si c'est le cas, je vais me rouler en boule et mourir. Peut-être que j'aurai de la chance et qu'un projecteur me tombera sur la tête.

— Elle n'est pas empotée du tout, en fait. Elle est géniale !

Je relève brusquement la tête.

— Quoi ? dis-je à Jane et Corey, qui ont l'air aussi étonnés que moi. Vient-il de dire que je suis *géniale ?*

Je sursaute en sentant une vive douleur au bras.

— Aïe !

Je jette un regard courroucé à Corey, qui vient de me pincer. Très fort.

— Non, tu ne rêves pas.

— Je voudrais donc que Mackenzie vienne sur scène et nous accompagne pour sa chanson, poursuit Tim, avec un sourire qui lui donne encore plus l'air d'un Apollon.

— Oh, non! Non, non, dis-je, hébétée. Dites-moi que ce n'est pas vrai!

Je regarde la marée de visages dans la salle… et je panique. Je ne peux pas m'avancer sur la scène, devant tout le monde! Pas avec tous ces gens qui m'observent… et me jugent! Les applaudissements crépitent. Je suis fichue.

Corey ne me laisse pas le choix. Pendant que je suis clouée sur place et marmonne «Quoi? Non! Attendez, quoi?», il me prend par le bras et me pousse loin des rideaux.

Les spectateurs éclatent de rire en me voyant avancer en chancelant sur mes chaussures à plate-forme qui commencent à me pincer les pieds. J'aurais préféré que mes amis soient davantage du genre à me soutenir en silence, et pas à me jeter en pâture aux lions. Mon corps entier tremble et mes jambes frémissent comme un avion dans une zone de turbulences. Je fais de mon mieux pour me concentrer sur le visage de Tim et ses yeux bleu clair, et non sur le public derrière lui.

Dominic martèle un rythme lent et vaguement sexy pendant que je m'approche. Cela me distrait suffisamment pour que je lui jette un coup d'œil. Son sourire amusé et suffisant ne contribue pas à ralentir mon pouls. Je souris quand il m'adresse un clin d'œil rassurant.

— Un, deux, trois, compte Tim, puis le groupe se met en action.

Je ne sais absolument pas quoi faire. À côté de moi, Tim chante: «Tu es tombée, comme Alice dans le miroir». Je me rends compte que je me sens comme Alice au pays des merveilles. Je suis dans un nouvel univers, où je ne cesse de passer d'empotée à célèbre, puis de ratée à populaire. Et les gens dans ma vie? Oui, j'ai plein de lapins blancs qui courent partout, comme mon frère. Au lieu de crier «Je suis en retard!», il dit des trucs comme «Tu es sur YouTube! Tu es sur YouTube!» Et juste quand je commence à croire que je peux faire face à la situation, je me fais littéralement pousser sous les projecteurs.

Je reste paralysée. Sur la scène. Immobile. Dans ma tête, je crie: «Danse, Mackenzie. Bouge! Fais quelque chose!» Mais je suis incapable de faire le moindre mouvement. Tim chante en me regardant, la foule hurle des encouragements, et toute cette attention me fait rougir. Je suis toujours plantée là comme une idiote quand Corey vient à ma rescousse. Ce qui est juste, car c'est sa faute si je suis là. Il arrive en courant et me fait tournoyer dans ses bras. Je n'ai jamais été si heureuse de voir un visage connu.

Corey et moi avons suivi un cours gratuit de tango argentin avec Jane, que nous avons abandonné deux mois plus tard parce que le professeur était un sale type qui parlait de sortir avec des adolescentes. Je ne pensais pas que ces cours me seraient utiles un jour. Corey m'avait convaincue en promettant que ce serait une bonne activité parascolaire à ajouter à mes demandes d'admission universitaires.

Je n'aurais jamais cru danser le *tango* durant un concert. Corey me conduit dans une série de figures fluides pendant que la musique joue derrière nous. Mon corps répond automatiquement à ses mouvements et je peux entendre les acclamations du public ravi. Le cœur de Corey bat la chamade, mais au lieu de céder à la panique, il me fait basculer en arrière. Je le regarde dans les yeux et réponds à son sourire contagieux, pendant que des milliers de personnes nous observent. Soudain, le monde se redresse, je tourbillonne hors de ses bras et me retrouve dans ceux de Tim.

Me voilà, plaquée contre une vedette rock qui chante *ma* chanson, comme si nous étions tous deux seuls au monde. Et lorsqu'il incline le micro vers moi, je joins ma voix à la sienne. Bon, je ne me retrouverai jamais à *American Idol*, mais je ne chante pas si mal. Jane a déjà dit que ma voix était trop sensuelle, mais c'était il y a des années et je crois qu'elle était jalouse parce qu'elle n'a jamais pu chanter sans fausser.

Les yeux de Tim s'écarquillent de surprise. Je me concentre sur la chanson pendant qu'il resserre son étreinte. Ce qui m'entoure devient flou et indistinct. Les projecteurs ne sont pas de la petite bière. Je suis pratiquement aveuglée et la sueur coule dans mon dos de manière plutôt déplaisante. Heureusement que Corey m'a poussée à porter un haut échancré. J'ai si chaud que je m'attends presque à voir de la vapeur s'échapper de ma peau.

Je me concentre sur la musique et chante de tout mon cœur :

Tu disais, il n'y a pas de mal à rêver
Tu disais, je vais juste explorer

Tu disais, arrête de me protéger
Tu disais que tu retomberais sur tes pieds

Mais on le sait maintenant tous les deux
Tu t'es fait prendre à ton propre jeu

Alice, l'envers du miroir n'est pas ce que tu penses
On ne peut pas tout risquer pour des apparences

Ça sonne bien. Super bien. Je ne sais pas comment il fait, mais Tim rend les allusions au conte troublantes et vaguement dangereuses. La réplique qui parle de tout risquer pour des apparences ? Oui, elle me fait hésiter, car cette chanson me représente de plus d'une façon. Je risque ma vie. Ma vie parfaitement ordonnée et organisée est en jeu. Pour des raisons inexplicables, je ne cesse de la mettre en péril. *Je* suis allée à l'école en jean griffé ; *je* suis allée en coulisse du concert de ReadySet ; *je* chante sur la scène. Oui, on m'a poussée, encouragée et exhortée en cours de route, mais j'ai fait cela toute seule.

Je mérite probablement que Jane dise : « Oh, Kenzie. »

Pendant un instant, je ne sais ce qui est le plus effrayant : que je sois — une fois de plus — le point de mire des médias, ou que je m'en fiche totalement.

Ce qui est clair, c'est que je suis tombée dans le terrier du lapin.

Chapitre 21

Si tu espères des potins de ReadySet, je vais te décevoir. Après avoir vu mon intimité envahie, je comprends pourquoi les vedettes détestent les paparazzis. Les gens célèbres comprennent peut-être qu'il s'agit d'une conséquence de leur carrière, mais ça ne rend pas ces intrusions moins désagréables.

Même si Tim, Dominic et Chris ne sont pas des anges de pureté après leurs concerts, les médias les font paraître beaucoup plus débauchés qu'ils ne le sont. Cette fois-ci, ils semblent heureux de se détendre avec Corey, Jane et moi après avoir pris une douche et enfilé des vêtements propres. Mes amis et moi ne buvons pas. Corey ne peut pas en tant que conducteur désigné, alors que Jane et moi sommes parfaitement satisfaites de siroter une boisson gazeuse. Notre refus de boire de la bière n'est pas un problème, mais cela nous permet d'aborder le sujet de nos âges.

— Quel âge avez-vous, au fait ? demande Tim.

— Corey a dix-huit ans, Jane seize et moi dix-sept, mais on est tous en 5e secondaire .

— Vous êtes dans la même année malgré votre différence d'âge ? s'étonne Dominic.

— J'ai commencé une année plus tard, explique Corey d'un air détaché, comme si ce sujet n'était pas une source d'irritation constante. Mes parents avaient lu une étude disant que les garçons réussissaient mieux s'ils retardaient leur entrée à la maternelle. Mais ce n'est pas si pire. Évidemment, je suis coincé avec ces deux-là! ajoute-t-il en nous désignant.

— Et toi? demande Chris à Jane.

Je vois bien qu'elle est flattée qu'il prenne le temps de l'interroger. Bien sûr, Jane est flattée si tu lui dis que tu es impressionné par son talent à la Wii. Elle est facile à amadouer.

— Je suis juste un peu plus jeune. Mais personne ne le remarque à l'école, car Kenzie et moi sommes dans les mêmes classes depuis la deuxième année du primaire.

Je hoche la tête.

— Oui, depuis l'école primaire Smith.

Jane pousse un grognement, et je ne peux m'empêcher de sourire. L'expérience de Jane au primaire n'a pas été meilleure que la mienne. Aucune de nous n'est nostalgique à propos du «bon vieux temps».

— Ne m'en parle pas!

Sa réaction attire instantanément l'attention de tout le monde.

— Qu'est-il arrivé? veut savoir Chris.

Jane hésite à répondre, alors j'interviens:

— Elle s'appelle Jane Smith. Comme notre ville est obsédée par d'autres Smith et nomme toutes sortes de choses en leur honneur, elle s'est souvent fait taquiner. Les autres élèves se moquaient de son nom et de son prénom. C'est comme ça qu'on est devenues amies.

Jane se sent capable de poursuivre, maintenant que j'ai brisé la glace.

— Un jour, des garçons riaient de moi à la récréation, explique-t-elle. Ils n'arrêtaient pas de dire : «Toi, Jane. Moi, Tarzan.» Ça m'agaçait vraiment quand j'étais petite! Kenzie s'est précipitée sur eux en les fusillant du regard et en criant : «Elle, Jane, toi, stupide!»

Tim m'adresse un de ses sourires qui devraient être accompagnés d'un avertissement : *Peut causer un arrêt cardiaque chez les filles ordinaires.*

— C'était courageux de ta part.

— Euh, en fait, je suis une poule mouillée depuis ce jour.

Corey ricane, puis dit d'un ton sarcastique :

— Ouais. C'est pour ça que tu as affronté Alex Thompson quand il t'a poussée à la cafétéria : pour prouver que tu es lâche. Et moi qui pensais que tu te défendais!

Il a raison, et c'est curieusement réconfortant. Je me suis *vraiment* défendue à la cafétéria, et contre un salaud qui a facilement trente-cinq kilos de plus que moi.

Mais je ne veux pas en parler devant ReadySet.

— Quelqu'un vous cause des problèmes? demande Tim d'un ton détaché, sans quitter Corey des yeux.

— Juste un peu d'intimidation, dis-je aussitôt. Rien de grave. Merci, en passant, pour ce que tu as dit ce soir. Tu sais, que je suis… géniale.

Dominic me jette un coup d'œil appréciateur.

— Tu chantes bien, tu sais.

— Aimerais-tu donner des spectacles ? renchérit Chris.

Je manque de m'étouffer avec ma boisson gazeuse.

— Moi ? Non. Oh, non ! Je préfère les coulisses à la scène.

— Et toi ? demande Tim à Jane.

— Je peux chanter, répond-elle avec un petit sourire. Jusqu'à ce que les gens menacent de m'enfoncer un bâillon dans la gorge.

— Tu peux chanter très fort, lance Corey avec un petit coup de pied amical. Et très faux ! Mais tu es la championne des quilles Wii !

Nous ne partons pas avant 1 h 30 du matin, quand tous les garçons (Dominic à contrecœur) reconnaissent que Jane est la reine de la Wii. S'il n'y avait pas d'école le lendemain, nous serions restés plus longtemps. J'essaie de me remémorer la dernière fois où j'ai eu autant de plaisir avec quiconque à part Jane et Corey. Je songe à l'après-midi où j'ai fui les paparazzis, je me suis cachée chez Victoria's Secret et j'ai patiné avec Logan — mais c'est probablement parce que je suis épuisée après le concert. Je m'endors pratiquement dans la voiture de Corey. À la façon dont Jane feuillette paresseusement un de ses sempiternels manuels scolaires, je vois qu'elle est sur le point de s'écrouler, elle aussi.

Je n'ai donc pas le temps de réfléchir à mon moment de gloire ou de me demander comment sera l'école le lendemain. Je vais directement à ma chambre, me glisse sous les draps et m'endors aussitôt.

Je me réveille tard. *Très* tard. L'esprit encore embrumé, je me dis que j'ai dû passer tout droit. Je me hâte de ramasser livres, papiers et devoirs tout en enfilant mon jean.

Quand j'entre dans la cuisine, j'ai une tête à faire peur. J'ai oublié d'enlever mon maquillage hier soir, et je ressemble à un zombie. Ma frénésie matinale a ajouté une couche de sueur sur mon visage blême aux traits tirés et aux yeux soulignés de noir. Ma mère ne fait aucun commentaire. Elle reste assise à table pendant que j'attrape un muffin aux framboises pour manger en route.

— Bon, tu es levée, dit-elle calmement. Assieds-toi et je vais te préparer un vrai déjeuner. Il faut qu'on se parle.

— Je ne peux pas, maman! dis-je, avec l'impression d'être moins comme Alice et davantage comme le lapin blanc. Je suis en retard!

— Je sais, ma chérie. Tu vas être un peu plus en retard. Assieds-toi.

Inutile de discuter avec ma mère quand elle a une idée en tête. Je m'assois.

— Comment était le concert? demande-t-elle en sortant des œufs du frigo.

Je me frotte les yeux, ce qui a pour effet d'étendre encore plus mon mascara.

— C'était super, maman.

Comme elle prend la peine de me préparer à manger, je poursuis :

— On a rencontré les membres du groupe, et

Jane a battu tout le monde à la Wii. Je me suis bien amusée.

Ce qui est étrange, puisque les célébrités sont censées être comme des Notables sur la drogue, et pas comme… des gens ordinaires.

— C'est bien, ma cocotte.

Je lui jette un coup d'œil méfiant. Ma mère aime les petits mots doux, mais elle utilise rarement les mots «chérie» et «cocotte» en même temps.

— Y a-t-il quelque chose que… je devrais savoir?

— J'allais te poser la même question, réplique-t-elle en déposant des rôties sur une assiette. Tu devrais ouvrir le journal, ma chouette.

Oh, oh. De «chérie» à «chouette». Ce n'est pas bon signe.

J'ouvre le journal et reste bouche bée en apercevant ma photo. Mon visage est plissé de concentration pendant que je consulte un livre. Un de mes camarades a dû vendre une photo qu'il a prise en classe. C'est déconcertant de me voir si peu sur mes gardes.

Mais c'est le gros titre qui me choque le plus. Il proclame: *L'histoire d'amour entre Mackenzie Wellesley et Timothy Goff!* Plus bas, on peut voir une série de photos, dont la première me montre plaquée contre Tim pendant que nous chantons dans le micro. Je m'empresse de lire l'article.

Mackenzie Wellesley, dix-sept ans, est passée de l'anonymat au vedettariat en moins d'une semaine à cause d'une vidéo sur YouTube. Toutefois, elle n'a aucun mal à s'adapter à la vie dans les hautes sphères… ni à devenir la copine du musicien le plus hot des palmarès. Hier soir, au Rose Garden de Portland, Mackenzie a démontré son sens du spectacle dans une routine de danse chorégraphiée et une performance vocale époustouflante. Auparavant mal à l'aise devant les caméras, cette jeune ingénue semble prête à vivre sous les projecteurs avec son nouvel amoureux. Toute cette attention lui serait-elle montée à la tête? Une source qui préfère demeurer anonyme a déclaré: «Mackenzie s'aventure sur un terrain dangereux. Elle ne s'intéresse à Timothy Goff que pour se frayer un chemin jusqu'au sommet. Elle va l'abandonner en route, de la même manière qu'elle change constamment de style vestimentaire.»

Mademoiselle Wellesley a certainement capté l'intérêt de monsieur Goff. Il y a deux jours à peine, elle déclarait: «Quelle vie amoureuse?» Pourtant, cette photographie donne une tout autre impression. La même source a ajouté: «Les tactiques de Mackenzie pour attirer les garçons font d'elle un très mauvais exemple. Elle va sûrement blesser Timothy Goff et plusieurs autres garçons. Ses parents auraient dû lui enseigner des valeurs comme le respect de soi.»

Issue d'une famille désunie, mademoiselle Wellesley devrait peut-être renouer avec son père avant qu'on ne découvre la véritable raison de l'engouement de Timothy Goff, qui affirme la trouver «géniale». Ce n'est peut-être pas uniquement son talent sensationnel pour le chant qui lui a valu une ovation hier soir... L'agent de monsieur Goff a refusé de confirmer ou de nier la relation entre son client et la jeune fille.

— Maman..., dis-je, pratiquement incapable de

parler. Je n'ai rien fait! Tu sais que je ne suis pas une salope qui court après les gars! Je n'arrive pas à y croire. Je n'ai jamais embrassé personne de ma vie, mais je dois convaincre tout le monde que je ne suis pas une sale pute qui se tape des vedettes rock!

— Attention à ton langage, Mackenzie.

Ma mère ne tolère pas les termes qui dépassent la classification «tous publics».

— Tu sais que je ne suis pas une dévergondée!

Elle sourit et je sens les nœuds de mon ventre se desserrer. Ma mère a le don de me calmer.

— Oui, je sais. Ma chérie, que tu le veuilles ou non, les gens vont parler de toi. Ils vont dire des mensonges et tu devras apprendre à les ignorer. Je t'ai élevée pour que tu sois une jeune femme intelligente et indépendante, et tu ne dois pas te laisser atteindre par cette histoire. Maintenant, mange tes œufs.

— Merci, maman, dis-je en prenant une bouchée.

Elle s'assoit à côté de moi et me regarde dans les yeux. C'est presque effrayant la façon dont elle peut me déchiffrer.

— Je te fais confiance pour ce qui est des garçons, Mackenzie. Mais nous devons discuter de la dernière partie de l'article.

Je lui jette un regard perplexe:

— Le concert? Maman, c'était un truc improvisé qui est arrivé parce que Corey m'a poussée sur la scène!

— Ce n'est pas ça, même si j'aurais aimé être là pour le voir. Tu as toujours eu une excellente voix.

Tu n'aurais pas dû rester cachée durant tous les spectacles de chorale à ton ancienne école.

— De quoi parles-tu, alors ? dis-je avant qu'elle ne m'oblige à entrer dans une chorale communautaire.

— La partie qui parle de ton père.

Je me raidis comme si j'avais été zappée par un pistolet taser. Ma mère et moi ne parlons jamais de mon père. Jamais. Il n'y a rien à dire. Dans la mesure où Dylan et moi sommes concernés, il n'existe pas. Nous préférons cela ainsi.

— Quoi donc ?

— Ma chérie, il a… téléphoné.

Les œufs qui me semblaient si délicieux une seconde plus tôt coulent au fond de mon estomac et se transforment en ciment.

— Il a appelé ? Quand ?

— Ce matin. C'est pour ça que j'ai éteint ton réveil et t'ai laissée dormir.

Elle me caresse doucement les cheveux d'un geste réconfortant. Comme elle l'avait fait il y a douze ans et cinq mois, quand il nous a abandonnés. J'ai la nausée.

— Ah bon, qu'est-ce qu'il voulait ? dis-je d'un ton détaché, comme si ce n'était pas surprenant qu'il communique avec nous, à part pour les chèques de pension alimentaire.

Ma mère se lève pour débarrasser la table, une habitude qui resurgit chaque fois qu'elle est nerveuse.

— Il a dit qu'il voulait te parler.

Je rumine cette nouvelle.

— Et Dylan ?

— Quoi, Dylan? réplique ma mère sans comprendre.

Ça dit tout. Bien sûr que mon père n'a pas demandé à parler à Dylan. Il a seulement téléphoné à cause de ma nouvelle notoriété. C'est en plein son genre.

Je hoche la tête.

— Alors, c'est tout? Il a téléphoné et dit… quoi? Qu'après douze ans, il veut bavarder?

Ma mère se tord les mains.

— Il est… euh… inquiet à cause de toute cette attention médiatique.

— Oh, je comprends! dis-je sans pouvoir réprimer mon amertume. Je peux être une pute du moment qu'on n'en parle pas dans les journaux.

— Ton langage, Mackenzie!

— Voyons, maman! Le fait de dire «active sexuellement» ne changerait pas grand-chose!

Elle se raidit. Je sais que je ne devrais pas protester quand il est question de langage.

— La façon dont on s'exprime est importante, Mackenzie. Je sais que tu es fâchée. Et tu n'es pas obligée de lui parler. Mais tu avais le droit de savoir qu'il t'a appelée.

Elle me caresse de nouveau les cheveux.

Il faut que je fasse quelque chose, alors je me verse un verre de jus d'orange et me rassois sans rien dire.

— D'accord, finis-je par répondre. Je ne vais pas le rappeler. Désolée de t'avoir parlé sur ce ton.

— Oh, ma chérie, murmure-t-elle en m'étreignant.

Je la laisse faire. Elle a autant besoin que moi de ce contact physique. Elle relève mon menton pour me regarder dans les yeux.

— Tu m'inquiètes, tu sais, dit-elle en me frottant le dos. Ton rôle est d'être une ado. Je vois bien tes efforts pour que tout soit parfait, et je voudrais que tu ne ressentes pas le besoin d'en faire autant. Parfois, c'est une bonne chose de prendre une journée de répit. Je ne t'aimerai pas moins si tes résultats de tests ne sont pas parfaits.

Je suis au bord des larmes.

— Maman, tout est ma faute! Si je n'avais pas trébuché pendant ce stupide spectacle de ballet, tu n'aurais jamais découvert que papa te trompait. Il serait encore ici. Il ne serait pas parti…

Les doigts de ma mère s'enfoncent douloureuse-ment dans mon épaule.

— Si tu n'avais pas trébuché durant le spectacle, je ne l'aurais pas découvert à ce moment-là…, mais j'espère que j'aurais fini par m'en rendre compte. Cela ne change pas qui il est, ma cocotte. Je suis *heureuse* que tu sois tombée ce jour-là.

Je la fixe d'un air éberlué.

— Vraiment?

— Oui, réplique-t-elle en riant. Cela m'a forcée à réévaluer mon mariage. Si je pouvais remonter dans le temps, je ne changerais rien du tout. Je vous ai sortis de ce gâchis, Dylan et toi, et vous êtes la meil-leure chose qui me soit arrivée.

Les larmes coulent lentement sur mon visage, et je ne fais rien pour les essuyer.

— Tu n'as aucun regret ?

— Aucun, dit-elle en m'ébouriffant les cheveux. Va donc prendre une douche pendant que je fouille dans ton placard. Ensuite, je te conduirai à l'école.

Je lui souris.

— Je t'aime, maman.

— Oh, ma chérie, je t'aime aussi !

Chapitre 22

Ma mère me fait défiler dans différentes tenues et offre de conserver quelques robes dans son placard pour un certain temps. C'est agréable de passer un moment entre filles. Surtout lorsqu'elle prend mes nouvelles bouteilles de vernis à ongles et me propose une séance de manucure-pédicure. Je sens que notre conversation au sujet de mon père lui trotte toujours dans la tête, mais elle n'en parle plus.

— Oh, ma chérie! Tu es magnifique! s'exclame-t-elle quand j'émerge finalement de ma chambre dans mon jean Forever 21 et mon haut Bebe.

— Merci pour tout, maman, dis-je en me dirigeant vers la voiture. Pour la conversation aussi. Mais je préférerais que tu n'éteignes plus mon réveil à l'avenir.

— D'accord, répond-elle en se mettant au volant.

— As-tu manqué le travail pour rester avec moi ce matin?

— Non, le vendredi, je ne commence pas avant 15 h.

Je suis soulagée. Je ne devrais peut-être pas m'inquiéter pour elle, mais c'est plus fort que moi. Je suis faite comme ça.

— As-tu des projets pour ce soir? demande-t-elle.

— Du tutorat avec Logan, et ensuite du rattrapage pour les cours que j'ai manqués ce matin.

Elle sourit.

— Je t'aurais bien laissée à la maison, mais tu aurais paniqué à l'idée de manquer toute une journée.

— Je m'énerve déjà assez pour la prise de notes ! Tu dois me trouver névrosée et obsessive.

— Mais non, tu prends juste tes études au sérieux. Tiens-moi au courant si tes plans changent.

Elle se range en bordure du trottoir devant l'école.

— D'accord !

Comme il est l'heure du dîner, je vais à la cafétéria rejoindre Corey et Jane. Je suis étonnée de trouver mes deux amis en train de parler du concert de ReadySet avec un groupe de filles de 3e secondaire. Mélanie et Rachel sont là avec leurs copines. Notre table semble plus excitante que celle des Notables. C'est une chose que Chelsea Halloway ne doit pas apprécier.

Mon entrée provoque une réaction en chaîne dans toute la cafétéria.

— Mackenzie ! On parlait justement du concert d'hier soir ! lance Mélanie en se poussant pour me faire une place. Il y a une vidéo de toi qui chantes sur YouTube. C'est super bon !

Génial. Une autre vidéo sur YouTube. En plein ce qu'il me fallait.

— Merci, dis-je.

Je ne pense pas qu'elle me complimente parce que je suis célèbre. Mais qu'est-ce que j'en sais ? Peut-être que toutes ces filles espèrent que je pourrai leur obtenir des sacs à main griffés.

Je n'ai pas le temps de dire autre chose, car un événement sans précédent survient dans la cafétéria de l'école secondaire Smith.

Chelsea se lève, flanquée de Barbie & BBQ et de Patrick, et traverse la salle jusqu'à la table des Invisibles. On dirait un mouvement d'échecs bien planifié : la Reine à K2.

— Bonjour, Mackenzie ! dit-elle comme si nous étions de bonnes amies qui partagent tout, du brillant à lèvres aux potins.

— Euh, bonjour.

J'essaie de les englober tous les quatre dans mes salutations. Patrick me regarde fixement, comme s'il voulait se remémorer chacun de mes traits. Mon cœur s'emballe et mes joues s'empourprent pendant que je dis à ma romantique intérieure que Patrick ne sait pas à quel point nous formerions un couple IDÉAL !

— Je ne peux pas rester longtemps, dit Chelsea en agitant élégamment la main comme si je lui avais proposé de s'asseoir. Mais j'adore tes nouveaux vêtements !

— Tout à fait adorable, renchérit Barbie d'une voix haut perchée.

Je résiste à l'envie de tripoter nerveusement mon chandail. Règle numéro un : ne révéler aucune faiblesse.

— Merci.

J'aimerais que les gens cessent de me faire des

compliments pour que je puisse juste avoir des conversations amicales.

— Vous êtes très bien aussi, dis-je en réprimant l'envie d'ajouter «comme d'habitude».

— Merci, c'est gentil, réplique Chelsea avec un gloussement, avant de rejeter ses longs cheveux soyeux en arrière. Est-ce que tu viens à la fête de Spencer, ce soir? Il a dit qu'il t'inviterait.

— Euh, je n'en ai pas entendu parler, dis-je, abasourdie.

— Tu devais être trop occupée avec tes amis vedettes! lance-t-elle avec un autre petit gloussement qui me fait frémir. À 21 h, d'accord? Super!

Elle n'attend pas ma réponse et s'en va. Barbie & BBQ la suivent hors de la cafétéria et me laissent à une table silencieuse, en compagnie du garçon dont je suis amoureuse depuis… TOUJOURS!

— Veux-tu t'asseoir avec nous? dis-je timidement à Patrick.

— Bien sûr, murmure-t-il.

Il écarte sa frange de cheveux blonds soyeux de ses yeux chocolat et s'assoit à côté de moi.

Je me tourne vers Corey et Jane pour tenter de calmer mes hormones.

— Alors, déclare Corey, brisant le silence embarrassé. Pensez-vous que c'était une invitation pour nous tous ou seulement pour Mackenzie?

Je lève les yeux au ciel.

— Évidemment que ce n'était pas seulement pour moi! Ce serait impoli de m'inviter devant

d'autres personnes. Vous êtes tous les bienvenus.
N'est-ce pas, Patrick?

— Euh...

On dirait que je lui ai demandé de nommer le
plus important secteur d'exportation de l'Inde (les
textiles).

— Il y a toujours beaucoup de monde aux fêtes de
Spencer, dit-il. Alors, euh... personne ne va le
remarquer.

Pas exactement l'invitation chaleureuse que j'attendais. Autrement dit, les Invisibles seront tolérés
du moment qu'ils demeurent Invisibles. Mais ça
suffit pour exciter Mélanie, Rachel et leurs amies.
Elles se mettent aussitôt à discuter des vêtements
requis pour un tel événement.

Je demande à Jane et Corey:

— Vous allez m'accompagner, hein?

Jane me regarde comme si j'avais perdu la raison.

— C'est ça! Je vais aussi prendre l'avion pour la
France, pendant que j'y suis! Aller à un concert un
soir et à une fête le lendemain ne nuira pas du tout à
mes études ni à mon travail.

Jane est encore plus stricte que moi pour ce genre
de choses.

Corey hausse les épaules.

— Je veux bien.

De nous trois, Corey a toujours eu le plus de
liberté. Ça aide que ses parents aient opté pour un
mode d'éducation de type «laissez-faire» pour lui et
ses sœurs. Tant qu'il est digne de leur confiance, ils
le laissent faire ce qu'il veut. Ses parents sont

vraiment super. J'étais impressionnée quand ils l'ont laissé dormir chez moi. Corey a haussé les épaules devant mon étonnement. Apparemment, lorsqu'il leur a annoncé qu'il était gai, ils ont aussitôt commandé des t-shirts en ligne — même si Forest Grove n'est pas l'endroit idéal pour porter des vêtements affirmant les droits des homosexuels.

— Si tu y vas, je serai là, me dit doucement Patrick.

J'arrête de respirer. C'est tellement romantique !

— Alors, je suppose que je vais y aller.

Oui, je drague. Et je ne me couvre même pas de ridicule !

Patrick s'apprête à me dire quelque chose d'adorable (j'en suis sûre), quand quelqu'un derrière moi le distrait.

— Salut, Logan, lance-t-il.

Ce dernier hoche la tête, puis se tourne vers Corey.

— Je t'ai vu danser au concert. Pas mal impressionnant.

Corey sourit.

— Ce n'est rien. Tu devrais nous voir quand on a mangé trop de sucre et regardé plein d'épisodes de *Glee* !

Logan éclate de rire et s'assoit à côté de Jane.

— Je ne t'ai pas vue sur la scène.

— Corey n'a pas été assez rapide pour nous pousser toutes les deux. Et je préfère danser en privé.

— Mackenzie était super, lâche soudain Patrick, interrompant la conversation.

Logan lève un sourcil comme s'il venait de remarquer ma présence.

— Oui, Mack était pas mal.

C'est tout. Il n'ajoute rien de plus avant de se présenter à Mélanie à Rachel et à leurs copines. Je suis étrangement reconnaissante qu'il ne fasse pas toute une histoire avec ça. L'attention exagérée des Notables me met mal à l'aise. Peut-être que si j'étais Chelsea, j'aimerais me retrouver au centre de l'attention…, mais ce n'est pas ainsi que je fonctionne. Car si je suis le point de mire, ça signifie que mes amis sont en périphérie.

Les jeunes filles tombent sous le charme de Logan. On ne peut pas les blâmer. Il séduit sans effort. Je ne peux m'empêcher d'admirer la façon dont il fait parler les gens, puis se met en retrait pour laisser la conversation prendre forme. Si c'est un talent que sa dyslexie l'a forcé à stimuler, je dirais qu'il n'a pas perdu au change.

— Il faut que j'y aille, déclare Patrick en interrompant l'histoire de Mélanie au sujet de sa tante cinglée.

Je regarde ma montre. Il reste quinze minutes avant la fin du dîner. Pourquoi est-il si pressé ? Il doit peut-être discuter d'un devoir avec un enseignant.

— Euh, d'accord, dis-je stupidement. À plus tard.

— J'espère bien !

Puis il s'en va. Je me dis que mes rêveries fantaisistes vont peut-être enfin se réaliser.

Chapitre 23

— Eh bien, c'était intéressant...

Je peux toujours compter sur Corey pour souligner quelque chose que je préfère garder inaperçu. Patrick a peut-être quitté la table, mais Logan est *encore là*. Je jette un regard d'avertissement à Corey, qui fait mine de ne pas le voir.

— Ce gars n'a *jamais* daigné s'asseoir avec nous avant aujourd'hui, dit-il d'un ton désapprobateur.

Il échange un regard avec Jane, puis Logan. Leurs mines de conspirateurs m'agacent. Surtout que je ne semble pas faire partie de leur cercle.

— C'était une semaine de «premières», dis-je en haussant les épaules.

Mon téléphone cellulaire sonne, interrompant la réplique de Corey.

— Sauvée par la cloche! dis-je avant de répondre. Allô!

— Mackenzie? C'est Tim.

Je n'ai aucune idée de qui il s'agit. Est-ce que je connais quelqu'un qui porte ce nom? Si un «Tim» de l'école veut me parler, pourquoi ne vient-il pas à notre table? À moins que ce ne soit un obsédé qui a réussi à obtenir mon numéro. Comme mon compte Facebook a littéralement explosé de demandes d'amitié, cette supposition n'est pas si ridicule.

Je me tourne vers Corey et Jane en articulant silencieusement, d'un air interrogateur : « Tim ? »

Puis ça me revient. *Mais oui !* Timothy Goff, l'étoile du rock ! Ma vie est complètement folle.

— Salut, Tim ! dis-je en me redressant. Comment ça va ?

— Bien, merci. Écoute, on a une soirée libre et… En fait, on retourne à L.A. demain, parce qu'on doit passer à l'émission *Ellen* avant d'enregistrer notre prochain CD…

Il pousse un soupir exaspéré et reprend :

— Bon, je recommence. Je me demandais juste si…, penses-tu que Corey serait libre ?

Je ne serais pas plus surprise si Jane me tirait dessus avec un fusil hypodermique.

— Libre ?

— Oh, je ne devrais pas te demander ça. C'est pathétique. Un peu plus et je vais glisser un message à Corey pour qu'il indique si je lui plais en cochant un choix de réponses. Fais semblant que je n'ai rien dit, d'accord ?

— Attends une seconde ! dis-je pour stopper cet afflux d'informations.

— Je sais que je vais trop vite, mais comme on part bientôt, je me suis dit que je m'essaierais tout de suite. Mais je me plante complètement, hein ? Il sort avec quelqu'un ? Il a une petite amie ?

— Euh, célibataire, dis-je en balbutiant. Complètement célibataire.

Je n'arrive pas à croire qu'une vedette rock a besoin de mon aide pour sa vie amoureuse.

— Oh, dit-il. Penses-tu qu'il pourrait être intéressé…

— Je pense que le mot « intéressé » est un euphémisme, dis-je en souriant à Corey, qui est pendu à mes lèvres, tout comme Jane.

— Vraiment ? réplique Tim d'un ton à la fois étonné, soulagé et ravi. Je pensais que oui…, mais je n'étais pas certain.

Une pause s'ensuit pendant qu'il absorbe ce que j'ai dit.

— Merci, Mackenzie. J'ai eu une bonne impression dès que je t'ai rencontrée.

— Ah bon ? Quel genre d'impression ?

— Que tu es une fille ordinaire qui ne sait pas à quel point elle est extraordinaire.

— Tu vas me faire rougir, dis-je, amusée de sentir mes joues plus chaudes que lorsque Patrick me draguait.

C'est peut-être parce qu'avec Tim, je *sais* qu'il n'y a pas d'objectif caché. Il est bien plus célèbre, talentueux, populaire et riche que moi. Alors, s'il dit que je suis super, il a peut-être raison.

La première cloche sonne.

— Il faut que j'y aille. À plus tard, Tim.

En raccrochant, je m'aperçois que tout le monde me regarde. Même Logan a l'air moins désinvolte. Il est vrai que ce n'est pas tous les jours qu'une bollée certifiée parle à un chanteur rock au sujet de son meilleur ami célibataire.

Mais je ne vais pas laisser Corey, ou qui que ce soit d'autre, découvrir ce que Tim m'a demandé.

Corey mérite de l'entendre de la bouche même de Tim, quand ce dernier aura trouvé le courage de l'appeler.

— Alors, Mackenzie, vas-tu toujours à la soirée? demande Mélanie en brisant le silence hébété.

Je repense à ce que ma mère a dit au déjeuner — sur le besoin d'agir en ado de temps à autre.

— Oui, dis-je.

J'ai soudain une idée, et décide impulsivement d'y donner suite. Je souris à Mélanie, Rachel et leurs copines, Isobel et Claire:

— Si Corey est d'accord pour nous conduire à la fête, vous pourriez venir vous préparer chez moi.

Corey hoche la tête pour manifester son accord. Je note mon numéro de cellulaire et mon adresse sur un bout de papier.

— J'aurai sûrement besoin de vous pour m'empêcher de faire des gaffes vestimentaires! dis-je en tendant la feuille à Mélanie.

Mon ton est blagueur, mais je suis consciente que c'est une possibilité. Je prends mes livres et lance à Logan:

— On se voit après les cours pour le tutorat?

— Je t'attendrai dans le stationnement.

C'est tout ce qu'il dit, avant qu'un cri de Spencer ne le pousse à disparaître dans la foule.

J'intercepte un regard d'Isobel et réprime l'envie de dire «je sais». Même si une petite voix dans ma tête n'arrête pas de répéter «*c'est un NOTABLE*», ça ne veut pas dire que je ne remarque pas ses attraits physiques. Oui, je peux comprendre l'intérêt d'Isobel.

Mais j'ai trop de préoccupations pour être obsédée par un garçon. En fait, pour être obsédée par n'importe quel garçon…, à part Patrick.

Jane me tire par la manche avant que je m'éloigne vers mon prochain cours.

— Kenzie, ça va ? On n'a pas besoin de s'inquiéter pour toi ?

Mes amis sont super.

— Ne t'en fais pas. Tout est sous contrôle.

À la fin de l'après-midi, je me hâte d'une classe à l'autre pour vérifier s'il y avait des devoirs dans les cours que j'ai manqués. Parfois, c'est pénible d'être aussi responsable ! Je me sens coupable de faire attendre Logan près de sa voiture…, jusqu'à ce que je constate que Chelsea lui tient compagnie. Il apprécie sûrement cette occasion d'admirer ses… euh… atouts en mon absence.

Ils interrompent leur conversation en me voyant approcher.

— Désolée de mon retard, dis-je, avec l'impression d'être de trop.

Chelsea se tourne vers moi. Je m'attends à ce qu'elle dise quelque chose de méchant, du genre : « Pas de problème, on ne s'ennuyait pas de toi. » Les filles comme elle peuvent se permettre ce genre de commentaire. Mais non. Au lieu de cela, son froncement de sourcils se transforme en sourire exagérément enthousiaste.

— Hé, Mackenzie !

Elle me donne même un câlin ! C'est trop rapide pour que je l'évite, alors je reste plantée là.

— Je voulais te parler de la fête de ce soir, ajoute-t-elle. Aimerais-tu te préparer avec moi ?

Je ne m'étais pas attendue à ça.

— Je… euh… j'ai déjà prévu autre chose. Désolée, dis-je gentiment, au cas où Chelsea n'aurait jamais essuyé de refus auparavant.

— Ce n'est pas grave, réplique-t-elle avec un geste nonchalant, comme si elle s'était attendue à cette réponse. Je pensais juste que tu aurais besoin de compagnie. Bon, à plus tard !

Après un regard appuyé à Logan qui me laisse perplexe, elle monte dans sa voiture en ajoutant :

— Bonne chance avec l'étude !

J'attends qu'elle se soit éloignée.

— Dis donc, c'était bizarre.

Logan hausse les épaules.

— Pas plus bizarre que ta présence sur YouTube. Sans compter les fêtes et les vedettes… Je suis surpris que tu fasses encore du tutorat !

Je réfléchis à ses paroles. Il a raison. Je pourrais essayer de gagner de l'argent grâce à ma nouvelle notoriété. Mais ce n'est pas mon genre.

— Je ne pense pas que je vais quitter mon emploi, dis-je en montant dans la voiture.

— Tu pourrais, tu sais, réplique-t-il d'un ton désinvolte. Le nouveau vidéoclip où tu chantes est très populaire !

Je me demande s'il souhaite que j'arrête de lui enseigner. C'est peut-être sa façon de me le faire savoir subtilement.

— C'est à cause de Tim, pas de moi, dis-je. Je ne

pourrais jamais être chanteuse. Pas une vraie chanteuse qui fait des tournées et des spectacles. Si Corey ne m'avait pas poussée, je ne serais jamais allée sur la scène. Jane et moi, on est plus à l'aise avec nos livres !

— Si tu le dis, riposte-t-il en haussant les épaules. Pourquoi vas-tu à la fête de ce soir ?

J'essaie d'ignorer la douleur lancinante qui émane de mon cerveau épuisé et en manque de sommeil.

— Je ne sais pas. Je pourrais te dire que c'est pour prouver quelque chose, parce que ça me tente ou parce que c'est la première fois qu'on m'invite et que je veux savoir ce que j'ai manqué. Mais la vérité, c'est que je ne sais pas. Je suis mon instinct.

J'ouvre mon sac à dos et je sors mon livre d'histoire.

— Alors, concentrons-nous sur les trucs que je comprends. Les articles de la Confédération…

Chapitre 24

Nous étudions depuis une heure quand mon téléphone sonne sur l'air de *I Need a Hero*. Très fort. Logan hausse un sourcil :

— Timothy Goff ?

Je secoue la tête et réponds doucement :

— Salut, Corey.

Puis j'écarte l'appareil de mon oreille pendant que ses cris excités fendent l'air.

— Mackenzie ! Tu ne devineras jamais qui vient de… C'est incroyable ! Oh, mon Dieu ! Je vais hyperventiler et mourir de bonheur, là, tout de suite ! Devine qui m'a appelé !

— Tim, dis-je d'un ton neutre qui lui cloue le bec. Alors, où allez-vous, ce soir ?

— On va souper à Portland ! Je ne sais pas encore où. Il a une réunion avec son producteur ou un truc du genre jusqu'à 20 h, alors on va souper tard. Mackenzie, il *faut* qu'on se prépare ensemble ! Je ne peux pas m'énerver comme ça avant un rendez-vous ! Et comme Jane a décidé de mémoriser toutes les formules mathématiques du monde ce soir, j'ai besoin de toi.

Je ne peux m'empêcher de rire.

— Je suis tellement contente d'être ton deuxième choix !

— Moi aussi ! À plus tard !

Il est si heureux qu'il ne remarque pas mon commentaire sarcastique.

Je souris, certaine que Corey va arpenter sa chambre de long en large pendant les quinze prochaines minutes avant que son rythme cardiaque ne ralentisse. Il va à son premier rendez-vous, je vais à ma première soirée (et possiblement à un rendez-vous avec Patrick) et Jane… Eh bien, Jane va passer la soirée à étudier — pas très excitant, mais c'est ce qu'elle souhaite.

Difficile de croire qu'un vidéoclip sur YouTube puisse détruire ma vie pour ensuite la rendre parfaite.

— Donc, l'appel de ce midi était à propos de Corey.

J'avais presque oublié la présence de Logan. Avec un tel tourbillon de nouveautés à absorber, je me sens comme une éponge dans un ouragan.

— Oui, Corey et Tim sortent ensemble ce soir, dis-je avec un hochement de tête incrédule. C'est débile, mais si quelqu'un peut réussir une relation à distance avec une vedette rock, c'est bien Corey. Évidemment, c'est juste un premier rendez-vous, mais… ça pourrait marcher.

Je croise les doigts.

— Ça ne te dérange pas ?

— Mais non ! Mon meilleur ami a rendez-vous avec un gars beau, gentil et bourré de talent. Ça ne me dérange pas du tout ! Ça me fait plaisir, au contraire !

— Tu n'aurais pas préféré avoir ce rendez-vous ?

— Si j'aimerais avoir un rendez-vous avec un gars qui a toutes ces qualités ? Bien sûr ! Mais ça ne change pas ce que je ressens pour Corey. Tu sais, Jane et moi avons toujours pensé qu'il serait le premier à sortir avec quelqu'un. Je n'aurais jamais cru que ce serait un chanteur rock, mais… c'est ce qui est arrivé !

Logan demeure songeur un instant.

— C'était gentil de ta part d'inclure les filles de 3e secondaire.

Je me demande à quoi il fait allusion.

— Hein ?

— De les inviter chez toi pour faire ce que font les filles avant une soirée. Je pensais que tu les abandonnerais pour Chelsea.

Je réprime un rire moqueur.

— Tout d'abord, je ne ferais jamais ça. Ces filles sont gentilles. Et je ne peux pas éviter la séance rituelle de pomponnage, sinon je serais la seule à arriver en jean et souliers de course. Mon mot d'ordre, c'est de passer inaperçue ! dis-je en désignant ma tenue nettement plus branchée.

— Pauvre Mack qui doit se faire habiller pour le bal ! lance-t-il avec un petit sourire.

Je lui jette un regard agacé :

— Tu te moques de moi, mais tu n'as jamais porté de talons hauts.

— Sur quoi te bases-tu pour dire ça ? rétorque-t-il en levant un sourcil.

Je le regarde, interdite, puis son sourire s'élargit.

— Tu as raison, je n'en ai jamais porté, ajoute-t-il.

Son amusement rend ses yeux bleus encore plus intenses. De toute évidence, j'ai besoin de plus de sommeil si je n'arrive pas à dire quelque chose d'intelligent à Logan.

— Bon, dis-je. Les talons, euh… ça fait mal. C'est amusant durant cinq minutes, mais après…, pas tant que ça.

Super, je bafouille n'importe quoi. Juste au moment où je pensais que Logan n'avait plus le pouvoir de me rendre complètement incohérente. J'essaie de nouveau :

— En Europe, autour des années 1400, des souliers à plateforme ridicules sont devenus populaires. Les femmes avaient besoin de domestiques et de cannes pour les aider à marcher, ce qui n'était pas pratique. Bon, de quoi on parlait ?

— De Chelsea et des filles de 3e secondaire.

Il s'adosse nonchalamment, et mes muscles se relâchent pendant que j'imite inconsciemment sa posture.

— Ah, oui. J'aime bien ces filles. En fait, je ne les connais pas vraiment, mais elles sont sympas. Celle qui s'appelle Isobel semble plutôt réservée, mais je l'ai vue parler à Jane. Ça devrait bien se passer. Corey va venir aussi, ce qui est super. Ça n'aurait pas été aussi… décontracté avec Chelsea. Ce n'est donc pas un énorme sacrifice de ne pas les laisser tomber.

— Les filles font tellement d'histoires avec des riens !

— Selon mon opinion objective, les gars sont encore plus compliqués.

— Objective, hein?

— Oh, oui! Une observation impartiale.

Il éclate de rire, puis reprend d'un ton plus sérieux :

— Qu'est-ce que tu trouves compliqué?

Bon, je l'admets, j'ai envie de lui crier : «TOI! Pourquoi es-tu aussi difficile à comprendre? Tu es gentil et intelligent, mais quand je te vois avec Chelsea Halloway, c'est évident que tu éprouves encore quelque chose pour elle. Ce qui n'est pas logique puisque c'est *elle* qui t'a laissé pour un gars plus populaire. Ça devrait te donner un indice de sa vraie nature! Mais non, quand j'étais encore une Invisible, tu adorais être l'objet de son attention. Pourquoi n'arrêtes-tu pas de passer de bon gars à Notable et vice-versa? JE N'AI AUCUNE ESPÈCE D'IDÉE DE LA PERSONNE QUE TU ES VRAIMENT! Explique-moi ça, Logan?»

Mais j'ai la sagesse de me contenter de répondre :

— Rien de particulier. Juste une incompréhension générale. En parlant de général, pendant la révolution américaine…

Puis je le distrais avec des notions historiques.

C'est bizarre qu'il me ramène ensuite chez moi, alors que nous savons tous deux que je le reverrai plus tard, à une fête officielle de Notables. Pourtant, il me dépose pour que je puisse me changer avant la soirée. Ces temps-ci, Chelsea est gentille avec moi et des étrangères viennent s'asseoir à ma table. C'est difficile de croire que ma vie ait pu changer aussi radicalement en une semaine.

— Eh bien, euh… à ce soir.

C'est bon de savoir qu'il m'arrive encore d'être mal à l'aise. Logan hoche la tête et semble sur le point de dire quelque chose d'important. Il prend une grande inspiration et commence : « Écoute… », quand Corey donne un coup de klaxon pour nous avertir de sa présence.

— Oublie ça, dit Logan. À plus tard.

Puis il s'en va.

Je le jure, si Corey n'était pas temporairement exempté de comportement rationnel en raison de son trac de premier rendez-vous amoureux, je le tuerais. Et je doute sincèrement d'avoir ensuite à regretter ce meurtre.

Chapitre 25

— Je capote, Mackenzie! Je CAPOTE!

Ça, c'est évident. Corey marche de long en large dans ma chambre tout en se tripotant les cheveux.

— Je devrais peut-être annuler. C'était une mauvaise idée. Enfin, qu'est-ce qu'un gars comme Timothy Goff peut bien trouver à un gars comme moi?

— Oh, je ne sais pas… Il te trouve probablement gentil, intelligent et SUPER BEAU!

Je lui tapote le derrière, dans un geste affectueux que je fais depuis des années, juste pour le voir sursauter.

— T'ai-je mentionné récemment que je veux que tu sois le père de mes enfants?

Il rit.

— On avait dit que c'était une solution de dernier recours!

Cette vieille blague a le don de le détendre.

— Tout va bien aller, dis-je en désignant mon placard. Tiens, distrais-toi en me donnant des ordres. Ce sera la dernière fois que je te laisserai m'habiller comme si j'étais ta poupée Barbie.

On sonne à la porte, et je le laisse fouiller parmi les chaussures.

— J'arrive!

Dylan a déjà ouvert.

— Euh, bonjour.

Mélanie est à la porte avec un sac de sport et une expression perplexe.

Elle revérifie l'adresse que je lui ai donnée.

— Est-ce que Mackenzie habite ici?

Dylan se contente de la fixer pendant que j'ouvre la porte toute grande, en faisant mine de ne pas remarquer son rougissement typique de Wellesley.

— Entre, Mélanie. Contente de te voir! Voici mon frère, Dylan. Dylan, je te présente Mélanie.

Je le pousse pour qu'elle puisse entrer.

— Salut, dit Dylan. Je pense qu'on s'est rencontrés à une partie de soccer, l'an dernier.

Je jure que sa voix descend d'une octave entière.

Je comprends alors que ses joues rouges ne sont pas une simple réaction hormonale à une jolie fille du secondaire, mais à cette fille en particulier.

— Ah oui. Heureuse de te revoir.

Impossible de dire si Mélanie s'en souvient ou si elle fait semblant.

— Merci de m'avoir invitée, ajoute-t-elle en se tournant vers moi.

— Tu ne me remercieras plus une fois que Corey t'aura accaparée! Il va être ravi de parler de mode avec quelqu'un qui s'y connaît.

Mélanie rit, émettant un son fluide et agréable qui est à l'opposé du gloussement de Chelsea.

— C'est dangereux!

Je désigne l'escalier.

— Première porte à droite.

Dylan réussit à démêler ses cordes vocales quand la porte de ma chambre se referme sur elle.

— Pourquoi ne m'as-tu pas dit que tu avais invité Mélanie Morris?

Je lève les sourcils.

— Je n'ai pas de comptes à te rendre, frérot. Maman est d'accord pour que j'aille à une fête ce soir. Alors, tu dois te faire à l'idée.

Je m'apprête à passer devant lui quand il me saisit par le bras.

— Tu vas à une fête ce soir?

— Eh oui.

— Je devrais y aller avec toi.

Je le contemple avec incrédulité.

— C'est ça! Je devrais amener mon petit frère à ma première soirée du secondaire. Très bonne idée.

Il rougit.

— Allons, Mackenzie. Ce n'est pas moi le timide de la famille.

— Bel essai. Tu ne viens toujours pas.

— S'il te plaît! Est-ce que je peux y aller?

Je vois que ça lui coûte d'insister.

Le taquiner est bien plus amusant quand il n'a pas ses yeux de chien battu. Ce morveux sait que j'ai du mal à lui dire non quand il me regarde comme ça.

— Pas question. Maman ne te donnera jamais la permission.

— Veux-tu parier? réplique-t-il en souriant. Si je lui dis que je m'inquiète pour toi, elle va accepter sans hésiter.

Je soupire.

— Dylan, je ne vais pas…

Il m'interrompt avant que je puisse terminer.

— Je m'inquiète *vraiment* pour toi, Mackenzie. Tu n'es pas très douée sur le plan social. Tu as besoin de quelqu'un pour s'occuper de toi.

Je lui jette un regard songeur. Il est peut-être agaçant, mais c'est tout de même mon frère. Il ne ment jamais à propos de trucs importants.

— Si j'accepte, tu vas m'en devoir toute une!

Un grand sourire se dessine sur son visage.

— Non, on sera quittes.

— Mackenzie! Amène tes fesses ici!

Je lève les yeux au ciel en entendant l'appel peu subtil de Corey.

— J'arrive!

Puis je pose mon index sur la poitrine de Dylan en disant:

— Ne me le fais pas regretter.

Je devrais plutôt m'inquiéter au sujet de Corey. Lui donner carte blanche pour ma garde-robe était une très mauvaise idée. Quand j'entre dans ma chambre, Mélanie et lui sont en train de soupirer devant mes vêtements. La pièce auparavant bien rangée s'est transformée en usine de textiles qui aurait explosé et répandu son contenu partout.

— Il était temps! lance Corey. On a créé trois ensembles pour toi.

J'échange un regard avec Mélanie. Je suis frappée de constater avec quelle facilité elle s'est glissée dans ma vie. J'aurais voulu que Jane vienne avec nous, même si elle avait insisté pour apporter un livre, mais comme elle ne veut pas — eh bien, je suis heureuse que Mélanie m'accompagne.

— Qu'attends-tu ? demande Corey. Essaie-les ! Tout de suite !

Puis il tourne son attention vers Mélanie.

— Voyons… Dans ton cas, je pense qu'on devrait garder un style très simple…

— Hé ! Pourquoi mon style ne pourrait pas être simple ? dis-je, offusquée.

— Tais-toi et change-toi, ordonne-t-il d'un air amusé. Tu n'as pas la même structure osseuse que Mélanie.

— Euh… merci…, dit Mélanie d'un ton incertain. Mackenzie, est-ce que ça te dérange si je dors ici ? Je devais dormir chez Isobel, mais elle a paniqué et ne veut plus sortir. Je sais que ce n'était pas prévu, mais…

— Pas de problème, dis-je. Vraiment. Ce sera super. Corey, peux-tu venir nous chercher après ta soirée ?

— Je veux bien être votre chauffeur, mais il sera tard quand je vous ramènerai.

Les yeux de Mélanie brillent d'excitation, ce qui la fait paraître encore plus jolie.

— C'est parfait pour moi, réplique-t-elle.

— Super, dis-je. Oh, et Dylan va venir avec nous.

— D'accord, conclut Corey. Bon, maintenant, est-ce que je vais devoir t'enfiler cette robe de force, ou vas-tu la mettre toute seule comme une grande fille ?

Je voudrais protester, mais je redresse le menton et me prépare pour ma première soirée d'école secondaire.

Toutefois, aucune robe, aucun maquillage ni aucun ami ne pourraient me préparer à ce qui m'attend.

Chapitre 26

Je suis heureuse que Dylan ne fasse aucun commentaire sur mes vêtements. Il ouvre la bouche, probablement pour me dire d'aller me changer, puis la referme aussitôt. Je ne sais pas si c'est à cause de mon regard menaçant ou de l'apparition de Mélanie. Je parierais sur Mélanie, puisque je n'ai jamais inspiré de crainte à mon frère. De plus, comme le dit Corey, elle a l'air d'une «jolie princesse rockeuse». Je suis heureuse que ma mère travaille tard au restaurant, car je ne sais pas comment elle aurait réagi à mon… ensemble.

La robe est courte, rouge, décolletée et… SEXY! Du moins, c'est ce que je pense quand Corey me la montre sur le lit. Mélanie trouve qu'elle est parfaite pour la soirée. Ils me jurent que je ressemble plus à une escorte de luxe discrète qu'à une prostituée. J'espère qu'ils blaguent. Même s'ils affirment que j'ai une allure du tonnerre et que je ne devrais pas me changer, j'ai envie de retourner enfiler un jean. Finalement, je n'accepte de les suivre qu'après avoir demandé l'opinion de Jane sur Skype. Elle dit que je suis magnifique et veut que je lui raconte tout plus tard. Je voudrais être à sa place: pelotonnée avec un manuel scolaire et une tasse de chocolat chaud, vêtue d'un vieux t-shirt et d'un pantalon de pyjama. Voilà ce que je ferais si je n'étais pas devenue célèbre.

Mélanie et Corey me prennent chacun par un bras et m'entraînent dans l'escalier. Nous nous dirigeons vers la voiture de Corey, pendant que Dylan nous suit sans mot dire. Je remarque qu'il s'est changé et s'est ébouriffé les cheveux d'une manière que je qualifierais de sexy s'il ne s'agissait pas de mon petit frère. Je ne sais pas si c'est juste mon imagination, mais la main de Mélanie se resserre sur mon bras lorsqu'elle l'aperçoit. Je vais devoir y réfléchir quand mon ventre cessera de se tordre comme un tas de serpents.

En route, Corey monte le volume de la radio et je chante d'un air insouciant.

— Wow, tu chantes super bien! s'exclame Mélanie.

La voiture ralentit, ce qui m'évite de répondre.

— C'est ici, déclare Corey. Tout le monde descend!

J'aperçois pour la première fois la maison de Spencer. Je savais que sa famille était riche, mais c'est une chose de le savoir et une autre de voir cette opulence de mes propres yeux. Leur maison victorienne est blanche, immense et de style classique. Il y a des balcons, des colonnes et même ce qui semble être un belvédère. On voit des adolescents partout. De la musique émane de la maison, et des rires jaillissent ici et là.

— Êtes-vous certains…, dis-je.

— OUI! s'écrient Mélanie, Corey et Dylan en chœur.

Je sors de la voiture et m'approche de la fenêtre baissée du chauffeur.

— Bonne chance pour ce soir, dis-je à Corey.

— Merci, répond-il avec un sourire confiant.

Mais je sais qu'il est encore inquiet. Je me penche vers lui :

— Tu es le meilleur gars que je connaisse, et c'est grâce à toi que je suis ici. Tu es comme ma marraine la fée !

— Tu ne te transformeras pas en citrouille à minuit, hein ?

— Non ! dis-je en riant. En plus, c'est toi qui vas rencontrer le prince charmant.

J'avance la main par la fenêtre et lui serre affectueusement le bras.

— Et personne ne mérite plus que toi d'être heureux jusqu'à la fin des temps.

— Viens, Mackenzie ! lance Mélanie en se frottant les bras. J'ai froid.

— D'accord. Au revoir, Corey !

Je m'éloigne de la voiture, prête à me risquer en terrain inconnu.

— À plus tard !

Il démarre et part vers sa propre aventure.

Je n'ai pas le temps de ruminer le fait que je suis séparée de mes deux meilleurs amis. Mélanie me prend le bras et m'entraîne vers la maison de Spencer, tout comme elle m'a fait sortir de la mienne.

— Allons-y !

— Tu es autoritaire ! commente Dylan.

— Oui ! Surtout quand j'ai froid et faim !

Elle entre par la porte restée ouverte et contourne un groupe de filles qui rient d'un air insouciant.

— Ah, c'est beaucoup mieux! ajoute-t-elle.

Je ne suis pas certaine d'être d'accord. La maison est remplie de gens, de couleurs, de bruits et de mouvements. La musique submerge mon cerveau, soudainement assailli par cette surcharge sensorielle. Je cherche une excuse pour ressortir, même si je risque de geler dans ma robe courte, quand j'aperçois Logan.

Il est appuyé contre un mur et bavarde avec Spencer, qui est en train d'observer une fille en jean étroit et camisole.

Je tire le bras de Mélanie et pointe la fille du doigt :

— Elle porte un pantalon! Tu vois? Pourquoi Corey ne m'a-t-il pas laissée m'habiller comme ça?

Mélanie sourit.

— Elle n'a probablement pas de robe comme la tienne dans sa garde-robe.

— Peut-être, mais elle n'attrapera pas de pneumonie si elle va dehors.

— On va vite se réchauffer ici. C'est une vraie fournaise!

Elle n'exagère pas: la chaleur émane des corps par vagues.

— Voyons si on connaît quelqu'un ici.

Ces paroles sont à peine sorties de la bouche de Mélanie que Logan lève les yeux pour la première fois et croise mon regard.

— J'ai trouvé quelqu'un, dis-je en m'obligeant à

aller vers lui comme si on se rencontrait pour une séance de tutorat.

— Salut.

J'essaie d'avoir l'air sûre de moi, mais je me sens stupide. Je reste plantée là dans ma robe courte rouge pompier, en pensant : «Merci, Corey. Tu m'as convaincue de porter cette robe ridicule, puis tu t'es sauvé.» En ce moment, je suis sûre que Corey, Jane et Mélanie se sont horriblement trompés. Je ne peux pas porter une robe à dos nu, surtout avec un décolleté aussi plongeant. À côté de moi, les filles de *Jersey Shore*[*] auraient l'air élégantes.

Logan sursaute, et je pourrais enfoncer mon poing dans le ventre de Corey. J'ai sûrement l'air d'une enfant qui s'est déguisée. Soudain, tout me semble exagéré : le maquillage, la robe, les boucles d'oreilles. Je voudrais juste enfiler un coton ouaté et me blottir avec un bon livre.

— Euh… salut, répond-il.

La maison est remplie d'invités, et chaque centimètre carré de comptoir est couvert de bouteilles d'alcool, de croustilles et de gobelets en plastique. Trente centimètres me séparent de Logan, ce qui me paraît tout de même trop peu. J'ai envie de fouiller dans mon sac, de sortir mon cellulaire et d'exiger que Corey vienne me chercher *tout de suite*. Et je l'engueulerais copieusement. Je lui dirais sans mâcher mes mots que la vraie vie n'est pas comme un stupide film de filles.

---

[*] Émission de téléréalité américaine.

— Tu as l'air...

Logan s'interrompt quand Spencer pose son bras sur mes épaules. Apparemment, j'ai détourné son attention de la fille au jean étroit.

Il sourit à Logan.

— Tu ne me présentes pas ?

Il ne m'a pas reconnue. On fréquente la même école depuis des années, et Spencer ne me reconnaît pas. Je suis en sécurité dans mon déguisement de femme fatale en rouge.

Je m'appuie impulsivement sur lui et le regarde droit dans les yeux.

— Mackenzie Wellesley, dis-je en souriant. Parfois appelée Mack.

Le sourire de Spencer s'élargit pendant qu'il m'examine de la tête aux pieds.

— Qui aurait cru ça ? Belle robe.

— Merci. Je l'étrenne.

Logan s'avance, et à ma grande surprise, Spencer retire son bras. C'est comme regarder une émission de la chaîne Nature : des loups territoriaux qui luttent pour le statut de mâle alpha. Ça me met mal à l'aise pour une foule de raisons. Je m'empresse de faire les présentations.

— Euh, voici Mélanie... Et mon frère Dylan.

— Salut, dit Logan. Je ne t'avais pas revu depuis le camp. Comment ça va ?

Je suis surprise de les voir aussitôt se mettre à parler de sport. J'avais oublié qu'ils se connaissaient. Je pâlis soudain en voyant le Trio Maléfique s'approcher de nous.

— Mackenzie! s'exclame Chelsea du même ton amical que dans l'après-midi. C'est super que tu sois venue!

Elle évalue la situation d'un coup d'œil rapide sous ses cils habilement noircis.

Je me raidis quand son regard tombe sur Mélanie et Dylan.

— Je vois que tu as amené ton petit frère et une amie. C'est bien…

Mais il est évident qu'elle ne pense pas que c'est bien. Son ton indique clairement qu'à ses yeux c'est bizarre d'amener son jeune frère à une fête. Elle n'a pas tort. Pendant que Barbie & BBQ ricanent, le rougissement Wellesley monte aux joues de Dylan et aux miennes.

— En fait, Chelsea, il est avec moi, déclare Mélanie avec un sourire à la fois hautain et innocent.

Elle prend le bras de Dylan, qui arbore aussitôt un sourire suffisant.

— Les femmes autoritaires ne peuvent pas me résister!

J'éclate de rire et Mélanie lui donne un coup de coude dans le ventre.

— Allons danser! dit-elle. À plus tard, Mackenzie.

— Vous voyez! lance Dylan par-dessus son épaule. Très autoritaire!

Ils disparaissent dans la marée de corps en mouvement — me laissant seule parmi les Notables. Génial.

— Bon…, dis-je, mal à l'aise. Belle soirée.

Spencer s'approche et je le surprends en train d'essayer de regarder dans mon décolleté. C'est ridicule, puisque les gars ne font jamais ce genre de chose avec moi. *Jamais.*

— Veux-tu visiter la maison ? me propose-t-il.

J'ai le sentiment que derrière son attitude suffisante se cache un très bon gars. Et je me dis : « *On pourrait peut-être devenir amis.* » Mon regard croise celui de Logan. C'est stupide de le considérer comme un radeau de sauvetage, mais il sait ce qu'il fait, alors que j'essaie juste de garder la tête hors de l'eau.

— Bonne idée ! déclare Chelsea. Steffani et Ashley allaient justement chercher à boire.

Elle s'approche de Logan. Sa petite robe noire scintillante ondule de façon aguichante.

— Je vais vous l'emprunter une minute.

Mes doigts se resserrent sur le petit sac à main qui va parfaitement bien avec ma robe, selon Corey et Mélanie. Quelqu'un me bouscule et je titube sur mes talons hauts. Je dois attraper le bras de Spencer pour ne pas m'étaler par terre.

— J'aimerais bien une visite, lui dis-je. Mais je vais être obligée de m'accrocher à toi pour garder mon équilibre ! Je ne maîtrise pas encore ces chaussures.

J'ai un petit sourire d'autodérision. Je ne m'étais pas trompée au sujet de ces talons. Ils vont sûrement me faire souffrir.

Spencer sourit.

— Je suis toujours d'accord pour qu'une jolie fille s'accroche à moi !

— Tu séduis beaucoup de filles avec cette réplique ? dis-je en riant.

— Des tas !

— Tu dois avoir le tour.

Je ne lâche pas son bras et me retiens de le serrer encore plus fort quand je remarque que tout le monde nous observe.

Je fais de mon mieux pour prendre un air désinvolte, comme si je badinais avec Spencer sans arrêt.

— À plus tard.

Nous partons. Steffani et Ashley nous suivent pour laisser un peu d'intimité à Chelsea et Logan. Je ne peux m'empêcher de jeter un coup d'œil en arrière. Ils se tiennent par la main et se dirigent vers la porte. Les deux élèves les plus populaires de l'école secondaire Smith sont sur le point de renouer.

Je ne sais pas pourquoi, mais j'ai l'impression de recevoir un coup de poing dans l'estomac.

Chapitre 27

— Alors, aimes-tu ça être riche ?

Bon, je n'avais pas l'intention de lui demander ça, mais quand tu visites une maison élégante avec un lustre tarabiscoté au-dessus de l'escalier, c'est difficile de ne pas poser la question.

— Ç'a des avantages, répond Spencer en désignant le bar bien garni de ses parents.

Barbie & BBQ nous quittent pour encourager leurs copains qui sont en train d'ingurgiter des tonnes de bière.

— Je vois ça.

— Veux-tu que je te montre les chambres ?

Il le propose de façon si suggestive que je ne peux réprimer un fou rire.

— Tu fais toujours le fanfaron, hein ? dis-je, sachant qu'il ne l'avouera pas. Ce sont juste des insinuations. Pour toi, ce n'est qu'un jeu.

— Arrête, tu vas me faire de la peine ! réplique-t-il, mais son sourire révèle que j'ai visé juste. Il y a des jeux auxquels même moi je ne joue pas, ajoute-t-il en reprenant son sérieux. J'espère que Logan sait ce qu'il fait, cette fois.

— Cette fois ?

Je remarque son ton irrité. Je n'ai jamais vu

Spencer aussi sérieux. Quelque chose à propos de Logan et Chelsea l'agace.

Il hausse les épaules, mais ses muscles sont tendus.

— Certains gars tombent toujours dans le même panneau, même si le piège est évident. C'est le destin des hommes de se faire ensorceler par les femmes, ajoute-t-il d'un ton philosophe. Justement...

Il hoche la tête vers Patrick qui s'approche.

Bon, j'admets que je caresse un bref fantasme où Patrick m'embrasse jusqu'à ce que je perde la tête — comme si j'étais dans un vidéoclip de Taylor Swift où l'adorable fille maladroite (moi) triomphe grâce au véritable amour.

J'aimerais que la vraie vie fonctionne ainsi. Au lieu de cela, Patrick se tient devant nous, comme s'il voulait dire quelque chose mais ne savait pas comment s'y prendre. Après une longue pause, j'enlève ma main du bras de Spencer, au risque de perdre mon fragile équilibre.

— À plus tard ! déclare Spencer avec un petit clin d'œil.

Puis il s'éloigne vers un groupe de filles où je crois apercevoir un jean étroit de couleur grise.

— Je te cherchais.

Pourquoi dois-je me liquéfier en entendant ces trois petits mots ? C'est tellement adorable. Je me dis soudain : *« Peut-être que Corey et Mélanie avaient raison pour ma robe. »*

— Ah bon ?

Voilà ma réplique brillante quand un super beau gars dit qu'il me cherche. Tuez-moi, quelqu'un.

— Oui. Si on allait dans un endroit tranquille pour parler ?

Avant que je puisse gâcher ce moment, il prend ma main et m'entraîne vers la porte — comme je me le suis imaginé tant de fois.

Sauf que dans mon imagination, je ne portais pas de talons hauts qui me coupaient la circulation. En plus, nous marchions main dans la main au lieu qu'il me traîne derrière lui. Et dans ces rêveries, je ne bousculais pas les gens en m'excusant à chaque pas.

Tout de même, c'est super. Vraiment.

Je comprends pourquoi il voulait sortir. L'air extérieur est rafraîchissant après la chaleur étouffante de la maison remplie à craquer. Ici, nous pouvons parler sans devoir hausser le ton pour nous faire entendre par-dessus la musique. Mais nous ne sommes pas seuls. Des tas de jeunes profitent de l'aménagement paysager qui a dû coûter une fortune aux parents de Spencer. Il y a une fontaine. Je ne mens pas, une véritable fontaine où l'eau jaillit et gargouille. C'est tellement romantique ! La balustrade du perron aux barreaux blancs en spirale est tout indiquée pour qu'une fille s'y appuie au lieu de retirer ses chaussures à talons. C'est donc ce que je fais, avant de lever les yeux vers Patrick.

Certaines personnes sont faites pour le clair de lune. Cela fait ressortir le brun foncé de ses yeux. Même sans veste, je sens que je me réchauffe.

— De quoi veux-tu parler ? dis-je simplement.

Tout est parfait. Même l'odeur de marijuana qui flotte dans l'air est parfaite.

— De toi.

Il se rapproche et mon cœur se met à battre plus vite. Tout ce que je pense, c'est : *«Ça va arriver! Patrick va m'embrasser! Dans une seconde… »*

— De moi ?

Pourquoi ne puis-je pas juste la fermer et le laisser faire ?

— Je suis amoureux de toi.

Je tressaille et recule, cassant d'un seul coup l'ambiance romantique. Je m'accroche à la balustrade, les jambes tremblantes.

— Tu es *quoi ?* dis-je, incrédule… et peut-être un peu horrifiée.

C'est comme s'il m'avait déclaré : «Je suis en partie alligator» ou «Je suis un agent de la brigade des stupéfiants».

— Je suis amoureux de toi, répète-t-il, sur la défensive.

Je devrais me taire. Ou bien hocher la tête en disant : «Ah ? Prouve-le donc ? », avant de l'embrasser. Mais je ne peux m'y résoudre.

— Non, dis-je en secouant la tête. Tu ne l'es pas.

Je prie pour que ce soit un rêve et que je me réveille, au lieu de subir son regard furieux.

— Que veux-tu dire ? Je sais comment je me sens, Mackenzie !

Oh, oui ! Personne ne peut détruire un moment romantique aussi bien que moi !

— Tu… tu ne *peux pas* m'aimer, parce que tu ne me connais pas encore!

Voilà ce qui manque, me dis-je pendant qu'il me fixe avec un regard froid. Patrick n'a jamais exprimé le moindre intérêt pour moi avant la semaine dernière. Une seule conversation un midi, puis il est supposément amoureux de moi?

J'en doute.

Pendant un instant, Patrick absorbe mes paroles. Puis son expression se radoucit, et je pense: «*Peut-être qu'il comprend, maintenant. Il voit que pour aimer quelqu'un, il faut l'accepter entièrement, avec toutes ses excentricités.*» J'espère qu'il va dire: «Ça peut s'arranger. On va apprendre à se connaître.» Puis il va me serrer la main comme si on venait d'être présentés l'un à l'autre. «Je suis Patrick et je suis prêt à tout te dire, mais d'abord, j'aimerais tout savoir sur toi.»

S'il disait ça, je serais fichue. Je serais comme de la pâte à modeler entre ses mains.

Au lieu de cela, il me regarde intensément dans les yeux:

— Je te connais, Mackenzie.

Dommage. Il fallait qu'il dise *ça*.

— C'est un sophisme. Tu éludes la question. Au lieu de me donner des arguments pour contester ma prémisse, tu te contentes de répéter que tu me connais. Tu vois, c'est comme ça que je pense. M'aimes-tu toujours?

J'essaie de sourire, mais j'ai la nausée.

Je considère son silence glacial comme une rétractation.

— C'est bien ce que je pensais, dis-je.

Ça fait mal. Ça ne devrait pas, puisque c'est moi qui le repousse, mais ça fait mal comme une piqûre de méduse. Voilà ce qui arrive quand tu découvres que tu avais un énorme béguin pour un gars qui n'existe pas vraiment…, et ce, depuis des années.

— Je suis désolée.

Je le pense vraiment. Je suis désolée… pour nous deux.

— Je voudrais être la fille que tu souhaites. Mais… je ne le suis pas.

Patrick ne se contente pas de hausser les épaules en disant: «Alors, on pourrait être amis.» Non. Il répond avec colère:

— Ce n'est pas vrai! Tu crois que tu peux trouver mieux que moi, c'est ça?

Son ton dégoûté me ferait reculer si je n'étais pas déjà collée sur la balustrade.

— Quoi? Non!

— Maintenant que tu es célèbre, tu te penses supérieure aux autres jeunes du secondaire? Ou alors tu ne me trouves pas assez riche. Est-ce pour ça que tu te jettes au cou de Logan et de Spencer?

La façon dont il scrute ma robe me fait me sentir dénudée.

Une gifle en pleine figure m'aurait moins fait mal.

— Wow.

C'est tout ce que je peux dire durant une seconde, parce que, vraiment, que pourrais-je dire d'autre?

— De l'amour aux insultes en moins de trente secondes. Moi, une croqueuse de diamants? Wow.

Si tu m'avais *vraiment* aimée, tu m'aurais traitée de salope!

Je me redresse et lâche la balustrade. Il est temps de remettre mon poids sur mes deux pieds.

— Si tu penses que je séduis les gars en fonction de leur compte en banque, tu ne me connais pas du tout. C'est plus *ton* genre, hein? dis-je en l'observant attentivement. Tu n'as commencé à me faire du charme que lorsque Tim a dit que j'étais géniale. Tu serais du style à me laisser tomber si tu n'avais pas ta photo dans les journaux. Et j'ai été assez idiote pour y croire. Je pense que tu devrais t'en aller.

Mon ventre se tord douloureusement.

— Tu vas le regretter, Mackenzie, déclare-t-il d'une voix calme et froide.

— Peut-être pas aujourd'hui ni demain. Mais bientôt et pour le reste de ma vie.

Je cite *Casablanca,* mais avec un ton beaucoup plus sarcastique que Humphrey Bogart.

— Quoi? balbutie-t-il, soudain perplexe.

— Rien… Une réplique de cinéma bien connue. Oublie ça.

— Toi, Mackenzie, tu as un dictionnaire à la place du cœur.

Là-dessus, il disparaît dans la maison.

Je le corrige en regardant au loin dans l'obscurité:

— Non, une encyclopédie.

La nuit est belle et paisible, avec de petites lumières le long du sentier qui mène de la fontaine au belvédère.

— J'ai une encyclopédie à la place du cœur.

Voilà ce que je marmonne en constatant où se sont réfugiés Logan et Chelsea. Ils sont au centre du belvédère, et si je n'avais pas observé cette structure en m'enjoignant de ne pas pleurer à cause de Patrick, je n'aurais jamais vu Chelsea prendre le visage de Logan entre ses mains et l'embrasser.

Ils sont assurément revenus ensemble.

Je sais alors que Patrick se trompe à propos de mon cœur. Si c'était vraiment une encyclopédie, je pourrais regarder cette scène avec sang-froid.

Je tourne résolument les talons et rentre dans la maison.

Ce n'est pas pour rien que l'abus d'alcool est associé à la rébellion adolescente et aux chagrins d'amour. Il est temps que j'en fasse l'essai.

Ce qui est probablement ma pire décision jusqu'ici.

Chapitre 28

Je fais appel aux services de Spencer.

Comme il est la seule personne que je connais à part ceux que je salue en passant dans les couloirs de l'école, ce n'est pas surprenant.

En outre, il me semble que c'est une bonne idée d'explorer un nouveau territoire avec un guide qui connaît bien la route — c'est comme faire de la plongée avec un partenaire.

Donc, je le prends par le bras, mais cette fois, c'est pour l'éloigner d'un groupe de filles et le diriger vers le bar improvisé.

— Ce n'est pas que je n'apprécie pas tes tactiques agressives, mais… qu'est-ce qui se passe?

Il s'interrompt en voyant la façon dont je fixe les bouteilles d'alcool.

Je souris. Pour la première fois depuis que je suis arrivée ici, je commence à me détendre.

— Tu vas me servir un verre.

Son sourire s'élargit.

— Ah bon?

— Ouais. Que me conseilles-tu?

Je me penche pour prendre un gobelet de plastique rouge.

— Ça dépend. Qu'est-ce que tu aimes?

Je hausse les épaules.

— Aucune idée. Je doute même d'aimer ça.

— Mais tu veux quand même boire.

— Remplis-le, dis-je en lui tendant le gobelet.

— Je peux te donner une boisson de fille qui goûte les fruits ou bien…, dit-il en versant du liquide dans le gobelet. Tu peux avaler ce petit verre de téquila avec un peu de lime.

— Faux dilemme, dis-je en marmonnant.

— Quoi?

— Sophisme du faux dilemme. Tu me donnes seulement deux options et… Passe-le-moi.

En quelques gestes bien rodés, Spencer saupoudre du sel sur ma main et dépose un quartier de lime sur le comptoir.

— C'est très simple. Sel. Téquila. Lime. Compris?

Je répète la procédure dans ma tête: « *Sel, téquila, lime. Sel, téquila, lime.*

Oh, mon Dieu, qu'est-ce que je fais là? Ça ne me ressemble PAS! »

— Compris.

— Bon, vas-y!

Un attroupement s'est formé autour de nous. Je suppose que les gens veulent voir la sage Mackenzie Wellesley prendre son premier coup. Tu parles de l'influence des pairs! Je suis entourée d'inconnus qui crient: « Tu es capable », « Vas-y! »

Je lèche le sel sur ma paume et avale la téquila d'un trait comme je l'ai vu faire dans les films.

Je manque de m'étrangler.

C'est comme si j'avais avalé une fournaise. Une étrange brûlure descend dans ma gorge, suivie par un goût âpre, presque acide. Je me hâte de sucer la lime pendant que tout le monde m'encourage. Quand je lève les yeux vers Spencer, la chaleur a atteint mon estomac, où elle se love pendant que le goût de la lime me tapisse la bouche.

— Je l'ai fait!

Même en levant mon verre vide, j'ai du mal à y croire. Je ne sais pas à quoi je m'attendais: une intervention divine, l'irruption d'un parent ou l'arrivée d'un ami inquiet. Mais je n'aurais jamais cru avoir le courage de boire un verre de téquila cul sec.

— As-tu vu ça? dis-je à Spencer. J'ai réussi!

— Oui, tu as fait ça comme une championne. En veux-tu un autre?

La chaleur dans mon ventre est très plaisante, surtout après la froideur glaciale de Patrick. C'est peut-être mon imagination, mais je me sens moins tendue.

— Pourquoi pas? dis-je.

Des cris d'encouragement s'élèvent et je souris à la ronde.

— Qui veut boire avec moi?

Une demi-heure plus tard, je nage en plein bonheur. Spencer verse les boissons jusqu'à ce qu'un gros bruit dans la cuisine ne le force à quitter son poste. Un autre joueur de hockey appelé Kevin le remplace volontiers. J'ai l'impression de flotter — je ne suis liée à mon corps que par un fil ténu. Ce serait déconcertant si je ne trouvais pas cette sensation très agréable.

— C'est génial! dis-je à Kevin et à sa petite amie, Annie, en suçant une lime. Vous êtes super! C'est débile qu'on aille à la même école et qu'on ne se soit jamais parlé !

Ils rient et acquiescent, comme le font les gens pompettes pour encourager ceux qui sont ivres.

Je me tourne vers Annie.

— Tu es très jolie. Je parie que c'est amusant d'être toi. Kevin, tu ne penses pas que ce serait amusant d'être Annie ?

Lady Gaga chante à tue-tête dans les haut-parleurs.

— C'est *Poker Face*, dis-je. Venez ! On va danser !

Je ne leur laisse pas le temps de protester. Nous allons rejoindre en riant la masse de corps sur la piste de danse improvisée, qui était auparavant un salon. Je me sens détendue, à cause de l'alcool ou de la musique, je n'en ai aucune idée. Je veux seulement continuer d'absorber le rythme de la musique.

Je vois Mélanie parler avec Dylan dans un coin. Je m'approche d'eux.

— Mélanie ! Viens danser avec moi ! Je vais te présenter Kevin et Annie.

— D'accord, réplique-t-elle gentiment, avant de m'examiner en fronçant les sourcils. Mackenzie, ça va ?

— Très bien ! Sauf pour l'encyclopédie.

Dylan nous a suivies sur la piste de danse. Mélanie se tourne vers lui :

— Comprends-tu ce qu'elle raconte ?

Il secoue la tête et s'efforce de m'immobiliser.

— Mackenzie, as-tu pris quelque chose ?

— Sel, téquila, lime. Peux-tu croire ça ? Je ne sais

pas à quoi je m'attendais, mais ça réchauffe! La chaleur irradie de moi comme si j'étais... *radioactive*. Comme si j'étais une bombe *atomique!* Je suis une bombe! Est-ce que quelqu'un a déjà considéré l'alcool comme une source d'énergie?

Je me concentre pour prononcer les mots correctement.

— Ai-je l'air d'une tête branlante? Parce que je ne peux pas m'empêcher de bouger la tête. Je me demande si les figurines hawaïennes de tableau de bord se sentent comme ça.

Dylan m'attire vers la porte.

— Pourquoi tout le monde me traîne, ce soir? dis-je à personne en particulier. Qu'y a-t-il de mal à marcher? J'aime marcher. C'est agréable. Le patin à roues alignées, c'est mieux, mais on ne peut pas en faire ici.

— Dylan, qu'est-ce qu'on va faire avec elle? demande Mélanie. Elle est soûle. Il ne faut pas que ta mère la voie dans cet état.

Je souris d'un air endormi, soudain vidée de mon énergie. Je mets un bras sur les épaules de Dylan.

— Ne vous inquiétez pas pour maman. Mais est-ce que je suis obligée de rentrer? Je pourrais juste dormir sur Dylan.

J'appuie ma tête contre la sienne.

— Tu es un bon petit frère. Je ne te le dis pas assez. Papa aurait dû demander de tes nouvelles ce matin.

Dylan se raidit.

— Papa a appelé?

— Oui. Ma nouvelle célébrité nous a valu un appel.

Dylan passe un bras autour de ma taille pour m'aider à rester debout.

— Il n'aurait pas dû t'abandonner, dis-je en chuchotant. Tu es le meilleur.

— Qu'est-ce qu'elle a ?

Ma tête se relève en entendant la voix de Logan.

— Hé, salut ! Belle soirée ! Oh, ça tourne, tout à coup !

Je remarque soudain Spencer et Chelsea à ses côtés.

— Hé, mon ami ! dis-je. Sel, téquila, lime. J'ai compris !

— Elle a bu combien de verres ? demande Logan à Spencer.

— Environ deux et demi quand je suis parti. J'allais lui dire d'arrêter, Logan. Je te le jure !

Logan me soulève le menton pour me regarder dans les yeux.

— Mack, as-tu continué de boire quand Spencer est parti ?

— Bien sûr, dis-je joyeusement, avec un soudain regain d'énergie. Avec Kevin et Annie.

C'est peut-être le contact de ses doigts sur ma figure qui me donne l'impression d'avoir avalé un autre verre.

— Merde !

C'est la façon de Dylan de résumer la situation. Je lui donne un coup de coude.

— Ton langage ! dis-je en imitant notre mère.

— Bon, il faut la dessoûler. Comment rentrez-vous à la maison ?

— Corey doit venir nous chercher plus tard, après son rendez-vous, répond Mélanie d'un ton nerveux. Mais ça m'étonnerait qu'elle soit encore debout.

Logan hoche la tête.

— Êtes-vous sobres, vous deux ?

Il attend la réponse affirmative de Dylan avant de poursuivre :

— D'accord. Alors, vous pouvez rester ici et me remplacer pendant que je la ramène.

— Évidemment ! Tu es tellement idiot ! lance Chelsea d'un ton hargneux avant de s'éloigner.

— Oh, oh ! Des problèmes au paradis ? dis-je.

Je regarde Spencer, qui m'observe avec un mélange d'inquiétude et de culpabilité, et ajoute :

— C'est vraiment le paradis, ici. Ta maison est *incroyable*. Il y a même une fontaine ! As-tu vu la fontaine, Dylan ? On devrait tous sortir admirer la fontaine.

Mais personne ne m'écoute. Logan sort plusieurs clés de voiture de son veston et les tend à Dylan.

— Tu ne les rends que si tu es certain. Il y en a d'autres dans le placard à côté du bar. Compris ?

— Compris.

— Parfait. Spencer, il te manque officiellement un conducteur désigné. Trouve-moi un remplaçant, et vite. Maintenant, emmenons-la à la voiture.

Avant que Logan puisse mettre mon bras libre sur son épaule, Dylan déclare d'une voix grave :

— C'est ma sœur, Logan. Si tu lui fais du mal, je te ferai mal. C'est clair ?

C'est gentil de sa part de menacer un gars du

secondaire qui serait capable de l'écraser. Il est vrai que Dylan est plutôt doué pour se battre.

— C'est clair.

— Hé! dis-je pendant que Logan m'enlace. Je suis ici! Tout va bien. Merci, Dylan, mais je peux me défendre toute seule! Tu vois?

Je brandis les poings.

— Oh, oui, tu es féroce.

Je me tourne vers Mélanie.

— Tu me comprends, hein? Ils agissent comme si j'étais une demoiselle en détresse, ce que je ne suis pas…

J'admets que ça sonne plutôt geignard.

— Non, tu es juste une demoiselle.

Elle ouvre la portière de l'auto de Logan.

— Wow, c'était rapide.

Je me rends soudain compte que je vais quitter la fête.

— Attendez! Donnez-moi une seconde, et je vais reprendre mes esprits. Mélanie, je ne voulais pas que ça se passe comme ça. Je suis désolée d'avoir gâché notre première soirée pyjama!

Elle me caresse les cheveux.

— Ne t'en fais pas, Mackenzie. Prends soin de toi, d'accord?

Là-dessus, ma ceinture s'enclenche et je me fais emporter loin de ma première soirée du secondaire. Je sens le plancher de bar et je me sens encore pire… Et je suis avec Logan.

Je ne m'étais pas attendue à ça.

Chapitre 29

— Je suis tellement stupide ! dis-je à Logan en oscillant sur mon siège.

Le monde ne veut pas arrêter de tourner.

— Non, tu ne l'es pas…, d'habitude, réplique Logan en pianotant sur le volant.

— Tu te trompes. Je suis stupide. Vraiment stupide. C'est juste que je le cache bien. Le savais-tu ?

J'incline la tête pour le regarder.

— Non. Tu m'as bien eu.

Je me redresse.

— Vraiment ? Parce que tu es… coriace. Parfois, tu as un air, quand tu me regardes fixement. C'est comme si tu avais des rayons X à la place des yeux !

J'imite son expression.

— Des rayons X, répète-t-il avec un soupçon d'amusement dans la voix.

— Oui ! C'est comme si tu savais ce que tout le monde pense ! Mais tu peux parfois être idiot, sans vouloir t'offenser.

J'appuie mon nez sur la vitre en appréciant la sensation de fraîcheur.

— Quand le monde va-t-il arrêter de tourner ?

— Bientôt, dit-il. Alors, il m'arrive d'être idiot ?

— Oh, oui ! Mais juste avec les filles, je crois.

Sinon, tu es très intelligent. Mon Dieu que je suis stupide !

— Tu l'as déjà dit.

— D'accord. Je ne veux pas me répéter, dis-je en me tortillant pour lui faire face. Pourquoi ai-je bu autant ? C'était stupide. Et je suis toujours responsable. Mackenzie Wellesley ne fait jamais ce genre de chose. Elle sait qu'elle ne doit pas boire de téquila à une soirée. Mauvaise décision.

— Ne sois pas si sévère avec toi-même, Mack. Que veux-tu dire, je suis idiot avec les filles ?

— Pour commencer, tu aimes Chelsea Halloway. C'est très idiot.

— Je l'aime ?

Je ne sais pas si c'est une déclaration ou une question.

— Soit tu l'aimes, soit tu aimes ses seins, dis-je en gloussant. Je ferais mieux de la fermer, maintenant.

— Oh, non. Continue, s'il te plaît.

— Un jour, elle et toi, vous aurez des bébés Notables. Ils auront probablement un système immunitaire exceptionnel, ce qui est un avantage. Évidemment, vos enfants pourraient devenir calculateurs, compétitifs et cruels…

Je sens l'intensité de son regard. Je m'adosse à mon siège pendant que le monde vacille de nouveau.

Je répète :

— Calculateurs, compétitifs et cruels… Je suis encore capable de faire une allitération. C'est un signe d'intelligence, hein ?

— Mais oui.

— J'ai juste besoin d'améliorer mes compétences sociales. Pourtant, les gens avaient l'air de m'apprécier ce soir. As-tu remarqué ?

Je tire sa manche, appréciant la sensation du coton entre mes doigts.

— Oui, répond-il en resserrant sa prise sur le volant. J'ai remarqué.

Je me penche vers lui et chuchote d'un air conspirateur :

— Je pense que c'est à cause de ma robe.

Il m'observe une seconde pendant que la voiture est arrêtée à un feu rouge. Ça suffit pour faire accélérer mon pouls.

— C'est toute une robe, Mack.

— Merci. Mon soutien-gorge est joli aussi. Tu vois ?

Je tire sur ma bretelle pour révéler une partie de mon soutien-gorge. Je crois que la voiture fait une embardée, mais c'est peut-être mon imagination.

— Voyons ! Ne fais pas ça !

Je m'efforce de garder les yeux ouverts.

— Oh, j'ai vraiment gaffé…

— Sans blague.

— Je n'arrive pas à croire que je suis soûle… dans ton auto. Demain, Mackenzie va se sentir *très* stupide. On n'est pas censé boire l'estomac vide, hein ? dis-je en entendant mon ventre gargouiller. Ça aussi, c'était une gaffe.

— Évidemment, tu n'as rien mangé avant ! Parfait, dit-il en passant une main dans ses cheveux d'un geste frustré. Bon, tu t'en viens chez moi, Mack.

— Pardon ? dis-je d'un air indigné. Tu ne peux pas faire ça !

— Ah, non ? Et pourquoi pas, Mack ?

— À cause de Chelsea !

— Qu'est-ce que Chelsea a à voir avec ça ?

Tout à coup, je ne suis plus certaine.

— Elle… euh… va l'apprendre ?

— Et puis ?

Je n'ai rien à répliquer.

— D'accord, dis-je. En attendant que le monde arrête de tourner. Il va arrêter, hein ? Parce que je n'aime pas ça du tout.

— Tout va bien aller. Sauf que tu n'auras pas envie de boire d'alcool pour un bout de temps.

J'essaie de me blottir contre la portière.

— Mais la chaleur était si agréable ! Ç'a presque compensé le fait que Patrick me traite de sale pute. Ton langage, Mackenzie !

— Pourquoi a-t-il dit ça ?

Est-ce mon imagination ou y a-t-il une trace de colère dans sa voix ?

— En premier, il a dit qu'il était amoureux de moi.

— Oh, ça explique tout.

Je ris doucement et ferme les yeux. Le monde continue de se balancer.

— Il pense que je lui ai dit non à cause de toi… et de Spencer.

— Comment ça ?

J'essaie de sourire, mais mon visage ne veut pas collaborer.

— Même moi, je comprends pourquoi. Pour monter en haut de l'échelle. Vous êtes des Notables beaux et riches. Peut-être que si je faisais partie du groupe populaire, ce ne serait pas aussi ridicule. Je ne lui ai pas dit que c'était un point négatif.

Je bâille.

— Reste réveillée, Mack. On est presque arrivés. Est-ce un point négatif pour moi ou pour Patrick?

— Pour toi, bien sûr. Premier point négatif: tu es un Notable. Deuxième: Chelsea. Troisième: tu es gentil.

Logan se gare dans l'allée.

— Attends une seconde. Je suis éliminé parce que je suis trop gentil? Tu parles d'une raison minable!

J'essaie de réfléchir bien que mon esprit soit embrouillé.

— Eh bien, tu es un Notable, tu n'es jamais maladroit et tu ne fais jamais mauvaise impression. Jamais. Ce n'est pas juste. En plus, même sans Chelsea et des bébés Notables, tout le monde se demanderait: «Qu'est-ce qu'il fait avec *elle*?» Alors, tu te dirais: «Hum, bonne question», avant de me plaquer. Et ça, ce ne serait pas gentil.

— Donc, tu n'aimes pas le fait que je suis populaire et que je peux marcher sans trébucher? dit-il lentement pour démontrer l'étendue de ma stupidité. Et ça ne t'a jamais effleuré l'esprit que je ne serais pas celui qui plaquerait l'autre?

— Non, dis-je honnêtement. Tu aimes Chelsea. Veux-tu entendre un truc débile ?

— Vas-y.

— Je voudrais la détester. Je veux *vraiment* la détester parce qu'elle me fait me sentir *nulle*. Pourtant, elle a raison : je suis nulle, dis-je en levant les mains d'un air dégoûté. Sais-tu à quel point j'étais pathétique avant YouTube ? Je ne pouvais dire non à personne. « Hé, Mackenzie, peux-tu vérifier mon devoir ? » « Oui, pas de problème ! » « Super ! On va faire semblant que tu n'existes pas à partir de… maintenant ! »

Je soupire, puis poursuis :

— J'ai été amoureuse de Patrick pendant quatre ans. QUATRE ANS. Il m'a fallu tout ce temps pour m'apercevoir que le gars que j'aimais *n'existe pas.* Oh, oh, je ne me sens pas très bien…

Je tripote la ceinture de sécurité.

Logan me fait sortir de la voiture en un temps record. Puis mon corps tente de rejeter tout le sel, la téquila et la lime dans les buissons.

— Excuse-moi, dis-je avant qu'une nouvelle nausée ne me plie en deux.

Je me sens toujours détachée de mon corps, comme si c'était une autre fille en train de se vider les tripes. Quelqu'un d'autre en train de vomir ses mauvaises décisions dans les buissons — une fille moins intelligente.

— Ça va, Mack, dit-il en retenant mes cheveux en arrière. Tout va bien aller.

Mes jambes tremblent d'épuisement. Tout ce que

je veux, c'est dormir jusqu'à ce que le monde cesse de tourner.

— Tu es très gentil.

— Oui, tu l'as déjà dit.

— Je ne me sens pas bien.

J'appuie la tête contre sa veste et essaie d'absorber sa chaleur.

— Il faut juste que tu te réhydrates, que tu absorbes des électrolytes.

Il me transporte à moitié jusqu'à la porte.

— Je vais te donner une boisson désaltérante, de l'eau, peut-être un peu de nourriture, et tu te sentiras mieux. Ne fais pas de bruit, mes parents sont couchés.

Il déverrouille la porte pendant que je m'appuie contre le mur. Puis il m'emmène à la cuisine qui est devenue un endroit si familier. Je m'assois sur un des tabourets au comptoir et le regarde remplir un verre d'eau. Il me le tend avant d'ouvrir le réfrigérateur pour en examiner le contenu.

Je prends une gorgée.

— Pourquoi es-tu sorti avec elle?

— Pour plusieurs raisons. Bois.

— À part son apparence physique, dis-je avant de boire docilement.

— Gardons cette conversation pour un autre jour.

Il trouve la boisson désaltérante, ouvre une bouteille et me la tend.

— Finis ton eau et bois ça.

— Non, dis-je fermement. Demain, je vais me sentir coupable d'être indiscrète. Dis-le-moi maintenant.

Je jette un regard méfiant à la boisson désaltérante.

— Si tu veux que je boive ce liquide bleu, tu m'en dois une.

Il rit et vient s'asseoir près de moi.

— D'accord. Je t'en dois une. Bon, j'ai rencontré Chelsea la première journée de l'école. Elle s'est approchée de moi et s'est présentée. À un moment, j'étais en train de mémoriser le numéro de mon cadenas, et l'instant d'après, cette belle fille voulait me parler. Bois.

Je prends une autre gorgée.

— Chelsea fait tout pour avoir ce qu'elle veut, et elle n'est pas stupide. Elle n'est peut-être pas une première de classe, mais elle sait comment tourner une situation à son avantage. Bois ta boisson désaltérante.

Il se lève pour remplir mon verre d'eau pendant que je sirote le liquide bleu avec hésitation. Je ne me sens pas mieux, mais je ne le mentionne pas.

— Alors, pourquoi avez-vous rompu? On dirait que vous vous entendiez bien.

J'appuie mon front sur le granit froid du comptoir.

— On n'avait pas assez en commun, je suppose. Chelsea aime être au cœur de l'action. On a commencé à aller dans des soirées ensemble. Au début, elle était d'accord pour que je sois un des conducteurs désignés et que je surveille les excès d'alcool. Ensuite, elle en a eu marre que je passe mon temps avec des gens qui dégobillaient. Je ne la blâme pas.

Elle s'ennuyait et en avait assez d'être seule. Je ne savais pas quoi faire. Puis elle a rencontré Jake et a rompu avec moi.

Il reste silencieux une seconde.

— Ils semblaient heureux ensemble. Je suis surpris qu'ils n'aient pas essayé de poursuivre leur relation à distance. C'est vrai que Chelsea aime avoir le choix…

— As-tu trouvé la rupture difficile ?

— Ç'aurait pu être pire. Évidemment, ç'aurait pu aussi être mieux ! Ce n'est pas évident d'apprendre que ta copine a rencontré quelqu'un d'autre — le lendemain de la danse de 1re secondaire ! Mack, plus tu bois maintenant, mieux tu te sentiras demain.

Il pose le verre d'eau à côté de la bouteille de boisson désaltérante.

— D'accord. Ça tourne encore ! dis-je en fermant les yeux. Je ne sais pas pourquoi tu me racontes tout ça.

— Tu me l'as demandé ! Bon, c'est à moi de te poser des questions.

Je fais un grand geste du bras qui manque de renverser mon verre d'eau.

— Je suis un livre ouvert.

— Je suis dyslexique.

Je ris.

— Vas-y, pose tes questions.

— Pourquoi as-tu dit non à Patrick, ce soir ?

— Pour plusieurs raisons.

— Comme…

— Je n'arrêtais pas de dicter ses répliques.

Il me jette un regard exaspéré.

— Que veux-tu dire ?

— Dans ma tête. Je me répétais toutes les choses qu'il aurait dû faire, dire ou penser. C'était comme… si j'y croyais suffisamment, il serait celui que je cherchais. Et c'est juste que je veux…

Je m'interromps, l'esprit soudain embrouillé.

— Oui…, dit-il pour m'encourager.

— Je veux plus, dis-je d'un ton décidé. Je ne veux pas lui dicter ses répliques ! Je veux être surprise, stimulée, poussée à être davantage que Mackenzie Wellesley, que Miss Malaise. Et je ne veux surtout pas être un bouche-trou. Patrick m'aurait larguée aussitôt que ma popularité se serait évanouie. Je ne voulais pas le voir, mais c'est la vérité. Ce n'est pas que je m'attends à un amour éternel, après tout, on est à l'école secondaire. Mais quand il a dit qu'il m'aimait, je pouvais voir la suite des choses en haute définition. Je serais sur le plancher de la cafétéria, comme la fois où Alex Thompson m'a poussée, et Patrick se pencherait vers moi en disant : « C'est fini, Mackenzie. » Puis il me donnerait le coup de grâce. Quelque chose comme : « Si tu as cru à ces conneries, tu ne dois pas être aussi intelligente que ce que tout le monde pense. »

Je prends une autre gorgée et demande :

— Désolée, quelle était la question, déjà ?

— Tu viens d'y répondre.

— Bon, tant mieux, dis-je en sentant mon estomac gargouiller. Je pense que je vais encore être malade.

Logan m'emmène à la salle de bain. Il n'arrête pas de dire des trucs comme «Tout va bien aller» pendant que la boisson désaltérante rend l'eau de la toilette bleue. Et tandis que je m'écroule contre le mur entre le lavabo et la cuvette, il me rapporte mon verre d'eau de la cuisine.

— Tu dois rester hydratée, dit-il en voyant que je m'en sers uniquement pour me rincer la bouche et recracher. Tu vas avoir toute une gueule de bois demain.

— Ça valait la peine.

— Je ne pense pas.

— Oui, vraiment. Je pensais que ça sentirait mauvais et que ça goûterait encore pire, dis-je en plissant le nez. Je n'aime toujours pas l'odeur de l'alcool, mais la chaleur est super. Maintenant, je sais ce que c'est.

Je poursuis en chuchotant:

— C'est ça le pire: ne pas savoir. Parce que tu as une centaine de questions auxquelles personne ne peut répondre.

— Eh bien, demain, tu sauras tout sur la gueule de bois.

Je ne peux m'empêcher de sourire.

— Tu es drôle.

— Tu es ivre, réplique-t-il en m'aidant à me relever. Et j'ai besoin d'utiliser ton téléphone.

— Pourquoi? Attends! Je ne devrais pas faire un appel d'ivrogne? Ça fait partie de l'expérience, non?

À la cuisine, je me jette sur mon sac à main resté sur le comptoir.

— C'est tellement excitant! Qui veux-tu que j'appelle? À moins que j'envoie un texto?

D'un geste habile, Logan s'empare de mon cellulaire.

— Tu ne vas appeler personne. Tu vas boire plus de boisson désaltérante pendant que je dis à ton frère que tu dors ici cette nuit. Maintenant, bois.

— Ça paraît bien plus excitant dans les films.

— C'est le secret de Hollywood. Salut, Dylan... Non, elle va bien.

J'enlève mes chaussures et glousse quand elles tombent sur le sol.

— Elle est toujours ivre et a vomi, mais ça va aller. Je vais la garder ici cette nuit. Pourquoi ne dis-tu pas à ta mère qu'elle a eu une soirée pyjama inattendue ou quelque chose du genre?

Après une longue pause, il ajoute:

— Bon, d'accord.

— Logan! dis-je tout bas. Psitt! Logan!

Il lève les yeux d'un air irrité.

— Quoi?

— Dis à Dylan qu'il est le meilleur. Dylan, tu es le meilleur! dis-je d'une voix forte en direction du téléphone.

— Elle fait dire que tu es le meilleur, répète Logan, probablement pour me faire taire. D'accord, je vais lui faire le message. Merci, Dylan.

Il raccroche et je lui demande:

— Qu'est-ce qu'il a dit?

— Que tu devrais l'avertir la prochaine fois que tu veux détruire ton foie. C'est un bon petit gars.

Je remets mon téléphone dans mon sac.

— Il est le meilleur. Je... wow, je suis étourdie. Est-ce que je peux dormir, maintenant ?

Je pose ma tête sur son épaule.

Logan place mon bras autour de son cou et me tient fermement par la taille. Comme je suis soûle, que je viens de vomir et meurs d'envie de dormir, on pourrait croire que je ne sentirais rien à son contact. Mais ce n'est pas le cas. Sauf que je n'ai pas assez d'énergie pour essayer de comprendre ce que je ressens.

Il prend un bol à salade avant de me faire sortir de la cuisine.

— Où on va ? dis-je en marmonnant dans son cou. Je ne veux plus bouger. Je veux juste dormir.

— C'est pour ça qu'on va se coucher.

Je suis si épuisée qu'il aurait pu dire : « C'est pour ça que je vais abuser de toi jusqu'au matin » et je n'aurais pas bronché.

L'alcool et moi..., ce n'est pas un bon mélange.

Chapitre 30

Logan Beckett n'essaie pas d'abuser de moi. Il me prête un pantalon en molleton et un t-shirt, et quitte la chambre pendant que je me change. Il ressort même quand je remarque que j'ai enfilé le chandail à l'envers. Mais il n'aurait pas dû le faire, car je profite de son absence. Je me glisse dans son lit et suis pratiquement dans le coma quand il frappe à la porte pour savoir si je suis prête.

— Entre, dis-je en marmonnant. Salut. Ton lit est très confortable.

— Heureux que tu approuves. Maintenant, lève-toi. Je vais te montrer la chambre d'amis.

Je scrre son oreiller contre moi.

— Non.

Il soupire et dépose le bol à salade près du lit.

— Très bien. Si tu te sens malade, utilise ce bol.

Il va et vient dans la chambre, puis dépose une bouteille d'eau à côté du bol.

— Tu devrais continuer de boire de l'eau. À demain.

— Quoi? Où vas-tu?

— Dans la chambre d'amis, répond-il.

— Tu ne peux pas faire ça! Tu dois rester ici et t'assurer que je ne meurs pas.

— Je ne crois pas que ça puisse arriver.

— J'ai l'impression que oui.

C'est vrai. Je me sens comme si j'avais attrapé un truc horrible, comme le scorbut ou la malaria. Je tapote le lit à côté de moi. Il s'assoit à contrecœur.

— Ce serait comme une soirée pyjama avec Corey, lui dis-je.

— Ouais. Sauf que je ne suis pas gai.

— Ce n'est pas grave, puisque tu ne m'aimes pas. Et tu ne vas pas m'embrasser. Tu pourrais, par contre. Ce serait probablement agréable. Mais tu ne le feras pas.

Je le fais basculer pour qu'il se couche sur les couvertures. Il est assez près de moi pour rendre un baiser possible.

— Confie-moi un secret, dis-je.

— Vas-tu la fermer et dormir ?

— Non. Dis-moi un secret.

— À part la dyslexie ?

Je pouffe de rire dans l'oreiller.

— Je parie que plein de gens sont au courant.

— Tu perdrais ton pari. Je n'annonce pas mon « trouble d'apprentissage » en public.

Je le pousse avec mon épaule.

— Ça ne compte pas. Dis-moi un secret.

Il rit, puis déclare d'un air grave :

— Je ne te comprends pas du tout.

— Ça ne compte pas non plus.

— D'accord. L'autre jour, chez Starbucks, quand tu as regardé Patrick comme s'il venait de faire un tour du chapeau…

— Un quoi ?

— Trois buts dans la même partie. En tout cas, je n'ai pas aimé ça.

— Parce que tu voulais porter le chapeau ?

Logan sourit et j'ai envie d'écarter sa frange pour voir si ses yeux sont davantage bleus ou gris. Évidemment, pour faire ça, il faudrait que j'arrête de voir double.

— Pas tout à fait, répond-il avec une pointe d'humour, avant de se pencher vers moi en baissant la voix. Ce n'est même pas un secret. Tu es la seule qui ne s'en soit pas rendu compte.

Je dois avoir perdu connaissance. Quand j'ouvre de nouveau les yeux, je suis seule et désorientée. Me réveiller dans un lit inconnu dans les vêtements de quelqu'un d'autre n'est pas dans mes habitudes. Je m'assois lentement, avec l'impression que ma tête va exploser. Je regarde la pièce que j'étais trop épuisée pour examiner la veille.

Elle est bien rangée. Il n'y a pas de piles de vêtements sales partout comme dans la chambre de Dylan. Et pas d'affiches aguichantes de Megan Fox sur la porte non plus. Sur le mur, une immense carte du monde est couverte de punaises rouges et jaunes, comme des épines de porc-épic. Quelques affiches montrent d'énormes vagues en plein déferlement. Il y a une cible parsemée de trous, comme si quelqu'un avait sérieusement raté son coup. Sur le bureau, un scalaire tourne joyeusement en rond dans un petit aquarium. Du moins, il me semble joyeux. Évidemment, ma tête tourne encore plus que le poisson.

Je me lève pour examiner les étagères au-dessus du bureau. Mes pieds sont si douloureux que je manque de m'écrouler. Je pousse un gémissement et porte les mains à ma tête. Oh, que je regrette d'avoir porté ces souliers à talons! Les ridicules critères de beauté de notre culture patriarcale... J'ai été stupide de vouloir m'y conformer.

Mes talons malmenés déclenchent une série d'images dans ma tête. Mon arrivée à la fête avec Mélanie et Dylan. Ma visite de la maison avec Spencer. La destruction officielle de ma seule chance d'avoir un petit ami en repoussant Patrick. La scène où Logan et Chelsea s'embrassaient dans le belvédère.

J'attribue ma soudaine nausée à la gueule de bois. Comment ai-je pu être aussi stupide? Quelle fille dit: «Désolée, tu te trompes» quand un gars met son cœur sur la table? Pas étonnant que Patrick ait été si méchant par la suite. S'il avait vraiment été en amour avec moi, ça l'aurait écrasé comme un vieux bazou à la ferraille.

Mais mon film mental n'est pas terminé. Je me frotte la tête en marmonnant d'un ton dégoûté:

— Sel, téquila, lime.

Je me souviens vaguement d'avoir dansé avec Kevin et... Amy? Je devais être sérieusement ivre.

Quelle classe.

C'était ma première fête, et il a fallu que mon petit frère me ramasse. Un petit détail que Dylan se fera probablement une joie de me remémorer toute ma vie — surtout quand il voudra obtenir une faveur.

Je me force à me lever, pendant que mes souvenirs deviennent plus confus. Quelque chose à propos de Chelsea... et d'une balade en voiture avec Logan. Ai-je vomi? Je suis pas mal certaine que oui. Mais la question est *où*? Ai-je vomi dans son auto? Je me frotte les yeux et m'approche de l'aquarium sur le bureau. Des dessins qui semblent être de la main de Logan sont fixés à un tableau de liège. Je me penche pour les observer. C'est une série de croquis qui évoquent une bande dessinée. Dans le premier, une fille à l'allure studieuse (moi?) est debout sur une table de cafétéria et déclare: «C'est une révolution! J'ai le droit d'être vue!»

Ce n'est pas mal. Sauf que dans le prochain dessin, Chelsea me jette un regard dégoûté et pense: «Je te vois. As-tu déjà entendu parler de maquillage?»

Pas si bien que ça.

Je regarde le pantalon en molleton et le t-shirt trop amples que je porte et me mets à paniquer. *Comment* me suis-je retrouvée dans ces vêtements? J'ai dû les enfiler toute seule. Je me frotte de nouveau les yeux en souhaitant ardemment ne pas me tromper.

— Ah, je vois que tu as rencontré Dog.

Les battements accélérés de mon cœur accompagnent le martèlement dans ma tête. Je me retourne pour faire face à Logan, qui est appuyé dans l'embrasure de la porte, comme si des filles dormaient dans sa chambre régulièrement.

— Qu-quoi?

— Mon poisson.

— Tu as un poisson appelé Dog? dis-je en me massant le front. Est-ce que je suis encore soûle?

— Dog est le mot hébreu pour poisson, explique-t-il en riant. Et comme je suis allergique aux poils d'animaux, c'est le plus près d'un chien que je puisse avoir.

Je hoche la tête et regrette aussitôt mon geste. J'ai l'impression que mon crâne va se fendre d'une seconde à l'autre.

— Comment te sens-tu? demande Logan avec un petit sourire, bien que mon état soit évident.

— Très bien.

— Viens déjeuner et prendre un cachet, dit-il en m'entraînant vers la cuisine.

Mon estomac se tord à l'idée de manger.

— Peut-être deux cachets et pas de nourriture?

— Tu n'as pas dit il y a une semaine, dans cette même cuisine, que tu connaissais tes limites?

Je grogne:

— Logan, tais-toi, s'il te plaît.

Un gloussement derrière nous me pousse à me retourner.

Ses parents viennent d'entrer dans la cuisine et ont tout entendu.

— Je… je suis désolée, dis-je aussitôt.

De quoi, je n'en suis pas certaine. D'avoir dit à Logan de se taire, d'avoir la gueule de bois dans leur cuisine, d'avoir vomi dans leur salle de bain ou d'avoir passé la nuit dans la chambre de leur fils — peut-être toutes ces réponses.

— Oh, nous lui disons de se taire sans arrêt, réplique sa mère. Comment te sens-tu, Mackenzie ?

— Très bien, dis-je, même si ma tête va exploser.

Le père de Logan me verse un grand verre de jus d'orange.

— Va donc t'asseoir et nous allons te préparer le remède des Beckett pour la gueule de bois. C'est recommandé par les médecins, ajoute-t-il avec un clin d'œil.

Je m'assois sur un tabouret et essaie de ne pas envier Logan d'avoir des parents aussi merveilleux. La complicité entre eux est évidente. Ils se déplacent dans la cuisine, hachent des poivrons et râpent du fromage sans se nuire mutuellement. Je me demande si mes parents étaient aussi à l'aise l'un avec l'autre — si mon père riait en disant à ma mère d'arrêter de lui dire quoi faire. Je ferais mieux de ne pas penser à ça.

Je sirote mon jus d'orange, remercie Logan pour les cachets, que j'avale pendant que l'omelette grésille et qu'une tranche de pain grille.

— Avez-vous besoin d'aide ? dis-je.

— Non, ça va. Raconte-nous donc la fête d'hier soir !

— Euh, c'était amusant, je suppose.

J'utilise mon jus d'orange comme prétexte pour prendre une pause et organiser mes pensées.

— Je n'ai pas d'autres points de comparaison, dis-je en me frottant la tête. Je suis étonnée que ça soit arrivé, et je suis vraiment désolée de m'imposer ainsi. Me soûler pendant une fête, ce n'est pas du tout mon genre.

— Vas-tu souvent à des soirées ? demande monsieur Beckett.

— Non, répond Logan à ma place.

Je lui jette un regard furieux et réponds en soupirant :

— Non, il a raison.

— Donc, cette expérience devait finir par arriver, dit monsieur Beckett.

— Mais ça n'aurait pas dû ! Je savais pourtant que c'était un cliché d'adolescence. J'aurais dû m'arranger pour me réveiller dans mon propre lit ! Pas *ici !* dis-je avec un geste du bras.

Madame Beckett éclate de rire et me tend une rôtie.

— On dirait que tu as été dépassée par les événements ! Au moins, je suis heureuse qu'il y ait eu quelqu'un pour s'occuper de toi. Tu lui as fait boire de l'eau, hein ? demande-t-elle à Logan.

Il lui lance un regard qu'il a dû peaufiner après une vie entière à donner des réponses évidentes.

— Bien sûr.

— Très bien, alors. Mange et tu te sentiras beaucoup mieux.

— Merci, leur dis-je avec un sourire reconnaissant.

— Ça nous fait plaisir, dit monsieur Beckett en allant chercher la salière et la poivrière. Logan, peux-tu aller chercher le journal ?

Ce n'est pas une question. Nous comprenons tous ce que cette demande signifie. Ils veulent me dire quelque chose… en privé.

Aussitôt que Logan est sorti de la pièce, madame Beckett déclare :

— Mackenzie, ça fait quelques jours que nous souhaitons te parler.

Je hoche la tête. Que puis-je faire d'autre ?

— Nous savons que ta vie est devenue un peu… compliquée, ces derniers temps. Quand nous avons vu le vidéoclip sur YouTube, nous l'avons trouvé plutôt drôle. Bien entendu, c'est avec plaisir que nous t'enseignerons le RCR…

Son mari lui donne un coup de coude, et elle revient à son propos.

— Mais nous ne pensions pas que les choses iraient jusque-là.

— Moi non plus, dis-je franchement.

— Nous voulons que tu saches que si le tutorat représente trop d'efforts en ce moment, nous comprendrons. Ta priorité est de prendre soin de toi.

J'essaie d'absorber ce qu'elle vient de dire.

— Est-ce que… vous me renvoyez ?

Mon cœur se serre à cette pensée. Je prends une bouchée de pain pour cacher à quel point je veux garder cet emploi. Je n'ai pas encore eu la chance d'essayer mes nouvelles idées avec Logan. Nous n'avons pas regardé de films historiques, ni rigolé en voyant les perruques ridiculement poudrées, ni… rien du tout. C'est déconcertant de constater à quel point j'avais hâte de passer du temps avec lui.

— Non, bien sûr que non, répond son père en souriant. Mais nous comprendrons si tu manques de temps en ce moment. Nous savons qu'il n'est pas évident d'enseigner à Logan.

— À cause de sa dyslexie, vous voulez dire.

Je ne sais pas pourquoi je dis ça. Peut-être parce qu'il est stupide de faire semblant que le problème n'existe pas.

— Ça rend les choses plus difficiles, admet madame Beckett. Mais je pensais plutôt à sa méthode de travail. Il a tendance à tout remettre au lendemain. C'est pourquoi nous étions surpris quand il a suggéré d'avoir un tuteur. Même si cette idée ne l'emballait pas au début.

Je repense à la façon brusque dont Logan m'a embauchée.

— Oui, il était loin d'être enthousiaste. Je dirais même qu'il était hostile.

— Je suis contente qu'il t'ait parlé de sa dyslexie. Ce n'est pas un sujet qu'il aime aborder.

Je hoche la tête et essaie de digérer ces nouvelles informations. C'est trop de choses en même temps, alors que je n'ai même pas encore eu l'occasion de réfléchir à la soirée d'hier. Une partie de moi n'est pas certaine de mériter la gentillesse des docteurs Beckett — pas après avoir dégobillé dans leur salle de bain.

Tout est tellement étrange. Avant que je puisse ajouter quoi que ce soit, Logan revient avec le journal et une expression mécontente. La source de son irritation devient claire quand il plaque le journal devant moi sur le comptoir. Le gros titre dit tout : *Wellesley fait des folies !*

Au cas où quelqu'un se demanderait de quel genre de folies il est question, il y a une grosse photo de moi dans ma robe, un citron vert à la main, en train de rire avec Kevin. Je n'avais pas remarqué que quelqu'un prenait des photos hier, mais à ce moment de la soirée, j'avais déjà bu trois verres et ne voyais plus grand-chose.

Après avoir noté mon sourire idiot et mon regard vitreux causé davantage par l'épuisement que par la téquila, je lis l'article.

Mackenzie Wellesley s'est récemment fait connaître par le biais de ses deux vidéos extrêmement populaires sur YouTube, et sa notoriété ne semble pas sur le point de s'estomper. La jeune fille de dix-sept ans a suscité la controverse avec son récent comportement, n'hésitant pas à faire la fête, à boire de l'alcool et même, selon les rumeurs, à consommer de la drogue. Sa vie amoureuse semble encore plus tumultueuse. Malgré des témoignages affirmant que Timothy Goff et elle sont «fous l'un de l'autre» et «parlent sans arrêt», mademoiselle Wellesley est allée à une soirée donnée par un camarade de son école au lieu de retrouver son présumé petit ami, Timothy Goff, à Portland. Mademoiselle Wellesley aurait quitté les lieux en état d'ébriété avec un autre garçon. Étant donné sa fulgurante ascension vers la popularité, ce manque de jugement nous pousse à poser la question : est-ce que la célébrité peut corrompre une fille sage ?

— De la *drogue* ? dis-je, scandalisée. Je n'ai jamais pris de drogue de ma vie !

Je me tourne vers les parents de Logan.

— Je le jure ! Vous pouvez me faire passer un test. Il sera négatif !

Madame Beckett pose sa main sur la mienne.

— Nous n'en doutons pas une minute.

— Je ne sais pas, blague son mari. Elle a l'air d'une junkie.

— Tu as le même sens de l'humour que ton père, dis-je à Logan.

— Aïe.

Je retourne le journal pour ne plus voir mon visage hébété, et annonce :

— Je dois rentrer chez moi pour expliquer tout ça à ma mère.

— Bien entendu, dit aussitôt madame Beckett. Logan va te ramener.

— Parfait. Euh, Logan, est-ce que je peux garder ces vêtements ? Je préfère ne pas porter ma robe.

— Pas de problème, réplique-t-il en me précédant vers la voiture.

Mais il a tort. Les problèmes ne font que commencer.

Chapitre 31

Cinq minutes plus tard, je suis seule dans la voiture avec Logan et une foule de souvenirs confus me reviennent à l'esprit.

— Arrête-toi, dis-je lorsque nous atteignons l'école primaire.

Je suis soulagée qu'il obéisse sans dire un mot.

— Je... veux te demander pardon. Excuse-moi pour tout ce qui est arrivé hier soir. Je ne suis pas complètement sûre de ce que j'ai dit ou fait, mais je sais que j'ai vomi et que j'ai été désagréable. Tu n'avais vraiment pas besoin qu'une fille soûle te gâche ton vendredi soir. Alors, merci de m'avoir endurée. Maintenant, si tu pouvais oublier tout ça, ce serait super.

— Je ne sais pas..., ton *striptease* était plutôt mémorable...

— Mon quoi ?

— C'est une blague.

— Tu n'es pas drôle !

— Écoute, il n'est rien arrivé, dit-il en détachant sa ceinture pour se tourner vers moi. Tu t'es laissée aller pour un soir. Mais si jamais tu veux recommencer, tu devrais prévoir un conducteur désigné.

— Je sais... Et je n'aurais pas dû aller chez toi. C'était stupide. La majorité des victimes de viol

connaissent leurs agresseurs. En plus, avec la quantité d'alcool que j'avais consommée, j'aurais sûrement
eu du mal à me défendre. J'ai de la chance que ça ne
se soit pas mal terminé.

Cette constatation me fait frémir. Quand j'ai bu
mon premier verre hier soir, je me disais seulement :
« *Patrick me déteste et ma vie est horrible. Qu'est-ce que
j'ai à perdre ?* » La réponse est : beaucoup de choses.

— Attends une seconde ! proteste-t-il. Ce n'était
pas stupide de monter dans ma voiture. Tu étais
soûle. Tu avais besoin d'un ami pour s'occuper de
toi, te faire boire de l'eau et t'empêcher de t'étouffer
en vomissant.

Cette image me fait grimacer.

— C'est ça que tu es ? Un ami ?

— Bien sûr ! On parle, on se voit, on a des amis
communs. Je t'ai prêté de l'argent et je t'ai donné un
coup de main quand tu étais dans le pétrin. Selon
moi, on est des amis.

Je suis sur le point d'acquiescer. Vraiment. Je
m'apprête à dire : « Eh bien, dis donc ! J'ai un ami
Notable. » Mais non…, il faut que je gâche tout,
encore une fois.

— De quel pétrin parles-tu, au juste ?

Logan ne répond pas, ce qui me rend encore plus
curieuse.

— Allons, Logan.

— Ce n'était pas grand-chose, finit-il par
répondre. Spencer et moi avons eu une petite discussion avec Alex qui t'avait poussée dans la cafétéria.

On lui a fait comprendre qu'il devait te laisser tranquille. Problème réglé.

Je le regarde fixement.

— Es-tu fou ? Problème PAS réglé ! *J'ai* réglé ça toute seule. *Je* lui ai dit de me laisser tranquille ! Je n'ai pas besoin que tu menaces les gens à ma place. Parce que tu es un capitaine de hockey populaire, tu penses que tu as le droit de te mêler de mes affaires ?

— J'ai été obligé de m'en mêler. Il t'a fait tomber par terre, Mack ! Il menaçait de recommencer. Tu avais besoin d'aide.

— Je sais exactement ce qu'il a fait, dis-je d'une voix glaciale. Comme je te l'ai dit, j'ai réglé le problème. Je peux me défendre toute seule. Vous auriez dû me le demander avant de jouer aux sauveurs. C'est *ma* vie.

Son regard devient froid.

— Ce n'est pas ce qui s'est passé.

— Mais oui ! À quoi t'attendais-tu ? Que je te dise : «Merci d'être mon protecteur» ? Jusqu'ici, j'ai réussi à m'en sortir plutôt bien sans que vous ne me défendiez contre les gros méchants.

— Tu me confonds avec ton père, Mack. C'est stupide. Arrête d'être aussi pathétique et reviens sur terre.

Je bafouille :

— Mon père n'a rien à voir là-dedans ! C'est une question de limites et d'espace personnel.

— C'est ça, riposte Logan. Alors, quand tu m'interroges à propos de ma dyslexie et de Chelsea, tu respectes les limites ?

— J'étais soûle !

— Pas la semaine dernière. Pas quand tu t'es donné pour mission de m'analyser.

C'est alors que ça me frappe. Cette révélation ne pourrait tomber à un pire moment : je suis amoureuse de Logan Beckett.

Il a raison. Depuis que nous sommes allés patiner, j'ai essayé de mieux le connaître. Pas parce que je voulais m'ingérer dans sa vie privée, mais parce que je le trouvais intéressant. Puis il s'est mis à m'appeler Mack, ce qui me plaisait bien. Ç'aurait dû me donner un indice, car je *déteste* me faire appeler Mack… du moins, c'était le cas avant qu'il ne commence à le faire. Il est même possible que j'aie commencé à l'aimer avant. Peut-être chez Starbucks, quand il a apprécié mon petit fait divers. Je dois être l'adolescente la plus lente de la planète.

On pourrait croire que cette prise de conscience signifierait quelque chose, non ? Qu'au lieu de me disputer pour un détail insignifiant comme les menaces envers Alex Thompson, je dirais quelque chose comme : « *Écoute, Logan. Je suis horriblement stupide et anxieuse. Désolée. Je vais redevenir normale dans une seconde. Aimerais-tu sortir avec moi quand je n'aurai plus cette épouvantable gueule de bois ?* »

C'est exactement ce que je devrais dire.

Évidemment, je ne le fais pas.

J'aimerais souligner que cette révélation tombe à un mauvais moment et n'est pas du tout la bienvenue. Je m'étais dit, avant même notre première séance de tutorat, que cela ne pouvait pas arriver. Je ne pouvais pas être comme toutes les autres filles de l'école secondaire Smith et tomber sous le charme de Logan Beckett. J'ai des millions de raisons de ne pas le faire — et pas seulement les trois que je me rappelle vaguement avoir mentionnées à Logan hier. Ça ne pourrait jamais marcher. Nous ne pourrions pas être un couple — pourquoi un gars (Notable en plus) voudrait sortir avec une ratée comme moi, alors qu'il peut être avec la super belle et populaire Chelsea Halloway ? Il faudrait qu'il soit cinglé.

Donc, je panique. Après la scène avec Patrick hier, je trouve remarquable de ne pas fondre en larmes comme une élève de maternelle. Je suis amoureuse de Logan Beckett, et pour la deuxième fois en vingt-quatre heures, mon cœur va être brisé en mille miettes.

— On ne devrait peut-être pas faire ça, dis-je, étonnée que ces mots viennent de moi.

Je perds le contrôle. Mes réflexes de « lutte ou fuite » s'enclenchent et chaque cellule de mon corps hurle : « *Tu n'es qu'une Invisible pour lui, tu te souviens ? Sors d'ici avant qu'il ne s'aperçoive à quel point tu es pathétique.* »

Je poursuis :

— Tu veux que je respecte tes limites ? D'accord. Je ne suis pas à ma place dans ton univers, de toute façon. Tu serais mieux avec une tutrice qui n'est pas maladroite ni *pathétique*. Peut-être que Chelsea pourrait t'aider. Vous étiez très à l'aise dans le belvédère, hier soir. Vous allez tellement bien ensemble !

Ce souvenir me tord les tripes.

— Tu m'espionnais? demande-t-il d'un ton incrédule.

Je détache ma ceinture, prête à faire une sortie précipitée.

— Non! Je ne t'espionnais pas! Ce n'est pas ma faute si vous vous tripotiez en public! Juste un avertissement, si tu ne veux pas que les gens te voient mettre ta langue dans la bouche d'une fille, fais-le dans un endroit où il y a des murs!

Je ne sais pas à quel moment je sors ma «grosse voix», mais je n'y vais pas de main morte.

— Tu m'espionnais, répète-t-il comme si je n'avais rien dit.

— Ne t'enfle pas la tête. Tu sais quoi? Vas-y. C'est ça, je t'espionnais. Tu as tout compris. Secrètement, je suis profondément, passionnément amoureuse de toi. Oh, mon chéri, dis-je d'un ton monocorde chargé de sarcasme. Me prends-tu pour une idiote?

Logan serre les mâchoires.

— Parce que seule une idiote aimerait un simple sportif comme moi.

— Seule une idiote se laisserait berner par quelqu'un qui s'intéresse plus à la popularité qu'aux gens.

Je ne sais pas d'où ça sort. C'est peut-être un reste de colère due à Patrick, mais je suis trop fâchée, effrayée et blessée pour réfléchir.

— Je ne t'ai jamais bernée, Mack, dit-il doucement, d'un ton irrévocable. Tu m'as utilisé pour gagner de l'argent, et ce n'est pas grave. Tu voulais cet emploi pour acheter ton précieux MacBook.

Je comprends. Mais personne ne t'a forcée à faire quoi que ce soit. Tu aurais pu refuser le tutorat, et tu n'étais pas obligée de chanter avec ReadySet. Tu n'étais pas obligée non plus de boire de la téquila ni de venir à la fête hier soir. Tu as choisi de faire tout ça. Alors, ne m'accuse pas de te berner quand c'est toi qui détermines toutes les règles.

Il attache sa ceinture et démarre la voiture. Je regarde l'école primaire s'éloigner pendant que j'absorbe ses paroles en silence. Je ne comprends pas comment cette conversation et mes excuses ont pu dégénérer à ce point.

— Mackenzie, dis-je d'une voix rauque. Mackenzie, pas Mack.

Je sais que je dois sortir de la voiture, m'éloigner de Logan et enfiler mes vêtements ordinaires avant de me transformer en pathétique mauviette en pleurs. Je me redresse et regarde droit devant moi, même si j'ai l'impression que quelqu'un a mis mon cœur dans un presse-fruits pour le réduire en pulpe. Il ne me reste que ma fierté.

— Bien sûr, se contente-t-il de rétorquer. Mackenzie, pas Mack.

Son acquiescement est le coup le plus pénible de tous.

Chapitre 32

Je monte l'escalier en courant et j'ouvre la porte de ma chambre. Je veux seulement m'enfouir sous les couvertures, comme je l'ai fait quand cette stupide vidéo est sortie sur le Web et a changé ma vie. Je veux revenir à une période moins compliquée. À l'époque où j'étais amoureuse de Logan Beckett sans le savoir. Avant que je prenne de mauvaises décisions. Quand mon plus grand dilemme était de choisir entre un épisode de *Glee* ou *The Office** comme pause d'étude.

Je voudrais désespérément revenir au temps où je n'avais pas encore saboté ma vie. Car s'il y a un point sur lequel Logan a raison, c'est que je dois assumer mes responsabilités. La diffusion de la première vidéo a peut-être échappé à mon contrôle, mais ça ne veut pas dire que mes actions n'ont pas déterminé la suite des événements. Si je n'avais pas joué le jeu et porté des vêtements griffés, si je ne m'étais pas convaincue que je pouvais être une piètre imitation de Notable, rien de ce gâchis ne serait arrivé.

J'ai besoin d'être seule dans ma chambre pour réfléchir à tout ça. Mais même ça, ce ne sera pas possible. Car mon lit est déjà occupé.

---

* Séries télévisées.

— Oh, salut. Tu es revenue! dit Mélanie en dégageant ses yeux de ses longs cheveux. Comment te sens-tu?

Je ne sais pas quoi répondre. «*Je n'ai plus envie de vomir à cause de la téquila, mais c'est ma propre stupidité qui me donne la nausée.*» Oui, ce serait très bien accueilli.

Je m'assois au pied du lit et serre un oreiller contre moi.

— Je peux te demander quelque chose? dis-je.

— Bien sûr.

— Pourquoi voulais-tu t'asseoir avec nous, l'autre jour? La vidéo était sur YouTube et toute l'école riait de moi. Manger avec nous à la cafétéria aurait pu être un suicide social. Pourquoi l'as-tu fait?

Mélanie se redresse.

— Veux-tu la vérité?

— Vas-y!

— J'ai vu la vidéo et je me suis dit: «Cette fille se couvre de ridicule avec son RCR».

Je fais la grimace.

— Puis j'ai pensé que c'était *cool* de ta part. Tout le monde sait qu'Alex est un crétin, mais tu appelais quand même l'infirmière en continuant de lui marteler la poitrine. C'est pour ça que j'ai voulu m'asseoir à ta table.

— Pas à cause des vêtements ou... de tout le reste?

Mélanie éclate de rire.

— Je n'ai pas besoin d'amis pour les vêtements.

Le reste est super, mais pas assez pour que je passe du temps avec vous si vous étiez ennuyants.

J'ai peut-être éloigné le garçon dont j'étais amoureuse *et* le garçon dont *je suis* amoureuse, mais j'ai quand même réussi à me faire une véritable amie.

— Pourquoi pensais-tu que je voulais juste obtenir des avantages ?

C'est une bonne question. Je serre l'oreiller encore plus fort.

— Je ne sais pas. Patrick ne s'intéressait qu'à ça.

— Tu as donc présumé que tout le monde agit de façon calculée ? réplique-t-elle avec un regard sceptique. J'en doute. Allons, Mackenzie. Dis-moi la vérité.

— Écoute, c'était l'explication la plus logique, d'accord ? dis-je en me balançant d'avant en arrière. Je suis bollée et asociale, je ne peux pas marcher sans trébucher, et quand je suis nerveuse, je débite toutes sortes de choses insolites. Même si je le sais, je n'arrive pas à changer de comportement. Alors, je ne comprends pas pourquoi des gens voudraient me fréquenter.

— Mackenzie, tu es super, dit gentiment Mélanie. Tu es drôle et imprévisible. En plus, je n'ai pas peur que tu te moques de moi si je dis une bêtise. Tes amis et toi pouvez faire des blagues et me taquiner, mais pas méchamment. C'est pour ça que les gens t'apprécient. Tu es parfois intimidante en classe, mais si quelqu'un te demande de l'aide, tu acceptes toujours.

— Justement! Je ne peux pas refuser! Je reste là à attendre que les gens me tournent le dos.

— Arrête de t'apitoyer sur ton sort, dit-elle en souriant pour atténuer ses propos. Mackenzie, tu as plein de qualités. Tu es jolie, tu as une belle voix et un cerveau impressionnant. Mais si tu ne le crois pas, ce que je pense n'est pas important. Compris?

Elle soupire et se frotte les yeux.

— Compris.

Même si ma vie est toujours aussi compliquée, cette conversation m'a fait du bien.

— Bon. Va donc prendre une douche pendant que je m'habille, ajoute-t-elle en bâillant. Après, je vais faire une razzia dans ton frigo. Je suis affamée!

— D'accord, dis-je en riant. Fais comme chez toi.

Et c'est exactement ce qu'elle fait. Quand je redescends, vêtue de mon jean ample de vente de garage et d'un chandail brun ordinaire, elle est en train de manger des céréales avec Dylan. Ce que je trouve plutôt rigolo, puisqu'il est environ 11 h et qu'il a dû déjeuner il y a un bout de temps. Pourtant, il est là, en train de manger un autre bol de céréales avec elle. Quelqu'un est en amour… et pas à peu près!

— Il est temps que tu arrives! me lance Dylan. Je n'ai pas arrêté de te texter et de t'appeler.

Ce doit être ce qui m'a réveillée dans le lit de Logan. Le son devait être étouffé dans mon sac et j'étais trop désorientée pour l'identifier.

— Désolée, je ne m'en suis pas aperçue, dis-je d'un ton hésitant. Alors… comment était le reste de la soirée après mon départ?

— Super, répond Mélanie.

— Ce n'était pas mal, dit Dylan avec un hausse-ment d'épaules nonchalant. On a aidé Spencer à s'occuper des invités trop soûls. Il manquait d'assis-tants parce que Logan faisait du gardiennage avec toi.

En tant que petit frère, Dylan a droit à quelques remarques blessantes. Il a été génial hier soir quand j'ai eu besoin de lui, et ça n'a pas dû être agréable pour lui de voir sa grande sœur perdre les pédales. Je vais donc ignorer son commentaire sur le « gardiennage ».

— Tout était sous contrôle quand Corey est venu nous chercher. Il veut que tu l'appelles.

Je hoche la tête et me sers un verre d'eau. J'ai sou-dain une image de Logan qui m'ordonne de boire de la boisson désaltérante. Je dépose mon verre comme s'il m'avait brûlée.

— D'accord, je vais le rappeler tantôt. Qu'est-ce que... maman a dit ?

Dylan sourit.

— Tu m'en dois toute une, Mackenzie. Je t'ai sauvé la peau. Je lui ai dit que tu avais invité une amie à dormir et que vous faisiez probablement la grasse matinée. Elle n'a pas vérifié avant d'aller tra-vailler. Elle ne sait donc pas que tu t'es soûlée et que tu as passé la nuit chez Logan.

Il me jette un regard méfiant, celui qu'il réserve aux moments où il me soupçonne de mentir :

— Tout s'est bien passé là-bas ?

— Mais oui.

Je me dis que ce n'est pas un mensonge. Quand j'étais chez Logan, tout allait bien entre nous. Nous avons parlé, il a retenu mes cheveux pendant que j'étais malade, et il a été si gentil que j'ai presque admis que nous étions amis dans sa voiture.

Je ne veux pas penser à la façon dont j'ai tout gâché par la suite.

— J'ai « callé » l'orignal, dis-je à la blague, comme si le temps passé la tête dans la cuvette (et les buissons) n'était qu'une anecdote amusante. Mais ça va mieux.

Dylan m'observe un instant, puis reporte son attention sur Mélanie. Je suppose que c'est une preuve de son affection fraternelle qu'il puisse se concentrer sur moi aussi longtemps malgré la présence de Mélanie.

— Vas-tu rester encore un peu ? lui demande-t-il quand elle se lève pour aller mettre son bol dans le lave-vaisselle.

La teinte rosée des joues de mon frère révèle son intérêt pour sa réponse. Mais je ne pense pas que Mélanie s'en aperçoive.

— Je devrais rentrer, dit-elle en me souriant. Je crois que Mackenzie a besoin d'être seule en ce moment.

Elle a tellement raison ! Bien que j'apprécie beaucoup Mélanie, que je commence à considérer comme un prolongement du noyau Jane/Corey, j'ai besoin de mon intimité. Peut-être que ma vie va redevenir plus simple maintenant que je n'ai plus d'emploi, mais tout semble de plus en plus complexe. J'ai besoin de redéfinir mes priorités… et de vérifier mon compte en banque. Je veux savoir combien d'heures de gardiennage seront nécessaires pour que je puisse m'acheter mon ordinateur portable.

— Je suis heureuse que tu sois venue, Mélanie, dis-je en l'étreignant. Désolée de ne pas t'avoir mieux accueillie. Je ferai mieux la prochaine fois. Je vais vraiment passer la nuit ici, c'est promis !

Elle éclate de rire.

— Ne t'en fais pas. Tu salueras Corey de ma part.

Puis elle prend le sac qu'elle a apporté hier.

— Est-ce que tes parents viennent te chercher ? demande Dylan.

— Non, répond-elle d'un ton désinvolte, qui me met la puce à l'oreille. Je vais marcher. Il fait beau.

— Je vais t'accompagner, dit Dylan d'un air si détaché que ce n'est pas tout à fait une proposition…, plutôt une déclaration. Comme ça, Mackenzie aura la maison pour elle toute seule.

Mélanie semble surprise, mais se ressaisit aussitôt.

— D'accord. Tu peux porter ça, alors ! dit-elle en lui tendant le sac. À plus tard, Mackenzie !

Elle prend le bras de Dylan et ajoute :

— Maintenant, parle-moi des moments les plus embarrassants de ta sœur.

— Si tu lui racontes, je te tue ! dis-je pendant qu'ils sortent de la maison.

Je ne crains pas vraiment qu'il révèle des trucs confidentiels. Dylan est meilleur que moi pour garder des secrets.

En les regardant s'éloigner, je ne peux m'empêcher de penser que je n'aurais jamais pu donner ainsi mon sac à quelqu'un d'autre. Si Logan et moi avions marché jusque chez lui pour étudier, j'aurais porté mon propre sac à dos — trente kilos de manuels scolaires — durant tout le trajet. Il ne me serait jamais venu à l'esprit de lui demander son aide, parce que mon corps fonctionne parfaitement bien, merci.

Mais en observant Dylan transporter le petit sac contenant une robe, des chaussures et un sac de toilette, je me rends compte que Mélanie ne me paraît pas faible. Je n'ai pas envie de lever les yeux au ciel en pensant : « *Bon, une autre fille qui répond aux stéréotypes voulant que les femmes soient fragiles et aient besoin de l'aide des hommes.* » Non, c'est juste attendrissant.

Pour une fille qui se targue d'être ouverte d'esprit en ce qui concerne les droits des gais et l'égalité homme-femme, j'ai une vision plutôt étroite.

Laisser un gars transporter quelque chose ou demander son aide ne nous transforme pas automatiquement en fragiles demoiselles en détresse. Pas plus que le fait de porter ma robe rouge décolletée ne donnait le droit à Patrick de m'insulter. Je dois l'admettre, ma mère a raison : les termes « pute » et « salope » sont horribles. Vraiment. D'autant plus que mon taux « d'activité sexuelle » ne peut être extrapolé à partir d'un vêtement.

J'étais si certaine que mes quinze minutes de gloire ne me changerait pas, que sous les feux des projecteurs, le maquillage et les vêtements griffés, je resterais toujours Mackenzie Wellesley. Je me trompais. Dès que j'ai enfilé ma première paire de chaussures à talons, je me suis transformée — et je ne sais pas si je peux inverser le processus.

Il n'y a pas de bouton de rembobinage dans ma vie. Même si je donnais tout à une œuvre de bienfaisance, je ne pourrais pas redevenir l'Invisible Mackenzie Wellesley.

Ce n'est peut-être pas une mauvaise chose. C'est facile d'être fière de ma garde-robe à petit budget et de me féliciter de ne pas être matérialiste..., mais c'est un mensonge. J'aime avoir de nouveaux vêtements. Recevoir tous ces colis a été un choc, bien sûr, mais j'ai adoré ça. J'ai peut-être été faible de dépendre à ce point des vêtements pour me donner de l'assurance, mais il m'a fallu porter des tenues très flatteuses pour oser chanter sur scène, repousser Chelsea et assister à ma première soirée. Les vêtements ne font peut-être pas la fille, mais il est beaucoup plus facile d'être bien dans ma peau si je porte des tenues de luxe. Cela m'a fait croire que je n'étais pas aussi ratée, nulle et asociale que je le pensais.

Logan a raison. J'ai le pouvoir de décider. C'est seulement que je n'ai pas encore trouvé le courage de m'affirmer.

Dégoûtée de moi-même, je retourne dans la cuisine, prends un bloc-notes et fais une chose qui a toujours fonctionné pour moi : je dresse une liste.

Choses que Mackenzie Wellesley doit régler :

1. Ma piètre estime de moi. Sérieusement, c'est ridicule. J'ai des amis merveilleux qui ne perdraient

pas leur temps avec une ratée. Il est temps d'être plus tolérante envers moi-même.

2. Toute cette hiérarchie Notables/Invisibles. Patrick m'a démontré hier que non seulement cet argument est erroné et insultant, mais qu'il me fait paraître idiote.

3. Les problèmes liés à papa. Il est parti il y a douze ans. Je devrais passer à autre chose!

4. Ma maladresse sociale (voir numéro 1). Un peu de nervosité n'a jamais tué personne…, je crois.

5. La peur de me faire rejeter (voir numéro 3). Juste parce que papa nous a abandonnés ne veut pas dire que tous les gars vont me manquer de respect.

6. Mon obsession pour l'argent et les études. Il y aura bien une université qui voudra de moi et m'accordera une aide financière suffisante. Je n'ai pas besoin de consacrer tout mon temps au tutorat et aux devoirs pour faire mes preuves.

7. La peur d'attirer l'attention. Les journaux peuvent écrire ce qu'ils veulent: ma mère va continuer de m'aimer, mon frère va toujours m'agacer et mes amis vont rire de moi et avec moi. Et c'est très bien comme ça.

8. Ma crainte de l'opinion des autres (voir numéro 7). Je ne dois plus me soucier de ce que Chelsea, Patrick, Barbie & BBQ ou quiconque pensent de moi en lisant les tissus de mensonges dans les journaux.

9. Ma tendance à sauter aux conclusions. Pour ce que j'en sais, Chelsea et Logan se donnaient peut-être un baiser d'adieu en souvenir du bon vieux

temps. J'en doute, mais c'est possible. En attendant d'en savoir plus, je ne devrais pas imaginer le pire.

10. Logan (?)

Je tapote mon stylo sur mes lèvres en pensant au dernier point de la liste. Le reste semble enfantin en comparaison. Je devrais probablement rayer le point d'interrogation et poursuivre ma vie. Le ranger dans le classeur des gars pour lesquels Mackenzie a eu un béguin dans sa vie. Je repense à son expression furieuse quand je suis sortie de l'auto ce matin — je ferais sûrement mieux d'oublier tout ça. Mais en fixant son nom, je me remémore vaguement qu'il a accepté (à contrecœur) de me céder son lit et était près de moi quand je me suis endormie.

C'est le premier gars à part Corey qui a connu la vraie Mackenzie. La fille que la plupart des gens ne voient pas à cause du bafouillage nerveux, des faits divers agaçants et de la maladresse. S'il me rejette, je ne pourrai pas dire qu'il est juste un sportif borné qui ne saurait pas repérer une fille intéressante même si elle lui criait: «MOI! CHOISIS-MOI!» Par contre, s'il y a la moindre chance qu'il m'aime et ait juste embrassé Chelsea parce que… eh bien, pour une autre raison que celle de renouer avec elle, l'éviter pour le reste de l'année pourrait bien être ma plus grosse erreur jusqu'ici.

Je reprends la feuille en secouant la tête et commence une autre liste.

Choses que Mackenzie Wellesley doit faire:

1. Régler la question des médias et des vidéos sur YouTube.

2. Faire confiance à mon instinct.

3. Mordre dans la vie à pleines dents.

Je m'apprête à rendre le point numéro 3 moins cliché, quand le téléphone sonne. Je suis si préoccupée par mes listes que je réponds à la deuxième sonnerie, tout en me demandant ce que je pourrais ajouter comme améliorations.

— Allô !

— Bonjour, j'aimerais parler à Mackenzie Wellesley.

Le ton sérieux de mon interlocutrice me désarçonne.

— Euh, c'est moi…

— Je suis Mary Connelly, productrice de l'émission d'Ellen DeGeneres. Ellen aimerait que tu lui accordes une entrevue lundi et que tu chantes en direct avec ReadySet.

Elle parle très vite, comme si elle craignait que la communication se coupe à tout moment. Je jurerais entendre quelqu'un crier «un grand café frappé Frappuccino moka» à l'arrière-plan.

— Attendez. Vous voulez que je chante à l'émission *Ellen* ?

— C'est la raison de mon appel.

Je jette un coup d'œil à ma liste. Régler la question des médias, faire confiance à mon instinct et mordre dans la vie. On dirait que je vais mettre mes résolutions à l'épreuve.

— D'accord, dis-je, paralysée par la nervosité, le téléphone collé à mon oreille. Puisque c'est Ellen, j'accepte. Oh, mon Dieu, je ne peux pas croire que je vais faire ça!

— C'est super! Nous allons payer le billet d'avion et l'hébergement pour toi et la personne qui t'accompagne. Vous recevrez aussi de l'argent pour la nourriture. Il faut que tu te présentes au studio très tôt lundi matin.

— La personne qui m'accompagne?

— Tu as moins de dix-huit ans, n'est-ce pas? Tous les mineurs doivent voyager avec un adulte. Et il te faudra le consentement d'un parent. Je peux t'envoyer les formulaires dès maintenant. Quelle est ton adresse courriel?

Je la lui donne tout en absorbant ces informations.

— À quel numéro puis-je vous appeler? dis-je. Je vais confirmer dès que j'aurai obtenu la permission.

— D'accord. Vérifie et rappelle-moi. Nous pensions recevoir Lady Gaga mardi, mais si tu ne confirmes pas rapidement, elle prendra ta place.

C'est tellement bizarre d'entendre mon nom et celui de Lady Gaga dans la même phrase.

— Compris, dis-je en notant le numéro de téléphone. Merci, Mary. Pour… wow. Pour cette offre.

— Pas de problème, ma belle. Arrange-toi seulement pour venir!

Elle raccroche. Je reste seule dans la maison à essayer de prévoir un plan d'action.

Chapitre 33

Je suis peut-être trop optimiste, mais mes bagages sont prêts quand ma mère rentre pour dîner.

Ce n'était pas évident, car faire une valise est maintenant davantage qu'une simple formalité. J'allais et venais dans ma chambre, tentant de choisir les articles griffés qui reflétaient ma personnalité et de déterminer lesquels devaient se trouver une nouvelle propriétaire… peut-être sur eBay. J'ai délibérément rangé ma robe rouge dans un tiroir avant de le refermer d'un coup sec. Je n'aurai pas besoin de prendre une décision à son sujet avant quelques jours, si tout se passe comme prévu.

— Mackenzie ? crie ma mère en bas de l'escalier. Que fais-tu à la maison ? Tu ne devais pas faire du tutorat ?

Je pose ma valise et m'empresse de descendre.

— J'ai une journée de congé. Maman, tu ne devineras jamais qui m'a appelée ! La productrice de l'émission d'Ellen DeGeneres ! Ils veulent que j'aille à L.A. Si tu me donnes la permission et que tu m'accompagnes, ce sera officiel !

Après ma conversation avec Mary, je me suis rendu compte à quel point j'ai besoin de ce voyage. Je dois sortir de l'Oregon, ne serait-ce que pour une journée.

Et il est temps que je maîtrise mon image dans les médias.

— Une seconde, ma chérie, répond ma mère en levant la main. Il faut qu'on se parle. Je sais que je t'ai dit de vivre ta vie d'adolescente, mais il y a des limites. Tu ne peux pas sortir tous les soirs, aller à L.A. et éviter tes responsabilités. Et nous avons besoin de parler de ceci…

Elle brandit le journal.

— Maman, ce n'est pas ce qui s'est passé ! dis-je. Je n'ai jamais pris de drogue, je te le jure ! J'ai trop bu et je le regrette. Mais Dylan et mes amis se sont occupés de moi. Tout va bien. Je te promets que je ne boirai plus avant d'être majeure. Et peut-être même plus jamais.

Elle me jette un de ses regards maternels ultra-sévères.

— Pourquoi ne m'as-tu pas appelée ? J'aurais été te chercher. J'aime mieux me faire réveiller que de recevoir un appel de l'hôpital.

— Excuse-moi, dis-je avec sincérité. J'aurais dû t'appeler. Mais je n'étais pas vraiment en danger. Je suis revenue avec un conducteur désigné qui était sobre. Sur le coup, je me pensais totalement en sécurité. Je te promets que la prochaine fois — s'il y en a une —, je te téléphonerai.

— Bon. Maintenant, parle-moi de cette entrevue.

— La productrice veut que je sois là lundi matin, ce qui veut dire qu'on doit partir, genre, tout de suite. Ils paient l'hôtel et l'avion, et même la nourriture.

— Je ne peux pas.

J'en reste bouche bée.

— Maman, c'est de l'émission d'Ellen qu'on parle !

— Je sais, Mackenzie. Mais je ne peux pas partir sans préavis. Il faut que quelqu'un me remplace au restaurant. Et comme Darlene a un rhume, ce ne sera pas possible. Je suis désolée, ma chérie.

Je m'écroule sur le canapé. Tous mes plans sont à l'eau. Pas de mère, pas de voyage, pas d'évasion de ma vie normale pour remettre les choses en perspective. Je ne sais pas ce que je m'apprête à répondre : *« Ne t'en fais pas, maman. Ce n'est pas grave. Je vais aller défaire ma valise dans ma chambre. »* Peu importe ce que j'allais dire, la sonnerie de mon cellulaire m'interrompt.

I Need a Hero retentit dans la cuisine silencieuse.

Je réponds.

— Hé, Corey, comment était ton rendez-vous ?

— Génial ! lance-t-il d'une voix frémissante comme de la soupe sur le feu. C'était le meilleur rendez-vous du monde !

— Je suis tellement contente pour toi !

Et un peu envieuse, murmure une vilaine petite voix dans ma tête.

— Tim vient juste de m'appeler pour m'annoncer une bonne nouvelle ! Son agent lui a téléphoné. Tu es invitée à l'émission *Ellen* avec le groupe. En as-tu entendu parler ?

— Oui, j'ai reçu un appel.

— Avant que tu t'organises, écoute-moi. Tim dit qu'il y a de la place pour nous deux dans leur minibus de tournée. On pourrait aller à L.A. avec eux, puis revenir en avion mardi matin. On serait de retour à l'école mercredi au plus tard. Ce serait parfait, non ?

— Tu veux qu'on aille à Los Angeles avec un groupe rock, dis-je pour clarifier. Pendant deux jours. Et tes parents sont d'accord ?

Corey éclate de rire.

— Tu dois être encore dans les vapes à cause d'hier. On parle de mes parents, tu te souviens ? Je leur ai dit que ce serait l'occasion pour moi d'avoir une autre perspective sur l'industrie du spectacle. J'ai ajouté que ma présence était indispensable, puisque ta mère ne te laisserait jamais partir en autobus avec trois garçons inconnus si je n'étais pas là.

Je siffle doucement.

— Tu as le tour ! Tu pourrais donner des cours sur la façon d'obtenir ce qu'on veut dans la vie.

— Je préfère me concentrer sur l'art oratoire et les débats. Bon, il faut qu'on se dépêche ! Tim, Dominic et Chris veulent prendre la route dans une heure. Alors, obtiens la permission, fais tes valises et partons d'ici !

Je jette un regard circonspect à ma mère qui tranche du fromage pour son sandwich à la dinde.

— Je te rappelle.

— Mais…

— Je te rappelle, dis-je en raccrochant. Maman, c'était Corey.

Son expression demeure impassible.

— C'est bien ce que je pensais, réplique-t-elle.

D'après ce que j'ai compris, il avait une autre proposition pour le voyage à L.A. ?

Je m'assois à la table et joins les mains.

— Est-ce que tu serais d'accord si Corey et moi faisions le voyage dans le… dans le minibus de tournée de ReadySet ? S'il te plaît ?

Ma mère me regarde fixement.

— Je ne te dirai plus jamais d'agir en adolescente, Mackenzie ! Tu ne peux pas te dérober à tes responsabilités et aller te balader avec un groupe de musiciens que tu ne connais même pas ! Et l'école ? Et le tutorat ?

— Je les ai rencontrés, maman ! Ils sont très gentils, et je serai avec Corey. Tout ira bien. En plus, je suis en congé pour le tutorat.

Je ne mentionne pas que ce « congé » risque d'être permanent. Ma mère plisse les lèvres et mon cœur se serre. Son langage corporel signifie *« Pas question, jeune fille »*.

— Tu es allée à une fête hier et à un concert la veille. Tu t'es suffisamment amusée. Ce n'est pas déraisonnable d'exiger que tu passes le reste de la fin de semaine ici.

— Non, ce n'est pas déraisonnable, dis-je en hochant la tête. Je sais que c'est une demande de dernière minute et qu'elle tombe mal. J'ai trop bu hier soir, et je comprends que tu hésites à me faire confiance en ce moment. Mais maman, c'est moi, Mackenzie ! Tu sais que tu peux me faire confiance. Je veux vraiment faire cette entrevue. Je dois me prouver à moi-même que je peux régler cette histoire une fois pour toutes. Depuis combien de temps essaies-tu de me faire sortir de ma coquille ? Eh bien, je suis prête, maintenant.

Elle réfléchit un instant.

— Je te donne la permission, mais il y a des conditions.

Je bondis de ma chaise et la serre dans mes bras.

— Tout ce que tu veux !

— Attends. Je veux qu'on reste en contact par téléphone. Tu dois répondre chaque fois que je t'appelle. Pas d'alcool, ni de drogue. Je te fais confiance, Mackenzie.

Elle prononce lentement ces derniers mots pour souligner leur importance.

— C'est promis !

Je cours à l'ordinateur pour imprimer le formulaire de consentement parental.

— Tiens, dis-je à ma mère. Tu n'as qu'à signer ici.

Et voilà. Une signature et quelques appels téléphoniques plus tard, je monte dans un minibus de tournée avec ma valise, mon meilleur ami et mon groupe rock préféré.

Et je ne peux m'empêcher de penser : « *Hollywood, montre-moi ce que t'as dans le ventre. Je suis capable d'en prendre !* »

Chapitre 34

Les gars sont super. Je ne sais pas si Tim a convaincu les autres de faire le ménage avant notre arrivée, mais le minibus est impeccable quand nous y montons avec nos bagages. Pas de magazines *Playboy* ni de sous-vêtements sales éparpillés. Heureusement, car avec deux personnes de plus, l'espace est plutôt restreint. Mais ça ne dérange pas grand monde. Le minifrigo est rempli de boissons gazeuses. Je peux donc me détendre sur le canapé de cuir confortable, ouvrir une canette et bavarder avec quatre gars sympas. Et quand Tim et Corey se prennent la main, cette démonstration d'affection est si touchante que personne n'ose faire de commentaire.

— Dis donc, Mackenzie, tu ne m'as toujours pas raconté ta soirée…

Les paroles de Corey piquent aussitôt la curiosité des autres.

Je sirote mon soda en essayant de trouver une échappatoire.

— Les détails sont un peu flous dans ma mémoire, dis-je.

— Avais-tu trop bu ? demande Dominic avec un petit rire.

— Oui. De la téquila. Je n'en boirai plus jamais !

Tim sourit.

— C'est la faute de l'alcool!

Les autres grognent devant cette allusion à la chanson de Jamie Foxx.

— Hier soir, c'était… compliqué, dis-je. Patrick m'a accusée, et je ne l'invente pas, de ne m'intéresser aux gars que pour leur argent et leur popularité.

Corey se raidit et a un regard irrité.

— Quel idiot!

— Ensuite, j'ai vu Logan et Chelsea s'embrasser.

C'est sorti tout seul. Pourtant, je voulais garder ce détail pour moi. Ce qui se passe dans un belvédère la nuit tombée doit rester privé. Évidemment, ils auraient dû trouver un meilleur endroit pour leur séance de pelotage s'ils voulaient que ça reste secret. Voilà comment je justifie le fait que je déballe tout à la première occasion.

— Qui est Logan? demande Tim.

Corey répond avant moi:

— Un gars super avec qui Mackenzie *aimerait* sortir, mais elle n'a pas le courage de l'admettre.

— Je ne… bon, d'accord, dis-je en m'enfouissant la tête dans les mains.

Comment se fait-il que Corey comprenne tout avant moi? C'est tellement injuste!

— Ce n'est pas tout, dis-je.

Dominic, Chris et Tim échangent un regard amusé et s'adossent à leur siège, comme s'ils étaient ravis d'assister à un tel naufrage émotionnel.

— Pour commencer, je me suis mise à boire.

Corey fait la grimace.

— Oui, je sais ! Très mauvaise idée. Ensuite, Logan m'a ramenée en voiture, car il était évident que je devais sortir de là au plus vite.

— J'aurais pu aller te chercher, dit Corey en fronçant les sourcils. Tu aurais dû m'appeler.

— Je ne voulais pas gâcher votre soirée, dis-je en lui souriant, ainsi qu'à Tim. Vous n'aviez pas besoin qu'une idiote comme moi vous dérange. De toute façon, Logan m'a emmenée chez lui.

Dominic prend une autre canette.

— Chez lui ? Tiens, tiens…

— Ça ne veut rien dire du tout, dis-je, en songeant que c'est justement le pire. Il était le conducteur désigné, alors… En tout cas, j'ai vomi et il m'a parlé de Chelsea.

J'essaie de me remémorer les détails.

— Il m'a raconté qu'elle a beaucoup d'assurance. Et aussi qu'elle l'a largué tout de suite après une danse.

— Quel est le problème, alors ? demande Tim.

— C'était il y a longtemps, avant qu'elle ne recommence à le draguer, qu'il regarde dans son décolleté en ma présence et qu'ils s'embrassent dans un belvédère.

— Et à part ça ? demande Corey. Tu ne me dis pas tout, je le vois bien.

— Il a été super. Il m'a fait boire de l'eau et m'a prêté des vêtements pour dormir. Et non, il ne m'a pas aidée à me déshabiller, dis-je avant que Corey ne puisse poser la question. Tout s'est bien passé. Il m'a confié un secret et je suis tombée endormie.

— Quel secret ? veut savoir Chris.

Tout le monde le dévisage et il réplique, sur la défensive :

— Quoi ? Je suis curieux, c'est tout !

— Ce n'était pas un gros secret. Quelque chose à propos du fait qu'il n'a pas aimé la façon dont je regardais Patrick.

La main de Corey serre celle de Tim.

— Il a dit ça ?

— Oui, un truc de ce genre. Puis il a dit qu'on était amis et j'ai pensé : *« Bon, ce n'est pas EXACTEMENT ce que je souhaite, mais ça pourrait être pire. »* Tout allait bien entre nous jusqu'à ce qu'il laisse échapper un *vrai* secret. Apparemment, il a menacé Alex Thompson derrière mon dos !

Je sens mon indignation renaître.

— Qui est Alex ? demande Tim.

— Le crétin qui a bousculé Mackenzie, explique Corey.

— Oh. Alors, pourquoi est-ce une mauvaise chose que Logan l'ait menacé ?

— Parce qu'il ne m'a pas demandé la permission ! dis-je, outrée. C'est le genre de comportement macho dont je n'ai pas besoin dans ma vie.

— Attends une seconde, m'interrompt Corey. Depuis quand les gens qui veulent t'aider doivent te consulter avant ? Il voulait qu'Alex te laisse tranquille et il a réussi.

— C'est *moi* qui ai réussi !

— Donc, le vrai problème est qu'il t'a blessée dans ton orgueil.

— Euh… peut-être…, dis-je d'un ton hésitant.

— J'ai une question pour toi. Et si ç'avait été moi ?

— Que veux-tu dire ?

— Si je t'avais dit qu'Alex me bousculait dans les vestiaires en faisant des commentaires insultants sur les gais ? Qu'aurais-tu fait ?

Mes poings se serrent et je sens la colère monter en moi.

— Est-ce qu'il t'a fait ça, Corey ? En as-tu parlé au directeur ?

— Au bon vieux Taylor, dont la vie tourne autour des événements sportifs de l'école et qui ne ferait jamais rien pour nuire à sa vedette de football ?

Son ton est chargé d'amertume.

— Je… je… Oui, je me battrais avec Alex, finis-je par dire en regardant mes poings. Je me ferais tabasser, mais ça en vaudrait la peine.

— C'est intéressant, hein ? Tu n'aurais pas besoin de me demander la permission avant ?

— C'est différent !

— Je ne trouve pas. Tu veux lui donner une raclée, et ce n'est pas parce que tu me trouves faible. C'est juste parce que je suis ton meilleur ami et qu'il est ouvertement homophobe. Quand un copain a besoin de nous, on n'a pas toujours les idées claires. Sauf que si tu faisais ça, il faudrait qu'on te ramasse à la petite cuillère sur le plancher de la cafétéria !

— Hé ! N'exagère pas !

— Tu n'aimes peut-être pas les méthodes de Logan, mais avoue que ç'a fonctionné. En tant que ton ami, je suis heureux qu'il ait pris ta défense. En fait, j'aurais peut-être dû m'en charger moi-même.

— Corey, ce n'est pas important. Est-ce qu'Alex t'a vraiment harcelé ?

Il sourit.

— Écoute, c'est réglé, maintenant. Alors, pas besoin de l'assommer avec un livre, d'accord ? Après m'être fait virer de bord par Taylor, j'ai déposé une plainte officielle au conseiller en orientation. Il a convoqué tout le monde pour une « discussion ». Mes parents portaient leurs t-shirts arc-en-ciel de la fierté gaie ! J'ai de la chance de les avoir. Il y a beaucoup de gens qui n'ont pas le soutien de leur famille.

Son expression redevient sérieuse quand il ajoute :

— J'espère seulement qu'il ne se vengera pas en s'en prenant à toi.

J'éclate de rire.

— Non, je suis certaine qu'il me déteste déjà ! Mais j'aurais aimé que tu m'en parles avant.

— Je ne voulais pas que tu fasses de bêtises, riposte-t-il en souriant. Alors, qu'est-ce qui s'est passé après que tu as piqué une crise ?

— Je ne pique pas de crise, dis-je d'un air pincé. J'ai des discussions passionnées.

— C'est ça. Donc, qu'est-ce qui est arrivé ?

C'est étrange d'avoir du mal à me rappeler ce qui s'est produit il y a quelques heures à peine. C'est la faute de la téquila.

— J'essayais d'établir des limites ou quelque chose du genre… C'était bizarre. J'ai fini par démissionner de mon emploi et par le mettre en colère.

Je hausse les épaules, comme si l'opinion de Logan m'importait peu, ce qui n'est pas vrai, bien sûr.

— Je crois même avoir ajouté que Chelsea et lui sont parfaits l'un pour l'autre... Quoi ?

Je contemple les visages incrédules des garçons qui me font face.

— C'est mieux que la télé, décrète Chris.

Dominic hoche la tête.

— Elle est comme un accident sur le bord de la route. Je ne peux pas détourner les yeux.

— Je ne suis pas si pire que ça ! dis-je en me tournant vers Corey. N'est-ce pas ?

— Oui, tu l'es. Pourquoi ne lui as-tu pas enfoncé un crayon numéro deux dans le corps, pendant que tu y étais ?

Je le dévisage, interloquée. Je peux déchiffrer les manuels scolaires et comprendre les cours d'histoire, mais avec les vraies personnes..., il me faudrait des cartes éclair et des traductions.

— Qu'est-ce que tu racontes ?

— Logan est amoureux de toi. Ou du moins, il l'*était*.

Corey se tourne vers les trois autres pour avoir leur avis.

— Ouais.

— Ce gars t'aimait.

— C'est évident.

Ma vie est devenue si étrange que le fait d'avoir un tribunal de vedettes rock qui décortique ma vie amoureuse me paraît normal.

— Pas vrai !

Corey secoue la tête.

— Penses-y.

C'est ce que je fais. Je m'installe dans mon siège de cuir moelleux pour réfléchir à Logan Beckett pendant que les gars bavardent entre eux. Cette fois, je fais semblant d'être une observatrice impartiale — une scientifique qui analyse les comportements amoureux des adolescents mâles du secondaire.

Cette impartialité ne fonctionne pas très bien quand je me remémore le jour où il a détourné la conversation, s'est assis à côté de Jane et a pris le temps de l'écouter. Je hausse mentalement les épaules. Pour ce que j'en sais, il s'intéresse peut-être à Jane. Ou il est juste prévenant et naturellement sociable. Rien de tout ça n'indique qu'il m'aime.

Mais en repensant à notre « rendez-vous » au centre commercial le jour de la poursuite des paparazzis, je me dis que Corey a peut-être raison. La façon dont il m'a souri en mangeant du poulet kung pao avant de me parler de sa dyslexie pourrait signifier n'importe quoi… Mais si je combine ça à tout le reste…

— Oh, zut !

— C'est en plein ce que je pense, rétorque Corey.

Ils me laissent ruminer en silence et arriver à une conclusion. C'est clair : je n'ai jamais remarqué que Logan, le plus notable des Notables, s'intéressait à moi pour autre chose que le tutorat.

Maintenant, je dois trouver un moyen de tout arranger.

Chapitre 35

J'appelle ma mère environ dix fois sur la route, ce que les gars trouvent un peu excessif. Mais je sais que ça lui fait plaisir. En rentrant du travail, lorsqu'elle s'assoit pour écouter sa boîte vocale, elle apprécie les messages que je lui laisse.

Des messages comme :

Hé, maman ! C'est encore moi. On est rendus à… Corey, on est où ? Corey pense qu'on est près d'Ashland ou de Medford… il n'est pas certain. Mais le chauffeur sait exactement où on est, alors tout va bien. Merci encore de m'avoir laissée partir. Bon, il faut que je te quitte parce que Tim insiste pour que je chante une de ses nouvelles chansons en duo avec lui. Peux-tu entendre la guitare en arrière-plan ? C'est lui. J'arrive, Tim ! Je suis au téléphone ! Bon, je vais raccrocher, maman. Je te rappelle bientôt ! Je t'aime !

Clic.

Corey et moi appelons aussi Jane. Elle est heureuse de savoir que nous nous amusons, et promet de regarder l'entrevue avec Ellen. Elle nous conseille de faire nos devoirs dans l'autobus, sinon nous ne pourrons jamais rattraper le temps perdu. C'est exactement ce que nous avions besoin d'entendre pour enfin ouvrir les livres que nous avons emportés. Jane est peut-être un peu trop studieuse et sérieuse, mais c'est la meilleure personne à qui parler pour se faire ramener à la réalité. Même si elle lance quelques « Oh, Kenzie ! »

Je termine donc une bonne partie de mes devoirs, ce qui serait super difficile pour n'importe quelle adolescente dans un minibus de tournée avec trois musiciens rock hypercraquants. Il y a de quoi nuire à la concentration ! Je travaille le plus longtemps possible, puis réponds à un appel de Dylan. Il veut juste savoir si je vais bien — oui, Dylan — et si je peux demander à Chris, Tim ou Dominic un exemplaire signé de leur dernier CD — non, Dylan.

Ah, les petits frères ! Même quand ils s'inquiètent de notre bien-être, ils peuvent être vraiment agaçants.

Malgré les appels téléphoniques et les devoirs, la majorité du trajet se passe à bavarder entre nous, ce qui me donne suffisamment de temps pour apprendre à mieux connaître les gars.

Je parie que tu veux tout savoir. Tant pis.

Tu devras regarder l'émission *Behind the Music**
sur VH1**, comme tout le monde.

Je peux te dire que nous faisons quelques répétitions sur l'autoroute — et que ça donne d'excellents résultats. Je craignais que le vidéoclip où je chantais sur scène avec Tim n'ait été qu'un coup de chance. En joignant ma voix à la leur, je m'attendais à me faire dire : « Arrête ! Arrête ! Tu fausses ! C'est horrible ! »

---

* Série télévisée.
** Chaîne de télévision musicale américaine.

Au lieu de cela, Tim dit des trucs comme : « Essaie d'embarquer deux temps plus tôt, pour commencer avant moi. Oui, c'est mieux. Maintenant, tu pourrais... »

Nous continuons ainsi durant plus de trois heures. À la fin, la chanson a un son du tonnerre. C'est comme si toutes les voix s'ajoutaient les unes aux autres pour créer une texture unique. Un peu comme un baklava : sucré et délicieux, avec plusieurs couches onctueuses — ma voix est si présente dans la chanson que je considère celle-ci un peu comme la mienne. Ce serait quand même bon sans moi..., mais je suis le filet de miel qui lie tous les éléments ensemble.

Oui, oui : le filet de miel.

Lorsque la productrice d'*Ellen* me rappelle pour savoir si je vais chanter avec ReadySet, je lui dis oui. La chanson a besoin de moi — selon les propres paroles de Timothy Goff. En fait, Tim a déjà prévu du temps pour nous dans un studio d'enregistrement tout de suite après l'émission. Je préfère ne pas y penser. Je suis déjà assez nerveuse à l'idée de me faire interviewer par Ellen. L'ancienne Mackenzie paniquerait, hyperventilerait dans un sac de papier brun et supplierait Tim d'appeler quelqu'un pour la sortir de là ! Mais chaque fois que je sens la panique monter jusqu'à la zone dangereuse, je me répète que je maîtrise la situation. C'est moi qui prends les décisions. J'apprécie même cette sensation. Je sens mon pouls battre plus vite, et ça me donne l'impression d'être *vivante*.

C'est ce qui manquait à ma vie auparavant. C'était

agréable, j'étais invisible, et en général, j'étais satisfaite.

Mais je ne me suis pas sentie aussi vivante — aussi merveilleusement et effroyablement vulnérable — depuis… une éternité.

Plus le minibus approche de sa destination, plus je suis nerveuse. C'est comme avoir un mini-AVC. Je ris à une blague et suis totalement détendue, je mange la nourriture que nous avons achetée dans une chaîne de restauration rapide… puis je me dis : «*Dans moins de douze heures, je serai sur le plateau d'*Ellen *!*» Chaque muscle et chaque fibre de mon corps se contractent et je me demande si je suis en train de rêver. Je vais me réveiller d'une seconde à l'autre et serai uniquement la tutrice pathétique de Logan, ReadySet n'aura jamais entendu parler de moi et je ne serai jamais invitée à une émission de télé. Il serait plus logique que tout cela soit le résultat d'une imagination débordante ou d'un rêve très étrange.

Mais lorsque Dominic me réveille après ma deuxième nuit sur le canapé, tout est trop réel pour que je l'aie simplement imaginé. Même après avoir avalé une tranche de pain aux bananes avec mon Frappuccino moka, j'ai du mal à croire que nous sommes dans le stationnement du studio.

On nous fait entrer, puis des assistants nous emmènent nous préparer avant d'aller en ondes.

Je réussis à saisir la main de Corey avant que nous ne soyons entraînés par une femme qui aboie dans son oreillette : «Maquillage et garde-robe, êtes-vous prêts ? Greg, as-tu vérifié les micros ? Occupe-toi de ça, s'il te plaît. » Elle nous guide dans des couloirs remplis d'accessoires, d'équipement et de techniciens.

— Nous sommes très excités par l'émission d'aujourd'hui, dit-elle en souriant. Avez-vous fait bon voyage ?

Avant que nous puissions répondre, nous arrivons à la salle de maquillage.

— Bon, c'est ici. Désolée, je n'ai pas le temps de bavarder. Je suis débordée en ce moment.

Elle appuie sur son oreillette.

— Cynthia, je t'ai dit qu'on ferait ça la semaine prochaine. Oui, oui, dit-elle en levant les yeux au ciel. Bon, eh bien, arrange-toi pour que ça marche.

Sans attendre de commentaire de notre part, elle nous adresse un sourire distant et dit en me tapotant l'épaule :

— Charlene va te faire belle. Bonne chance, mon chou !

Puis elle repart d'un air aussi affairé qu'elle était arrivée, en exigeant que Bryant lui fasse un rapport en vitesse.

— Est-ce que tout le monde à Hollywood se donne des petits noms ? dis-je tout bas à Corey pendant que Charlene s'approche avec une montagne de cosmétiques.

— Évidemment, ma cocotte. Ça leur évite de se rappeler le nom des gens.

Charlene rit — un son riche, grave et apaisant.

— Michelle est toujours un peu intense, mais avec elle, les choses tournent rond.

Dans un mouvement gracieux qui révèle des années d'expérience, Charlene ouvre plusieurs contenants d'ombre à paupières.

— Ici, la plupart des gens fonctionnent à la caféine et à la détermination, poursuit-elle. Moi y compris. Bon, laisse-moi te regarder, ma jolie.

Elle examine mon visage avec soin, comme si chacun de mes pores nécessitait une observation minutieuse.

— Tu as une peau impeccable, déclare-t-elle en sortant un pinceau. Inutile de mettre du fond de teint. Tu n'as jamais probablement jamais eu d'acné.

Je ne sais pas quoi répondre.

— Euh, non. Ça n'a jamais été un problème.

Charlene a un autre petit rire.

— Il y en a qui ont vraiment de la chance ! Eh bien, tu rends mon travail plus facile. Ferme les yeux, s'il te plaît.

C'est bizarre de me faire dire que j'ai de la chance. J'ai passé tellement d'années à penser que tout dans ma vie (à part ma mère, mon frère et mes amis) était dû à la malchance. Je ne me suis jamais considérée comme chanceuse pour ce qui concerne mon apparence. Je suis tellement ordinaire : des cheveux bruns, des yeux bruns et une peau couleur tomate quand je rougis.

Charlene continue de parler en travaillant :

— Michael va te coiffer quand j'aurai fini. Il saura exactement comment mettre ta robe en valeur. Elle est magnifique. Où l'as-tu trouvée ?

Je hausse les épaules, puis constate que je n'aurais

pas dû le faire quand elle pousse une exclamation en enlevant sa main pour ne pas faire de bavure. Je sais que ma robe est parfaite. Hier, j'ai fouillé désespérément parmi les vêtements dans ma valise pour trouver quelque chose à me mettre. Quand j'ai vu cette robe, celle d'un bleu profond que j'avais tant admirée le jour où les colis sont arrivés, j'ai su qu'elle attendait ce moment. J'ai soudain compris que sa simplicité, sa coupe discrète et élégante qui épousait mes courbes, correspondaient à ma personnalité. La robe rouge que j'ai portée à la fête était originale et voyante, mais ne me convenait pas aussi bien que celle-ci.

C'est peut-être stupide, mais le fait de choisir moi-même ma robe constituait une étape importante. Bien que j'aie apprécié le regard approbateur de Corey, ainsi que les sifflements admiratifs des trois autres gars, je l'aurais portée même s'il avait dit: «C'est bien, Mackenzie, mais tu pourrais trouver mieux.» Je sais qu'elle est parfaite, et pour la première fois, c'est tout ce qui importe.

— BCBG Max Azria, dis-je à Charlene.

Ça me fait tout drôle de mentionner une marque d'un ton désinvolte.

— Elle est superbe. Elle rend ta peau laiteuse et fait ressortir le brun de tes yeux.

Je ne sais pas à quoi elle fait allusion. Mes yeux sont bruns, c'est évident. Je ne crois pas avoir besoin d'une robe pour les rendre encore plus bruns. Mais comme elle approuve, je ne réplique rien.

J'ai juste hâte qu'elle ait terminé.

— Sais-tu à qui tu ressembles? dit-elle d'un air songeur en appliquant une couche de fard sur mes paupières. Anne Hathaway. N'est-ce pas qu'elle ressemble à Anne Hathaway quand elle était jeune, après *Le journal d'une princesse*?

— C'est vrai, répond Corey d'une voix amusée.

J'ai envie de désobéir à Charlene en bougeant la tête pour le regarder. Mais comme elle est en train de tracer une ligne sur mes yeux, je m'empresse de refermer les paupières.

— Elle a même un petit quelque chose de Keira Knightley, déclare Charlene en se consacrant à ma bouche.

Elle applique un produit sur mes lèvres. Ça picote, mais ce n'est pas désagréable.

— Keira est belle, mais trop maigre, selon moi, poursuit la maquilleuse. Elle aurait besoin de manger de bons petits plats maison pendant une semaine. On dit qu'il est impossible d'être trop maigre à Hollywood, mais crois-moi, ma belle, ce n'est pas vrai. Ne te prive surtout pas de manger! Ferme les lèvres.

— Promis, dis-je en obtempérant.

— Parfait.

Elle termine par du mascara. Je m'efforce de faire confiance à cette professionnelle et de ne pas cligner quand l'applicateur s'approche de mes cils.

— Tu es prête pour Michael, ma chérie, déclare-t-elle en refermant sa trousse avec un claquement satisfaisant. Sois toi-même et tout ira bien.

C'est un bon conseil, que je me répète

mentalement pendant que Michael, Corey et moi parlons de l'émission et des célébrités qu'il a coiffées. Je transforme les paroles de Charlene en mantra personnel. *Être moi-même. Seulement moi-même. Fidèle à moi-même.*

Voilà les pensées, entrecoupées de « *Oh, mon Dieu, qu'est-ce que je fais là ?* », qui tournent en boucle dans ma tête pendant que j'attends en coulisse. J'attends qu'Ellen me présente, que la musique commence, qu'on me donne le signal…

Que le spectacle commence.

Chapitre 36

Ellen DeGeneres fait jouer la vidéo de YouTube avant de me présenter — du moins, les vingt dernières secondes. Juste assez pour que le public puisse voir mon expression paniquée et le visage sidéré d'Alex pendant que je lui écrase la poitrine. Mes cris (SUIS-JE EN TRAIN DE LE TUER?) retentissent, au grand amusement de l'assistance. Quand je m'avance sur le plateau, les jambes flageolantes, c'est au son des applaudissements et des éclats de rire dans la salle.

Je souris aux spectateurs qui oscillent sur place au rythme d'un des mégasuccès de ReadySet, et me concentre pour placer un pied devant l'autre. Puis je reçois une étreinte amicale d'Ellen, qui est encore plus jolie de près qu'à la télé. Ses cheveux blonds courts et ses yeux bleus luisent sous les projecteurs. Je me demande si elle a quelqu'un comme Charlene pour la suivre partout en coulisse. Ça m'étonnerait. Elle est trop simple et naturelle pour ça, surtout vêtue d'un jean, d'espadrilles, d'une chemise blanche et d'une veste sans manches. Ce n'est pas tout le monde qui peut porter une veste sans manches, mais Ellen le fait avec un style fou.

— Bonjour, Mackenzie, dit Ellen en relâchant son étreinte.

Nous prenons place dans les fauteuils moelleux.

— Bonjour. Merci de m'avoir invitée à l'émission.

Super. Des mots sortent de ma bouche. C'est bon signe.

— Merci d'être venue. Alors, à propos de cette vidéo sur YouTube…

J'ai un petit rire gêné.

— Ouais. C'est plutôt embarrassant.

— C'est tordant, déclare Ellen. C'est l'une des choses les plus drôles que j'aie vues. Quand il s'agite et que tu le repousses par terre… Tu ne savais vraiment pas qu'il était conscient?

Je secoue la tête.

— J'aimerais que ce soit juste une blague, mais cette vidéo n'a pas été planifiée. Je ne suis pas une bonne actrice. Je ne convaincrai jamais personne à moins d'être véritablement en train de paniquer.

— As-tu pensé à suivre des cours de RCR?

Je lui souris même si cette question ne cesse de me hanter dans les couloirs de mon école. En fait, je me fais surtout crier: «Hé, Mackenzie! Veux-tu pratiquer le bouche-à-bouche?» Je me demande si Logan et Spencer ont parlé à quelqu'un d'autre à mon sujet. Je m'oblige à revenir à la question. Mon unique passage à la télévision nationale n'est pas le moment de penser à un garçon. Même à Logan.

— Ce n'est pas prévu pour l'instant. Et après cette expérience, j'ai définitivement rayé la médecine comme carrière potentielle!

— Parle-moi de cette vidéo. Qui l'a filmée?

— Je n'en ai aucune idée. C'est un mystère que je n'ai jamais éclairci. Je suis juste arrivée chez moi pour trouver mon petit frère Dylan en pleine crise de panique.

Ellen sourit.

— Qu'a-t-il dit?

— Il criait que j'étais partout sur Internet. Il voulait m'envoyer vivre ailleurs en attendant que ça se calme. Je pense qu'il voulait me renier!

— Vive l'amour fraternel!

Sa réplique fait rire la salle.

— Non, il a été super! Pas au début, mais ma famille et mes amis ont été d'un grand soutien dans toute cette histoire. Ce n'était pas facile pour eux. Depuis que je suis devenue célèbre sur YouTube, on pourrait croire que ma vie s'est soudainement remplie de vedettes rock et de vêtements de grands couturiers. C'est vrai en partie, mais c'était plus compliqué que ça. Il y avait des foules de curieux qui me prenaient en photo et de paparazzis qui me suivaient. Et ce n'est pas tout. Toutes sortes de rumeurs ont couru à mon sujet.

— Quelles rumeurs?

— Sexe, drogue, *rock'n'roll*…

— En parlant de *rock'n'roll*…, lance-t-elle à la blague.

Les spectateurs s'esclaffent, sachant exactement où elle veut en venir.

— Il paraît que tu es très proche d'un certain chanteur rock, poursuit-elle.

Sur l'écran derrière elle apparaît une image

agrandie de Tim et moi durant le concert. Agrandie à trois cents pour cent, ce qui permet de bien voir mon expression hébétée et stupéfaite. Cette dernière est davantage causée par le choc de chanter sur scène que par un sentiment amoureux… mais personne ne le sait.

— Eh oui, dis-je. C'est Tim.

— Oh, tu l'appelles Tim? L'appelles-tu autrement? Genre «mon petit ami»?

Je pouffe de rire. C'est loin d'être attrayant à la télévision, mais toutes ces allusions sont si ridicules. Entendre Ellen m'interroger sur ma vie amoureuse (celle de Tim, en fait) me donne envie de rétorquer: «*Non, Ellen, il sort avec mon meilleur ami Corey.*» Puis Corey agiterait timidement la main devant les caméras, de son siège dans la salle. Toutefois, même si je sais qu'Ellen serait ravie, je ne peux pas révéler l'homosexualité de mon ami et de son célèbre amoureux à la télévision nationale.

Je réplique donc:

— Non, Ellen. Tim est seulement un ami. C'est un gars super, mais il n'y a rien entre nous. D'ailleurs, il sort avec quelqu'un en ce moment.

Le public pousse un soupir qui révèle la déception de ses fidèles admiratrices. Si seulement elles savaient…

— Par contre, il donne de bons conseils en matière de relations amoureuses, dis-je. Tout comme les autres membres du groupe.

J'aurais peut-être dû attendre qu'Ellen me pose une autre question.

— Es-tu amie avec les autres musiciens ?

— Chris et Dominic ? Oui. Je suis venue à L.A. dans leur minibus de tournée.

— Tu es entourée de beaux garçons, on dirait !

Je ne sais pas quoi répondre.

— Euh, oui, je suppose. Mais ce n'est pas le plus important. Ces gars sont formidables.

— Je suis sûre que oui.

Je réprime un autre rire.

— Ce n'est pas ce que vous croyez ! Ces gars sont devenus mes amis en très peu de temps. Quand on passe deux jours ensemble sur la route, je suppose que c'est inévitable.

— Tu as passé deux jours sur la route avec un groupe rock. De quoi avez-vous parlé ?

— C'était plutôt drôle. Mon ami Corey m'a questionnée sur ma vie amoureuse, et tout à coup, les gars se sont mis à traduire le langage masculin pour moi.

— Ah, le langage masculin ! C'est du vrai chinois, hein ?

Ellen a le don de tout rendre hilarant. Ce n'est pas étonnant, puisque c'est son métier.

— Oui, je ne comprends rien aux gars. Alors, ils m'ont donné des conseils que j'ai grandement appréciés.

Les yeux d'Ellen pétillent.

— Ah bon ? Est-ce que ta vie amoureuse est très compliquée ?

— Oh oui !

— Peux-tu nous en parler ?

— Eh bien, il y a ces deux gars qui… Je ne peux pas croire que je parle de ça à la télé !

— Tu ne peux plus arrêter, maintenant !

Mais je le devrais peut-être.

— Je m'intéressais probablement aux deux, sauf que je ne m'en rendais pas compte. Comme ils agissaient comme si je n'existais pas, mes sentiments n'avaient pas d'importance. Mais lorsque les vidéoclips sont arrivés sur YouTube, ils ont commencé à me parler.

— Oh, dit Ellen. C'est intéressant…

— Apparemment, quand tu es célèbre, les gens te remarquent. Donc, je suis allée à une soirée — *où je n'ai pas pris de drogue*, en passant. J'essayais juste de ne pas faire de gaffe, car c'était la première fois que j'étais invitée à ce genre de fête. Les deux gars en question étaient là.

Tous les yeux sont fixés sur moi. Je sais que cette histoire va faire le tour de l'école demain, mais je m'en fiche. Je reprends ma vie en main.

— Oh, oh.

— L'un d'eux m'a emmenée dehors, et j'essayais de ne pas trébucher avec mes nouveaux talons hauts qui me coupaient la circulation.

— Aïe, commente Ellen. C'est pour ça que je porte toujours des souliers de course.

— Ç'aurait été bien plus confortable ! Donc, j'étais dehors avec lui, la nuit était belle et il a plongé son regard dans le mien.

Je me tourne vers elle en écarquillant les yeux pour lui faire une démonstration.

— Comme ceci, dis-je. J'étais juste heureuse qu'il connaisse mon nom… Puis il m'a dit qu'il m'aimait.

Je fais une grimace pour que les gens comprennent à quel point la déclaration de Patrick m'a déplu. Je sais que je devrais me taire, mais il mérite que j'en parle. Après tout, il m'a accusée de ne m'intéresser qu'à la célébrité, et je veux lui faire regretter ses paroles. C'est plutôt satisfaisant de faire intervenir la loi du karma.

— Quel culot! Il a dit qu'il t'aimait! C'est épouvantable!

Ellen a du mal à garder son sérieux.

— À vrai dire, j'ai mal réagi. Très mal. Il m'a dit «je suis amoureux de toi», et j'ai répondu «Non, tu ne l'es pas».

Les spectateurs rient à gorge déployée.

— Sérieusement. Et au milieu de tous ces «je t'aime» et «tu ne m'aimes pas», j'ai vu l'autre gars embrasser la fille la plus populaire de l'école.

Tout le monde pousse un «Hon» compatissant qui a le don de me rasséréner. Je ne savais pas que parler de ma vie privée à la télévision serait aussi… thérapeutique.

— C'est pour ça que j'ai apprécié les conseils des quatre gars dans le minibus.

— Tu pourrais faire des excuses au garçon qui t'a déclaré son amour, propose Ellen en se tournant vers la caméra. Elle n'était pas sérieuse, mon gars!

— Euh, oui, je l'étais.

— Je ne comprends pas, dit Ellen. Quel est le problème avec ce garçon?

— Rien, au fond. C'est juste que… c'est le genre de gars qui achète des roses pour la Saint-Valentin. En apparence, c'est très bien. Il n'y a rien de mal à acheter des roses. Mais même si tu lui faisais comprendre que tu préfères un artichaut avec une boucle rose dessus, juste pour avoir un «cœur d'artichaut», il t'achèterait quand même des roses. Et moi…

— Tu veux un artichaut, répète Ellen d'un ton moqueur.

— Oui, je veux un artichaut.

Présenté ainsi, tout devient plus clair. Logan est un artichaut. Il a plusieurs couches et est un peu épineux, mais il est aussi original et amusant. J'aurais dû m'en apercevoir avant, mais j'étais trop impressionnée par son statut de Notable.

— Je parie que tu n'auras pas de problème à en recevoir un, maintenant! déclare Ellen. Donc, après le premier vidéoclip, tu es devenue chanteuse. Tu as une voix magnifique. Raconte-nous comment c'est arrivé.

— Tim m'a envoyé une invitation pour son concert de Portland, et je suis allée en coulisse avec deux de mes amis, Corey et Jane, dis-je avant d'agiter la main devant la caméra avec un sourire penaud. Salut, Jane!

Ellen m'imite:

— Salut, Jane!

— Elle va être ravie. On est allés tous les trois au concert. Après avoir arrêté de pousser des cris dans ma tête parce que j'étais en leur présence, j'ai appris à connaître les membres du groupe. Quand Tim m'a invitée à monter sur scène, mon ami Corey — c'est lui, dis-je en le désignant dans la salle.

Surpris, il sourit à la caméra qui pivote dans sa direction.

Je poursuis :

— Corey s'est dit que ce serait drôle de m'obliger à y aller. J'étais terrifiée, car je ne suis pas très douée pour la danse.

C'était la pire chose à dire devant Ellen.

— C'est facile ! dit-elle en souriant. Voyons ce que tu peux faire.

Comme elle est déjà debout et danse au son de la musique qui envahit aussitôt le studio, je ne peux pas vraiment refuser. Surtout que la foule m'encourage. Voilà comment je me retrouve à danser sur le plateau de l'émission *Ellen* après m'être juré de ne pas le faire.

Heureusement, ça ne dure pas longtemps. Quand nous reprenons nos sièges, elle m'adresse un sourire chaleureux et amusé.

— Tu t'en es bien sortie.

— Ha, ha. Merci, c'est gentil. Mais durant le concert, j'ai complètement figé, alors Corey s'est précipité pour me servir de partenaire. Ensuite, Tim a eu l'idée de me faire chanter avec lui... et le reste est sur YouTube.

— Tu chantes très bien. As-tu des projets en ce sens ?

— Pas vraiment. Je suis flattée que les gens aient aimé le vidéoclip, mais je n'ai pas ce qu'il faut pour réussir dans cette industrie. Durant le trajet en autobus, les gars et moi, on s'est amusés un peu...

— Ah, ha!

— Musicalement! dis-je en riant. On a répété une chanson ensemble. C'est celle qu'on va chanter pour vous, je crois. Et si personne ne me lance de tomates, je vais l'enregistrer avec eux. Mais ce sera tout. Ensuite, je reviendrai à mes études et au tutorat.

Je n'aurais peut-être pas dû mentionner le tutorat, étant donné ma situation précaire avec Logan.

— Tout le monde a hâte de vous entendre. Mais auparavant, j'ai quelque chose pour toi.

Je me redresse.

— Ce n'était pas nécessaire. Vraiment, être ici est déjà suffisant.

— Nous avons trouvé ce qu'il faut pour une fille studieuse et timide comme toi. Surtout si elle veut rester en contact avec son « ami » le chanteur rock.

Elle me tend un paquet rectangulaire plutôt lourd. Je déchire le papier d'un geste rapide pour révéler un objet qui me donne aussitôt des palpitations cardiaques.

C'est un ordinateur portable. Un MacBook tout neuf. J'en suis certaine dès que je palpe l'étui coussiné. Évidemment, le visage d'Ellen est imprimé sur le dessus, et on peut lire les mots « EllenBook », mais ça le rend encore plus spécial.

Je ne crie pas. En soi, c'est déjà un miracle, puisque Ellen DeGeneres vient de me donner d'un geste nonchalant l'objet que je désire depuis des mois. J'ai passé tellement de temps à calculer... Combien d'heures de tutorat me faudrait-il? Et si je faisais du gardiennage la fin de semaine? Combien de mois à économiser chaque dollar avant qu'un ordinateur portable ne m'appartienne ? Après tous ces efforts, voilà que cet ordinateur m'est offert sans condition.

Je repense à l'accusation de Logan : que je l'ai utilisé pour avoir un MacBook. Au début, c'était peut-être vrai. Je voulais bien faire mon travail, être responsable et gagner de l'argent, mais je ne me préoccupais pas vraiment de lui. Maintenant, tout a changé. Si je recommence à faire du tutorat, il saura que ça n'a rien à voir avec l'ordinateur.

Car à présent, l'ordinateur est à moi... et ça n'a rien à voir avec lui.

Je serre mon cadeau contre moi, stupéfaite.

— Oh, mon Dieu ! Merci ! Je l'adore !

— Heureuse que tu l'aimes, dit Ellen en souriant avant de se tourner vers la caméra. Restez avec nous ! Le groupe ReadySet sera ici après la pause !

Là-dessus, l'émission s'interrompt pour une pause publicitaire.

Chapitre 37

En deux temps, trois mouvements, Tim, Chris et Dominic sont installés sur le plateau et prêts à jouer. À côté de Tim, un micro inoccupé m'attend. C'est complètement fou. Ce que j'ai dit à Ellen est la vérité : j'ai une voix passable. Passable. On ne me verra jamais à *American Idol*.

— Nerveuse ? me demande Ellen, même si la réponse est évidente.

— Euh, terrifiée.

— Tout va bien aller.

J'avais besoin qu'elle me le dise, même si j'ai du mal à l'admettre.

— J'apprécie tout ce que vous avez fait, dis-je en désignant mon ordinateur. C'est vraiment incroyable... Merci.

Je passe une main dans mes cheveux, en espérant ne pas gâcher accidentellement l'effet que Michael a passé tant de temps à créer, puis j'ajoute :

— C'est juste que je n'ai jamais été sous les projecteurs. Je ne l'ai jamais souhaité ! J'ai toujours été une fille effacée à qui les autres parlaient uniquement pour avoir de l'aide pour leurs devoirs. Et maintenant, je raconte ma vie en public, devant tout le pays. Et je vais chanter avec un groupe rock célèbre... C'est débile !

Ellen m'écoute. Voilà pourquoi elle est si douée pour son travail. Elle sait écouter.

— Tu n'as qu'à rester toi-même.

Je réprime un grognement.

— Je sais! C'est ce que tout le monde me répète. Ce n'est pas si facile que ça! Et si être moi-même est juste ennuyant?

Elle hausse les épaules.

— Trouves-tu que tu es ennuyante?

Je ris et regarde le micro.

— Pas en ce moment.

— Alors, ne t'inquiète pas. Moi, je te trouve intéressante. Tu vas être parfaite.

— Ellen, on commence dans cinq, quatre, trois, deux…, annonce un caméraman d'une voix forte.

— Bonjour, nous sommes de retour avec Mackenzie Wellesley et ReadySet. Es-tu prête, Mackenzie?

— Oui, dis-je en souriant.

Pour la première fois depuis deux semaines, j'en suis certaine. J'ai répété dans l'autobus avec ces gars pendant des heures. Si j'avais été pourrie, ils me l'auraient dit. Je m'avance donc vers eux, puis hoche la tête en regardant Tim.

Le groupe se met à jouer, et je suis au cœur de l'action. C'est encore mieux qu'au Rose Garden de Portland. Cette fois, je sais exactement ce que Tim veut — il me l'a bien expliqué dans l'autobus. Je sens une montée d'adrénaline et de panique, mais je me contrôle. Une partie de moi ne cesse de répéter:

« C'est ta première et dernière représentation en public, Mackenzie ! Vas-y à fond ! »

Je me laisse entraîner par la musique. Les yeux fixés sur Corey dans la salle, je chante comme si j'étais dans ma chambre, à la maison. L'avantage quand on chante, c'est qu'on n'a pas besoin de danser. Tim et moi y mettons toute notre énergie, et Corey dirait probablement que je chante avec « assurance » dans le micro. C'est comme si un démon avait surgi pour prendre ma place. Sauf que je me sens super bien. Je me sens brave.

La chanson se termine aussi vite qu'elle a commencé. On m'entraîne en coulisse pendant qu'Ellen reçoit une véritable vedette (je crois que c'est Robert Pattinson qui fait la promotion de son dernier film). Mais ça m'importe peu, car aussitôt que nous arrivons en coulisse, je me retrouve au cœur d'un énorme câlin de groupe. Tim n'arrête pas de répéter :

— Avez-vous entendu ça ? C'était bon en crime !

Sauf qu'il ne dit pas « crime ». Je ne fais aucun commentaire sur son langage.

— C'était incroyable ! dis-je quand je peux enfin prendre la parole.

Tim sort son cellulaire.

— Je vais vérifier si on peut avoir le studio plus tôt. Je veux enregistrer cette chanson au plus vite, dit-il en m'adressant son plus charmant sourire. Tu étais parfaite, Mackenzie. Tabarnouche, tu ne peux pas retourner en Oregon ! On a besoin de toi pour les voix.

Il ne dit pas « tabarnouche » non plus, mais je suis

distraite par le fait que Chris et Dominic opinent du menton comme des têtes branlantes synchronisées.

Je m'accorde un moment pour imaginer ma vie en tant que membre de ReadySet. Passer ma vie sur la route et dans les studios d'enregistrement, participer aux Grammys et bavarder avec des gens comme Robert Pattinson à propos d'Ellen et d'autres amis communs. Ça semble une vie idéale. Sauf que…

— Je dois rentrer à la maison, tout comme il fallait que je vienne ici, leur dis-je. Je devais me prouver que je pouvais affronter les médias. Maintenant, je suis prête à dire au revoir à l'industrie de la musique et à disparaître du regard du public.

Tim demeure bouche bée.

— Tu blagues? Je pensais que c'était juste pour faire mousser cette histoire! Tu ne peux pas *arrêter*. Tu t'amuses tellement sur scène!

Je pense à Jane qui doit manger avec Mélanie et ses copines en mon absence.

— Je vais m'amuser chez moi aussi. Je vais enregistrer la chanson, et si jamais vous passez par Portland, vous serez les bienvenus dans ma maison. Vous allez vraiment me manquer, les gars.

Je serre Chris et Dominic tour à tour dans mes bras.

— Même si je déteste ça, je dois finir mon secondaire.

Tim n'accepte pas ma décision si aisément. Il passe le reste de la journée à tenter de me convaincre de changer d'idée ou, selon ses propres termes, «d'arrêter d'agir en idiote». Cela ne m'offusque pas.

C'est agréable de me sentir désirée pendant que nous enregistrons ma voix en studio…, même si ce processus prend une éternité. Nous commandons de la pizza car nous manquons de temps, en raison de notre retour à Portland le lendemain. Des lits sont même installés dans le studio pour que nous puissions faire un petit somme pendant que les techniciens manipulent l'équipement. Apparemment, c'est comme ça que les vedettes rock réussissent à rattraper leurs nuits blanches. Quand ma partie est terminée, nous sommes si épuisés que nous avons juste assez d'énergie pour nous dire au revoir d'une voix endormie. Tim me fait promettre de garder le contact, même si je m'obstine à « refuser cette occasion unique ». Bien que je sois convaincue de ne pas faire une erreur, je sais, malgré mon état d'épuisement, qu'ils vont me manquer.

Dominic, Chris et moi sortons héler un taxi, pour laisser Tim et Corey se dire au revoir en privé. À en juger par l'éclat dans les yeux de Corey, ils sont passés à une autre étape que de se tenir la main. Sans compter le fait qu'il passe le trajet vers l'aéroport et le vol du retour à discuter de la viabilité d'une relation à distance. Je l'écoute pendant qu'il essaie de se convaincre que ce sera super facile. Puis j'émets des sons encourageants quand il me montre tous les textos que Tim et lui se sont envoyés.

J'espère que je n'ai jamais été aussi énervante avec mes histoires de gars.

Toute cette situation est attendrissante à donner la nausée. Surtout que plus nous approchons de

Portland, plus je suis nerveuse. À quoi ai-je donc pensé en déballant ma vie personnelle sur les ondes d'*Ellen* ? Comme d'habitude, j'ai parlé sans réfléchir, sauf que cette fois, j'ai dit autre chose que des faits historiques insolites. Patrick doit souhaiter ma mort, et il n'est sûrement pas le seul. Je songe brièvement à dresser une liste des gens qui ont une raison de me détester.

Patrick. Alex. Chelsea. Logan.

Je me rappelle soudain que j'ai mentionné Logan devant les caméras — pire encore, j'ai admis être amoureuse de lui. J'espère que sa séance de bécotage avec Chelsea n'était pas censée rester secrète, car ça va assurément sortir au grand jour. Spencer doit probablement me détester lui aussi — si ce n'est pas déjà le cas.

On dirait que je vais devoir faire des excuses à bien des gens.

Je suis perdue dans mes pensées quand les parents de Corey viennent nous chercher à l'aéroport. Heureusement, ils sont seuls pour nous accueillir. Mon entrevue télévisée a accompli ce que ma fuite n'avait pas réussi : je suis devenue insignifiante. Tim me l'a confirmé hier : en précisant que nous ne sortons pas ensemble, je suis passée au statut de vedette de troisième plan. Au moins, une chose a fonctionné comme prévu.

Je n'ai pas besoin d'ouvrir la bouche dans la voiture ; Corey parle si vite que je ne peux pas placer un mot — ce qui me permet de ruminer en paix.

Ma situation financière est différente, à présent.

J'avais à peine eu le temps de me réjouir à l'idée d'enregistrer une chanson que l'agent de Tim me remettait des papiers à propos des redevances que je vais recevoir pour ma participation. Eh oui : des redevances.

J'aurais probablement dû m'y attendre, mais honnêtement, j'ai fait cet enregistrement pour leur rendre service. Après tout le travail accompli dans le minibus pour perfectionner la chanson, je ne pouvais pas refuser. Mais je n'ai jamais pensé que je serais payée pour le faire. Et selon Tim, c'est une somme dérisoire en comparaison de ce que j'aurais gagné si j'étais restée.

Ces redevances changent tout. Ce n'est qu'une chanson, mais dès la sortie de l'album (qui va sûrement devenir platine — c'est *ReadySet,* après tout !), je vais commencer à recevoir des chèques par la poste. C'est complètement cinglé, surtout quand on sait que des millions de gens vont télécharger la chanson sur iTunes. Même si je ne reçois que cinq cents par téléchargement…, ça fera beaucoup de sous.

Je ne vais peut-être pas acheter une nouvelle maison à ma mère, mais payer l'université sans avoir une montagne de prêts étudiants ne semble plus impossible. Sans compter que j'ai maintenant un sujet de rédaction passionnant pour ma dissertation d'admission.

Il a suffi que je m'humilie sur Internet pour que tous mes rêves se réalisent.

Enfin, la plupart.

Certains de ces rêves, comme attirer l'intérêt de Patrick et l'attention de mon père, ont été décevants… mais au moins, ma famille est toujours intacte.

D'autres rêves, comme étendre mon cercle social au-delà de Jane et Corey, se sont révélés une réussite.

Et j'ai été courageuse. Après des années à me cacher en coulisse, je me suis enfin aventurée sur le devant de la scène. J'ai même déclassé les Notables, tout en demeurant la même personne. Si j'ai pu réussir tout cela, je pourrai peut-être affronter Chelsea Halloway…, bien que je préfère l'éviter.

Maintenant, il reste à voir comment je pourrai présenter des excuses à une personne qui souhaite probablement me voir morte.

Chapitre 38

Je ne fais qu'un ou deux arrêts entre ma maison et l'aréna. Les parents de Corey me déposent chez moi et je monte mes bagages dans ma chambre. Je crie à ma mère que je suis arrivée, puis prends une douche pour me débarrasser de la sueur résultant du voyage dans un minuscule avion, coincée entre Corey et un type obèse qui accaparait l'accoudoir.

Il est impossible que j'arrive à l'école à temps. Bon, *techniquement,* je pourrais m'y rendre pour aller chercher mes devoirs, mais ça devra attendre demain. En gardant un œil sur l'horloge, j'enfile un jean, des ballerines, un t-shirt, une chemise à carreaux et un blouson. Rien de trop voyant. Rien qui attire l'attention. Juste des vêtements ordinaires qui me ressemblent.

Une fois habillée, je prends mon sac, une vieille paire de patins de hockey de Dylan et mon iPod. Je dois faire vite au cas où je me dégonflerais. J'ai passé tout le vol à imaginer des scénarios, mais il n'y a qu'une façon d'en avoir le cœur net. Je mets donc ma musique la plus joyeuse et rythmée, et essaie d'apprécier la promenade. Le temps est étonnamment beau pour un mois de décembre à Forest Grove. Il y a de gros nuages — l'Oregon est pratiquement toujours sous les nuages —, mais on aperçoit des zones de ciel bleu ici et là. Et les petites lumières suspendues aux immeubles et aux arbres vont illuminer le centre-ville à la tombée de la nuit. L'air frais est agréable sur ma peau et me fait apprécier encore plus la chaleur de la banque quand j'y entre pour faire mon premier retrait après des années de dépôts.

C'est bizarre d'avoir de l'argent dans mes poches. Je n'ai même pas pensé à apporter un portefeuille, car je n'en ai jamais eu besoin auparavant. J'accélère le pas, entre dans un club vidéo et essaie de ne pas trop analyser la situation. *Suis ton instinct*, me dis-je. *Comme si tu étais un félin dans la jungle.*

En secouant la tête devant cette stupide métaphore, je m'arrête pour glisser mon achat — si réfléchi qu'il n'est pas vraiment spontané — dans mon sac. En approchant de la patinoire, je me dis que j'ai pris la bonne décision. C'est beaucoup mieux qu'un texto impersonnel du genre « il faut qu'on se parle ». Ou qu'un appel téléphonique embarrassé où je dirais : « Euh, salut, Logan. C'est Mackenzie. Euh… Bon, c'est gênant. Est-ce qu'on peut se voir et parler ? »

Le retrouver à la patinoire n'est pas du harcèlement, me dis-je. Ce n'est pas ma faute si j'ai mémorisé son horaire. S'il n'avait pas voulu que je sache ce qu'il faisait, il n'aurait jamais dû m'embaucher comme tutrice. Ce n'est pas parce que je ne travaille plus pour lui que son horaire s'est envolé de mon esprit.

Il est préférable que cette confrontation ait lieu ailleurs qu'à l'école. J'entre dans l'air glacial de l'aréna, où le froid émane de la surface réfrigérée. Je remonte la fermeture éclair de mon blouson et sens une bouffée d'adrénaline envahir mon système.

*Du calme, ma fille. Tu t'en es bien tirée sur le plateau d'*Ellen. *Tu es capable.*

Je m'assois sur un banc, et au lieu de sortir des cahiers pour faire semblant de travailler pendant que je regarde secrètement les gars, je sors les patins et les enfile.

J'attends nerveusement que l'entraînement se termine. Je me lève quand l'entraîneur donne un coup de sifflet et m'approche pendant que les joueurs écoutent ses conseils.

Je suis debout près de l'entrée quand les gars commencent à sortir. La plupart me jettent un regard curieux, puis passent devant moi pour entrer dans le vestiaire. Une petite voix crie dans ma tête : *ALERTE ROUGE ! ANNULE LA MISSION !!!*

Est-ce que je l'écoute ? Noooon.

— Salut, Patrick, dis-je quand il essaie de me contourner. Comment vas-tu ?

Stupide. Stupide.

Il me lance un coup d'œil qui a autant de chaleur que la glace qu'il vient de quitter.

— Bien.

— Super.

Il hoche la tête et s'éloigne, me laissant étrangement satisfaite d'avoir eu cette conversation brève et polie.

Peut-être qu'il ne me déteste pas complètement. C'est déjà quelque chose. Spencer me sourit amicalement quand il m'aperçoit. Il est en pleine conversation avec Logan et l'entraîneur. Je le vois donner un coup de coude à Logan avec un mouvement de tête dans ma direction.

Les yeux de Logan scrutent la zone désignée par Spencer, puis se posent sur moi. Il y a une longue pause pendant laquelle je suis incapable de bouger. À cinq mètres de moi, Logan écoute l'entraîneur avec un regard vague, comme si je n'étais pas là. Spencer marmonne quelque chose d'indistinct, mais le haussement d'épaules désintéressé de Logan n'a pas besoin de traduction.

Je résiste à l'envie de m'enfuir, en me rappelant que je ne peux pas me sauver chaque fois que je suis mal à l'aise, embarrassée ou blessée. De plus, impossible de faire une sortie rapide ou gracieuse en patins de hockey. Le mieux que je pourrais faire serait de tituber jusqu'au banc et de changer les patins pour des chaussures avant que Logan ne s'approche — mais dans ce cas, j'aurais l'air d'une froussarde. Je me redresse donc et, en serrant mon sac pour me porter chance, je pose le pied sur un terrain glissant — métaphoriquement et littéralement.

L'entraîneur, un homme grassouillet au crâne dégarni vêtu d'un coupe-vent, pose sa grosse main sur l'épaule de Logan et dit quelque chose à propos de la ligne défensive avant de s'éloigner. Je m'avance lentement sur la glace en direction des garçons. C'est comme dans un cauchemar, où chaque fois que tu tentes de franchir la ligne d'arrivée, elle recule de quelques mètres. Je m'habitue peu à peu à la sensation de la glace sous mes pieds et parviens à glisser vers eux.

— Salut, dis-je.

Je me tourne d'abord vers Spencer, car c'est plus facile de le regarder que de subir le désintérêt total qui émane de Logan.

— Désolée d'avoir…, tu sais, été soûle lors de ta soirée. Je n'étais pas au sommet de ma forme…

— La prochaine fois, on te fera boire un soda! réplique-t-il en riant.

J'ai une bouffée d'espoir parce qu'il a dit « la prochaine fois ». Comme si je pouvais revenir, même après m'être totalement humiliée la première fois. Je suis peut-être moins en disgrâce que je le croyais. Je regarde Logan pour voir comment il réagit à ce commentaire, mais il a juste l'air de s'ennuyer.

Bon. Je suis en disgrâce, après tout.

— Bonne idée, dis-je.

— On va juste mettre un peu de rhum dedans, ajoute Spencer avec un petit sourire. Je dois y aller. À plus tard, Logan!

Il jette les derniers mots par-dessus son épaule en s'éloignant vers la sortie avec l'assurance que donne une longue expérience de patinage.

Il ne reste plus que Logan et moi. Ce qui n'est ni intimidant ni effrayant. Euh, attends… Oui, ce l'est.

— Euh… dis-je, embarrassée. Il faut qu'on se parle.

— Vas-y!

Il ne va pas me faciliter les choses. Déterminée à être aussi désinvolte que lui, je commence à patiner et ne suis pas surprise quand il me suit sans effort apparent.

— Je te dois des excuses. Je te remercie de m'avoir aidée l'autre soir. Tu n'étais vraiment pas obligé.

Il hausse les épaules d'un air distant.

— C'est tout?

— Non, dis-je en réprimant mon agacement. Je n'aurais pas dû t'engueuler à cause de l'histoire d'Alex. Je suis habituée à régler mes problèmes toute seule. Même si je n'aime pas trop la façon dont tu t'y es pris, c'était gentil de ta part de lui dire de me laisser tranquille.

— OK.

Je secoue la tête, incrédule, et me demande pourquoi je perds mon temps et mon énergie avec un gars comme Logan Beckett. Je suis là à faire amende honorable et à essayer de régler la situation, et il réagit comme si je lui expliquais le cycle de vie d'un mille-pattes. On dirait qu'il va tomber dans le coma d'une seconde à l'autre.

— Tu sais quoi? C'est tout. Ce sont toutes les excuses que je vais te faire. Accepte-les ou pas, je m'en fiche.

L'indignation me fait le plus grand bien après la nervosité qui m'avait tordu l'estomac. Je sors un billet de cinquante dollars de ma poche et le lui tends, furieuse.

— Tiens. Maintenant, on est quittes.

Il prend le billet instinctivement et le froisse sans réfléchir lorsque son poing se referme.

— Pas du tout! réplique-t-il. Pourquoi fais-tu ça,

Mackenzie? Dylan m'a dit que tu avais quitté la ville pour aller à l'émission *Ellen*. As-tu besoin de détails croustillants pour les médias? Est-ce pour ça que tu m'as espionné, l'autre jour? Ou es-tu ici pour une autre raison?

Ses yeux luisent de colère, et durant une seconde, il a l'air aussi blessé que moi. Puis il reprend son expression impassible.

— Je suis venue pour qu'on s'explique, dis-je.

Je me demande si c'est vrai. C'est la raison que je me suis donnée pour aller le voir, mais une partie de moi — la partie stupide — espérait que tout pourrait s'arranger entre nous. Que je pourrais redevenir sa tutrice, que Chelsea le laisserait tomber et que nous pourrions être ensemble. Stupide. Je suis stupide.

J'ajoute d'une voix aiguë:

— Et je ne t'ai pas espionné! Combien de fois dois-je te le répéter? J'étais juste dehors et je vous ai vus en train de vous bécoter! C'est tout. Ce n'est pas grave, je comprends. Vous êtes déjà sortis ensemble, et l'histoire a tendance à se répéter. Ça ne me regarde pas si tu veux l'embrasser. Je ne le mentionnerai plus.

Je décide de ne pas lui dire que j'en ai déjà parlé par mégarde durant l'émission. Il va le découvrir bien assez tôt. Et s'il regarde mon entrevue, il verra à quel point je l'aime. Je n'aurais jamais dû révéler ces détails devant les caméras. Mais il est trop tard pour retirer mes paroles. Trop tard pour lui dire qu'il serait mieux avec une fille intelligente, gentille et — eh oui — maladroite plutôt qu'avec Chelsea. Une fille qui le ferait rire. Une fille comme, je ne sais pas…, moi?

— Tu te trompes, dit-il d'un ton sec.

— Qu'est-ce que tu racontes? J'étais là. Je vous ai vus vous embrasser.

— Non, tu l'as vue m'embrasser. C'est différent.

Mon cœur fait un gros *pa-poum* que j'essaie d'ignorer.

— Tu n'avais pas l'air de la repousser.

— Non. Elle m'a embrassé, puis je lui ai expliqué que ça ne se reproduirait plus. Satisfaite? demande-t-il avec un sourire glacial.

— Oh, dis-je, avec l'impression d'être une idiote. Bon, eh bien. C'est bon à savoir. Mais ça… ça ne me regarde pas.

Je suis à deux doigts de bégayer.

— C'est ça. Écoute, oublie ça. Ce n'est pas important.

Il pivote sur la glace et se dirige vers la sortie.

Je manque de m'affaler en pleine figure en tentant de le suivre.

— Attends! Je… j'ai quelque chose pour toi.

Il se tourne vers moi avec une lueur de surprise dans ses yeux bleu foncé.

— Tu as quelque chose pour moi?

— C'était un achat impulsif, dis-je en souriant. Tu sais, pour aider à détendre l'atmosphère.

Mon cœur fait un autre *pa-poum* intense pendant que je fouille dans mon sac et sors le cadeau.

Je le lui tends. Il le retourne puis lève les yeux vers moi.

— John Adams?

— Oui. HBO a fait cette minisérie sur lui. Je ne l'ai jamais vue, mais il paraît que c'est excellent, dis-je en haussant les épaules. Je comprendrai si tu n'en veux pas. J'ai juste pensé que ce serait amusant de la regarder. Ensemble.

Je suis étonnée de pouvoir parler, car j'ai la bouche sèche et les mains moites.

La vérité, c'est qu'il y a une chose plus terrifiante que de chanter en public, de répondre à des questions sur ta vie amoureuse à la télévision ou de te faire poursuivre par des paparazzis. Et c'est de dire au gars (ou à la fille) que tu aimes que tu l'aimes. Personnellement, je préférerais aller sur le plateau d'*Ellen* plutôt que de faire ça.

Mais c'est pour cette raison que je dois le faire.

— Donc, tu veux recommencer le tutorat? demande-t-il.

Son regard passe du coffret DVD à mon visage.

— Oui et non.

Je prends une grande bouffée d'air qui semble glacial à l'intérieur de l'aréna. J'espère que je ne fais pas une erreur, et j'hésite durant une seconde. Puis je me remémore le secret que Logan m'a confié. Il pensait probablement que j'étais trop soûle pour m'en souvenir le lendemain. À propos de la façon dont j'avais regardé Patrick ce jour-là au Starbucks… et du fait que ça lui avait déplu.

— J'ai pensé que… ce-serait-comme-un-rendez-vous, dis-je, si vite que les mots s'amalgament les uns aux autres. Ou pas. C'est comme tu veux. Et ça n'a pas besoin d'être compliqué. Juste un film et du maïs soufflé. Ou bien…

Mais aucun de nous ne découvre ce que j'étais sur le point de bafouiller, car Logan tire sur mon blouson pour me faire glisser sur la glace jusqu'à ce que je le heurte. Ça ne semble pas le déranger. Pas si je me fie à la façon dont sa bouche couvre instantanément la mienne.

J'aimerais dire : wow.

Si quelqu'un me demandait le nom du deuxième président des États-Unis en ce moment (John Adams, bien sûr), je ne pourrais pas répondre. Car lorsque Logan Beckett m'embrasse, mon cerveau se met au neutre. Toutes mes pensées, mes inquiétudes, mes soucis, mes préoccupations disparaissent, et mon esprit devient aussi vide que l'aréna autour de nous. Tout ce que je sens, ce sont ses lèvres sur les miennes. Mon cœur ne fait pas seulement un unique *pa-poum* en ce moment. Il bat véritablement la chamade.

Et je réponds à son baiser.

— Bon, dis-je quand nous reprenons notre souffle. Je suppose que tu es d'accord pour le rendez-vous.

Collée ainsi contre lui, je peux discerner chaque trace de gris dans ses yeux. La bouche qui vient de m'embrasser et de me faire perdre la tête s'étire dans un grand sourire. Un sourire plein d'assurance qui m'est destiné, aussi incroyable que ça puisse paraître. Mais je doutais même qu'il me voie autrement qu'en tutrice bollée. Ça montre à quel point les choses peuvent changer.

Il ramène une mèche de cheveux derrière mon oreille.

— Je suis d'accord, Mack. Tu sais, ajoute-t-il en frôlant mes lèvres des siennes, je pense qu'on a trouvé une activité pour laquelle tu n'es pas maladroite.

— Embrasser ?

— Hum, hum.

Mon cerveau explose presque quand il lève la main pour soulever mon menton.

— Alors, je suppose qu'on devrait continuer.

Et c'est exactement ce que nous faisons.

À lire prochainement...

Miss Désastre

Passer les vacances de Noël sur un bateau de croisière avec ses deux horribles cousines ne fait pas l'affaire d'Holly. Dans un moment de désespoir, aux prises avec le mal de mer, elle s'engouffre dans une cabine... où elle est accueillie par un jet de poivre de Cayenne. Le coupable? Un superbe gars appelé Nick. Quand Holly s'apprête à ressortir de la cabine, elle a le choc de sa vie : le couloir est bondé d'adolescentes en pâmoison. Nick est en fait Dominic Wyatt, le batteur de ReadySet, le groupe le plus en vogue du pays.

MARQUIS

Québec, Canada

Achevé d'imprimer le 06 janvier 2015

RECYCLÉ
Papier fait à partir
de matériaux recyclés
FSC® C103567

Imprimé sur du papier Enviro 100% postconsommation
traité sans chlore, accrédité ÉcoLogo et fait à partir de biogaz.